Un cadeau pour nous deux

*

Un amour de médecin

SUSAN CROSBY

Un cadeau pour nous deux

Traduction française de
MARCELLE COOPER

Blanche

HARLEQUIN

Collection : Blanche

Titre original :
THE DOCTOR'S PREGNANT BRIDE?

Ce roman a déjà été publié en 2011

HARPERCOLLINS FRANCE
83-85, boulevard Vincent-Auriol, 75646 PARIS CEDEX 13
Service Lectrices — Tél. : 01 45 82 47 47

www.harlequin.fr

ISBN 978-2-2804-3800-1 — ISSN 0223-5056

1.

Sara Beth O'Connell freina pour arrêter sa bicyclette au feu rouge. Rouge, comme la couleur des cœurs et des roses..., songea-t-elle, le regard fixé sur le sémaphore.

Un coup de Klaxon l'arracha à sa rêverie et elle se remit à pédaler pour contourner le rond-point et bifurquer dans l'allée cyclable.

L'air était doux pour la saison, le trafic quasi nul dans les rues de Cambridge, Massachusetts, en cet après-midi dominical, ce qui lui permit de reprendre le fil de ses pensées. Le fait qu'elle n'ait pas de cavalier pour la Saint-Valentin n'était pas si grave en soi, mais cela reflétait tout de même le vide abyssal de sa vie. Personne ne tenait suffisamment à elle pour l'inviter à sortir en ce jour dédié aux amoureux.

Et alors ? Ce n'était pas la fin du monde. L'aiguille des minutes avançait à toute vitesse sur son horloge biologique, pas celle des heures ! Ce qui lui rappelait ces paroles prononcées par un inconnu, à la supérette, ce matin même...

Secouant sa tête casquée, Sara Beth s'engagea sur le parking de l'Institut Armstrong, le centre de procréation médicalement assistée où elle travaillait en tant qu'infirmière en chef. La voiture de Lisa Armstrong était garée au bout, remarqua-t-elle du coin de l'œil en glissant son vélo dans le râtelier.

Sous le porche, elle inséra sa carte dans la fente puis maintint le pouce appuyé sur la plaque du lecteur d'identification digitale jusqu'à ce qu'elle entende le déclic commandant l'ouverture.

Un silence de cathédrale régnait dans le hall. La moquette étouffa le bruit de ses pas tandis qu'elle se dirigeait vers le bureau de Lisa. La porte était ouverte. La directrice de la clinique était assise devant son ordinateur, ses frêles épaules voûtées, ses yeux sombres fixés sur l'écran.

Avant d'entrer, Sara Beth prit quelques profondes inspirations. Elle avait besoin de se ressaisir, non parce qu'elle était contrariée qu'on l'ait convoquée à l'Institut en ce dimanche, mais parce que le souvenir de l'homme croisé à la supérette ne s'effaçait pas de son esprit. Il avait acheté un ours en peluche et des chewing-gums pour sa petite fille de cinq ans en disant que c'était pour la femme de sa vie… La fillette avait bien de la chance, avait alors songé Sara Beth.

Cette petite phrase d'un papa aimant avait suffi à réveiller en elle de douloureux souvenirs.

S'efforçant de les chasser, elle posa son casque sur un classeur à tiroirs, défit la fermeture Eclair de son blouson et se laissa tomber sur le siège de l'autre côté du bureau.

— Quelle est cette affaire si urgente qu'elle ne pouvait attendre demain ni souffrir d'être discutée au téléphone ?

Lisa releva la tête.

— Tu avais mieux à faire ?

— Ce n'est pas une raison parce que tu travailles vingt-quatre heures sur vingt-quatre pour obliger les autres à le faire. Je te signale qu'aujourd'hui c'est la Saint-Valentin !

Un pli moqueur s'inscrivit au coin des lèvres de Lisa.

— Tu n'as personne dans ta vie.

— Qu'en sais-tu ?

— Je suis ta meilleure amie depuis le berceau, l'aurais-tu oublié ? En vingt-huit ans, tu m'as toujours tout confié.

Décidée à ne pas lui faciliter la tâche, Sara Beth ôta son blouson en évitant de croiser son regard. C'était trop facile de jouer la carte de l'amitié pour la faire venir un dimanche.

— Pas tout.

— L'essentiel.

— Une sortie à deux le 14 février n'entre pas forcément dans cette catégorie.

Elles s'observèrent un instant en chiens de faïence avant d'éclater de rire.

— Allez, parle-moi de ce dossier top secret.

— Ferme d'abord la porte, dit Lisa en baissant la voix.

— Parce qu'il y a quelqu'un dans l'immeuble à part nous ? Un autre bourreau de travail comme toi ?

— En fait, oui. Le Dr Bonner.

Ce qui signifiait qu'il n'avait pas de petite amie, lui non plus. Si un homme de son charisme n'avait pas trouvé chaussure à son pied, cela devrait la consoler un peu. Mais on n'était encore qu'en milieu d'après-midi ; peut-être avait-il des projets pour ce soir. Sara Beth n'aurait pas dit non à un dîner en tête à tête avec lui…

— L'affaire en question a-t-elle un rapport avec Ted Bonner ? s'enquit-elle.

— Cela le concerne directement. Tu es au courant de l'enquête qu'il est censé mener avec le Dr Demetrios sur les irrégularités qu'ils ont découvertes peu après leur arrivée chez nous ?

— Bien sûr.

— Ils tardent à rendre leurs conclusions. Tu n'es pas sans savoir qu'une certaine presse commence à s'interroger sur les naissances gémellaires à répétition qui ont eu lieu récemment à l'Institut. Les soupçons que ces feuilles à scandales font peser sur nos pratiques risquent de nous causer un fort préjudice en termes d'image et de finances, si nos sponsors prêtent foi à ces allégations. On a déjà échappé de justesse à une catastrophe lors de la publication de cet article où l'on nous accusait de négligences dans la gestion des dons d'ovules, voire de trafic. On ne peut se permettre un second problème de ce genre, ni même de vagues insinuations qui réveilleraient la méfiance du public à notre encontre. On a besoin de réponses, Sara

Beth, avant que la presse ne lève un nouveau lièvre, en l'occurrence ces erreurs dans les bilans chiffrés.

— Pas seulement de réponses, mais d'une disculpation pleine et entière !

— Bien entendu. Pour cela, il nous faut d'abord savoir s'il y a eu des falsifications de documents ou des fuites dans nos services. Il faut agir vite avant que les journalistes aient vent de notre enquête interne.

— En quoi cela me concerne-t-il ?

Les coudes appuyés sur la table, Lisa se pencha en avant.

— Je veux que tu aides Bonner et Demetrios à boucler leur rapport. Si tu te rends compte qu'ils essaient de couvrir certaines pratiques frauduleuses ou d'entraver la révélation de la vérité, tu nous le signaleras.

En un mot, elle devait travailler en étroite collaboration avec l'homme qui la faisait fantasmer depuis qu'elle avait posé les yeux sur lui.

— *Nous ?*

— Paul et moi.

En plus d'être médecin comme tous les membres de sa famille, Paul était aussi le directeur des ressources humaines de l'Institut.

— Pourquoi soupçonnes-tu Bonner et Demetrios ? Les irrégularités concernant les dons d'ovules ont eu lieu bien avant leur embauche.

— Jusqu'à preuve du contraire, je les crois parfaitement honnêtes, mais deux précautions valent mieux qu'une, surtout lorsqu'il s'agit de la crédibilité et de la santé financière de l'Institut. Si un nouveau scandale nous affecte, nos donateurs se détourneront de nous, les caisses se videront en un clin d'œil et on devra rogner sur le budget de la recherche, voire carrément supprimer les emplois de Bonner, Demetrios et leurs collègues. Alors, tu vois que cette petite mission que je te confie est dans leur intérêt.

— Une mission d'espionnage…

— Le terme me déplaît. Disons qu'il s'agit d'accentuer la pression sur eux afin qu'ils rendent leur rapport avant que les charognards aient vent de nos récents « dysfonctionnements ». Je te le demande à toi car je connais ton dévouement sans faille envers l'Institut, et envers mon père. Tu ne voudrais pas que quelque chose vienne entacher son honneur, n'est-ce pas ?

— Non, bien sûr…

Le fondateur de la clinique, le Dr Gerald Armstrong, s'était montré très généreux envers la mère de Sara Beth qui coulait grâce à lui une retraite anticipée dans des conditions fort confortables.

— Je te fais une entière confiance, Sara Beth. Tu es une amie loyale.

— Tu sais que je ferais tout pour vous aider, Paul et toi. Seulement, je n'aime pas la tromperie. Ni la dissimulation.

Toute sa vie, Sara Beth avait été hantée par un fantôme, celui de son père, un homme sans visage dont elle ignorait l'identité. La pire des tromperies pour un enfant. La seule information qu'elle possédait à son sujet était qu'il avait jadis été fiché comme donneur de spermatozoïdes et rémunéré en tant que tel par le centre de procréation médicalement assistée du Dr G. — le surnom affectueux qu'elle donnait au père de Lisa.

Les donneurs anonymes n'offraient pas d'ours en peluche ni de bonbons aux enfants nés de leur semence. Ils n'envoyaient pas de cartes aux anniversaires. N'endossaient pas la houppelande du Père Noël. Ni ne bordaient une petite fille dans son lit.

Seul un vrai père faisait cela.

— Ma chérie, nul ne connaît ton histoire mieux que moi, ce qui me fournit une raison supplémentaire de te proposer ce travail. Ton rôle consistera à *dévoiler* un mensonge, si mensonge il y a. Cela devrait te motiver encore davantage, et, qui sait, peut-être t'aider à te réconcilier avec toi-même.

Sara Beth alla se placer devant la fenêtre pour fixer la vue d'un œil vide. Les arguments de son employeuse et amie ne la convainquaient qu'à moitié.

Serait-elle à la hauteur ?

Lisa la rejoignit.

— Tes responsabilités d'infirmière en chef te permettent d'évoluer entre les deux secteurs clés de l'Institut, le médical et la recherche, une situation privilégiée pour nous rapporter la moindre irrégularité, ce que tu n'as d'ailleurs pas hésité à faire il y a quelques mois. La seule différence, cette fois-ci, c'est que je te désigne les personnes à surveiller ; sinon, cela ne te changera guère de ton travail habituel. Je te relèverai partiellement de tes fonctions afin que tu puisses te consacrer efficacement à ta mission.

— Et s'ils ne veulent pas de moi dans leur service ?

— Ils n'auront pas le choix.

— Mon infiltration dans leur laboratoire ne servira à rien s'ils refusent de coopérer…

— Depuis quand es-tu si pessimiste, toi l'aventurière, toujours partante pour relever les défis ? Que se passe-t-il ?

Impossible de répondre pour la bonne raison que Sara Beth l'ignorait elle-même.

Tout ce qu'elle savait, c'est qu'elle se sentait un peu perdue ces temps-ci, surtout aujourd'hui. Désorientée. En marge. *Seule*. Ce père qu'elle n'avait jamais connu lui manquait. Et elle se languissait également d'un homme dans sa vie, un mari à aimer et à chérir, qui serait un père attentif pour les enfants qu'ils auraient peut-être le bonheur d'avoir.

Bien que son travail lui plût, elle ne voulait pas finir comme sa mère qui ne s'était jamais mariée pour se consacrer corps et âme à l'Institut. Pourtant, force était de constater qu'elle suivait ses pas, à commencer par l'emploi qu'elle occupait.

La question de Lisa se justifiait. Où était passé son esprit aventurier ?

Espionner pour le compte de l'Institut constituait pourtant en soi une aventure, n'est-ce pas ? Une aventure ô combien utile puisqu'elle œuvrerait dans l'intérêt de tous ces hommes et femmes qui mettaient leur sort entre leurs mains dans l'espoir de devenir parents.

— D'accord. J'accepte.

— Merci, dit Lisa, visiblement soulagée. Allons voir le Dr Bonner.

Sara Beth retint le « Maintenant ? » qui lui brûlait les lèvres.

Elle voulait faire face au médecin dans son uniforme d'infirmière en chef, dûment badgée, bien nette avec sa queue-de-cheval réglementaire, pas en jean et en T-shirt, avec ses vieilles tennis éculées, coiffée à la diable, ses cheveux libres tombant sur ses épaules — elle n'avait pas pris la peine de les attacher avant de les enfermer dans le casque de moto.

Se présenter devant lui dans cette tenue n'était pas la meilleure manière de démarrer leur collaboration. Or, elle tenait à tout prix à entretenir de bonnes relations professionnelles avec le Dr Bonner. A défaut de rapports d'un autre genre…

En silence, Sara Beth emboîta le pas à Lisa pour la suivre dans le dédale des corridors qui desservaient les bureaux, salles d'examen et services médicaux.

Durant la semaine, ces endroits étaient animés, sans être pour autant une fourmilière car leur travail requérait du calme.

Trié sur le volet, le personnel n'était pas du genre à bavarder des heures autour de la machine à café. Tous travaillaient dans une atmosphère conviviale, mais les problèmes personnels restaient au vestiaire.

Jusqu'à présent, Sara Beth n'avait vu le Dr Bonner qu'à travers les vitres de son laboratoire, et à quelques reprises au détour d'un couloir. Son collègue, le Dr Chance Demetrios, était plus bavard et sociable, ce qui valait mieux étant donné qu'en plus de son travail de recherche il pratiquait également son métier de gynécologue-obstétricien. Sara Beth l'assistait souvent au cours de ses consultations.

Ted Bonner, lui, avait probablement décidé que le silence du laboratoire lui convenait mieux. Ceux qui l'avaient approché décrivaient un personnage peu loquace qui, quand il s'exprimait, le faisait avec une franchise à la limite de la brutalité — des manières qui ne s'accordaient guère avec celles des médecins de la clinique qui s'employaient à gagner la confiance des couples angoissés qui venaient les consulter et à les rassurer par tous les moyens.

Méritait-il sa réputation d'ours mal léché ?

Sara Beth ne se prononçait pas car leur conversation n'avait jamais dépassé le stade du : « Bonjour, comment allez-vous ? Bien, merci. Et vous ? »

Non que ce fût la faute du Dr Bonner. C'était elle qui écourtait intentionnellement les échanges car sa gorge se nouait en sa présence, ce qui ne lui arrivait avec personne d'autre. Sans oublier l'envie folle qui la saisissait de remettre en place les mèches folles de Ted.

Dans ses rêves, il lui arrivait en effet de l'appeler par son prénom.

Arrivées devant la vitre du labo, Sara Beth et Lisa restèrent quelques instants côte à côte à observer l'unique occupant des lieux. Grand, brun, beau à couper le souffle… Une description de magazines pour midinettes, pourtant fidèle à la réalité. Ses cheveux tombaient sur sa nuque, ce qui était sans doute le cadet de ses soucis. De temps en temps, il se les faisait couper, très court, comme pour repousser d'autant la prochaine visite chez le coiffeur.

L'image du savant distrait lui correspondait à merveille. Ses lunettes cerclées de noir et sa longue blouse blanche portée sur un pantalon foncé constituaient l'uniforme qu'il s'était choisi. Seule variante, la couleur de la chemise.

Elle n'aurait pas dû le trouver séduisant, mais c'était plus fort qu'elle.

Il oubliait souvent d'aller déjeuner, disait-on, ce qui expliquait sa minceur et cette silhouette longiligne qui le faisait paraître encore plus grand qu'il n'était.

Lisa se décida à frapper à la porte.

Comme s'il ne l'avait pas entendue, il continua de pianoter sur le clavier de son ordinateur. Nouvel essai de Lisa. Sans plus de succès.

Portait-il des écouteurs sur ses oreilles ? A trente-deux ans, il était encore à l'âge des casques MP3 et de la débauche de décibels dans les tympans. S'il effectuait un travail de simple saisie informatique, rien ne l'empêchait d'écouter de la musique en même temps.

Mais non, Sara Beth ne discernait pas d'oreillettes ni de fils pendant autour de son cou.

— Attendons jusqu'à demain, suggéra-t-elle en tirant Lisa par la manche. Il se trouve très loin, dans une sphère inaccessible.

— Je me demande s'il réagirait à l'alarme incendie ?

Sara Beth fixa son amie.

— Tu n'oserais tout de même pas…

— Bien sûr que non, répondit Lisa en riant. Je réfléchissais tout haut, tu me connais. Sa concentration est telle qu'il ne l'entendrait peut-être pas à temps pour s'échapper.

— Ne dis pas de sottises, l'alarme réveillerait un mort. Viens, allons-nous-en. Il est manifestement en plein travail et nous ne ferons que le déranger…

Autant parler à un mur !

Lisa tapa sur le digicode, tourna la poignée et entra. Un soupir aux lèvres, Sara Beth la suivit.

— Bonjour, docteur Bonner, dit la directrice en s'approchant du médecin.

Il ne sursauta pas, mais parut sur ses gardes.

— Laissez-moi une minute et je suis à vous, dit-il en levant brièvement la main.

Et il se remit à taper.

Sara Beth promena son regard autour d'elle.

Un ordre impeccable régnait dans la pièce malgré la quantité de microscopes, centrifugeuses et ordinateurs qui s'alignaient sur les deux paillasses. Les éviers en acier inoxydable rutilaient de propreté, tout était à sa place. « Ordre et méthode » semblait la devise des maîtres des lieux.

Pourquoi n'êtes-vous pas de sortie ce soir, docteur ? se demanda Sara Beth.

Jeune, beau, gagnant bien sa vie, il avait tout pour

séduire la gent féminine. Et sans doute ne s'en privait-il pas, à l'instar de son collègue, le Dr Demetrios, un incorrigible don Juan.

— Mademoiselle Armstrong, dit-il en faisant pivoter son siège vers Lisa. Et Mademoiselle O'Connell. Que puis-je pour vous ?

Son regard s'attarda sur Sara Beth pour la détailler avec la même attention qu'il avait accordée à son écran d'ordinateur quelques secondes plus tôt.

Sara Beth sentit de délicieux frissons parcourir son dos. Fascinée, elle l'observa tandis qu'il enlevait ses lunettes pour les poser sur la table. Il n'était manifestement pas du genre à faire plusieurs choses à la fois.

— Votre enquête sur les irrégularités dans les bilans est au point mort, docteur Bonner, ce qui vous contrarie fortement, je le sais.

— Le mot est faible.

— Eh bien, je vous ai amené du renfort.

Lisa se tourna vers Sara Beth.

— Paul et moi, nous avons décidé de libérer provisoirement Mlle O'Connell d'une partie de ses tâches pour l'adjoindre à votre service afin de vous assister dans votre enquête.

Impassible, il garda le silence un long moment.

— Nul doute que son aide nous sera fort utile, dit-il enfin, et je vous remercie d'y avoir pensé. J'accepte volontiers…

C'était trop facile, songea Sara Beth.

Et alors, elle n'allait pas s'en plaindre ? S'ils travaillaient en bonne intelligence, l'enquête n'en avancerait que plus vite et elle n'aurait peut-être pas l'impression de les espionner.

— A une condition, poursuivit-il. Appelez-moi Ted. Vous aussi, Sara Beth.

En subalterne qui se respecte, Sara Beth laissa Lisa répondre. Le père de Lisa, le fondateur de l'Institut, avait été très à cheval sur les formalités et l'emploi des titres, mais il était à présent à la retraite, de surcroît impotent et alité, autrement dit incapable d'une visite impromptue pour surprendre un manquement aux règles qu'il avait naguère édictées.

— D'accord, dit Lisa. Sauf devant les patients et les visiteurs de marque.

— Cela va de soi.

— Voulez-vous que j'en avise le Dr Demetrios ou préférez-vous le faire ?

En guise de réponse, Ted Bonner sortit son portable de sa poche, appuya sur une touche et attendit.

— J'espère que je ne te dérange pas, Chance…

La réponse de son interlocuteur lui fit hausser les sourcils.

— Dans ce cas, je vais être bref. Je voulais te prévenir que Mlle O'Connell va rejoindre notre équipe pendant quelque temps pour nous aider à tirer au clair les problèmes de bilans… Oui, Sara Beth… Oui, la jeune femme aux longs cheveux roux. Connais-tu d'autres Mlle O'Connell ? Tu sollicites ses services chaque fois que… Fais-moi grâce de tes plaisanteries, je te prie.

Il écarta l'appareil de son oreille.

— Quand commencez-vous ?

— Immédiatement, répondit la directrice.

De mieux en mieux ! songea Sara Beth en son for intérieur. Autant porter un panneau « Seule pour la Saint-Valentin » pendu autour du cou.

Poussée par son amour-propre, elle s'apprêtait à contredire son employeuse quand le Dr Bonner lui épargna cette peine.

— Je préférerais demain, lui dit-il. Ce soir, j'ai des projets.

Ah… L'hypothèse du rendez-vous galant se vérifiait.

— Demain sera parfait, répondit Sara Beth.

— Demain, dit-il en reprenant sa conversation téléphonique. D'accord, je n'y manquerai pas. Au revoir.

Il rempocha le portable.

— Chance se joint à moi pour vous féliciter.

— Eh bien, je vous laisse établir votre programme de travail, dit Lisa en se dirigeant vers la porte. Sara Beth, je t'accorde une quinzaine d'heures par semaine pour cette mission, étant entendu que tu continueras à chapeauter tes infirmières…

Restée seul avec Ted Bonner, Sara Beth sentit sa nervosité revenir. Privés de la médiation de Lisa, ils allaient devoir s'adresser directement l'un à l'autre.

— Je me réjouis de collaborer avec vous deux. J'espère vous être utile.

— Moi aussi, répondit-il de manière sibylline. Je commençais à désespérer de la situation. Le scientifique que je suis a besoin de réponses à ses questions ; mon métier consiste à découvrir la vérité.

La véhémence du ton laissait entendre que la recherche de cette vérité était aussi importante pour lui que la quête du Graal pour les chevaliers de la Table ronde. Comme si rien ne comptait davantage dans sa vie.

— En quoi consistera mon travail ?

— Il s'agira d'étudier les archives — ce qui n'est guère palpitant, je vous l'accorde — afin de savoir si des médecins ont par le passé implanté un nombre anormal d'embryons ou « gonflé » les statistiques de réussite de leurs services afin d'accroître le budget qui leur était alloué. Nous avons jusqu'à présent limité notre enquête aux dossiers informatisés, et il nous reste à consulter les kilomètres de paperasses qui s'entassent au sous-sol, dans la salle des archives. La tâche ingrate vous reviendra de lire ces données et de détecter des anomalies dans les résultats des fécondations in vitro et inséminations artificielles pratiquées jadis, avant l'ère de l'ordinateur.

La salle des archives ? En entendant ces mots, Sara Beth devint sourde au reste du discours. La salle des archives, à laquelle elle rêvait d'accéder depuis si longtemps !

Oh, ce n'était pas un caprice de sa part, ni quelque amour étrange des papiers jaunis… Elle avait une raison très valable pour cela.

Son cœur se mit à cogner contre ses côtes. Le privilège qu'on lui avait refusé durant toutes ces années était désormais à sa portée. Dans ce sous-sol se trouvait en effet le dossier médical de sa mère, qui comprenait tous les détails sur son insémination artificielle.

Que de fois avait-elle été tentée de demander à Lisa de l'aider à retrouver ce dossier ! Mais elle s'était toujours ravisée car elle savait fort bien ce que celle-ci lui répondrait. Secret médical. Défense de permettre l'accès à ces données confidentielles, même à sa meilleure amie.

Afin de ne pas nuire à leur amitié, Sara Beth s'était toujours gardée de formuler sa demande.

Et maintenant, grâce au bon vouloir du Dr Bonner, Sara Beth se verrait accorder le sésame, le code d'accès au saint des saints !

Si elle parvenait à mettre la main sur le dossier, elle trouverait le nom du donneur de sperme. Le nom de son père…

2.

Ted s'arrêta de parler en voyant que Sara Beth avait décroché de la conversation.

Cela arrivait parfois à ses interlocuteurs quand il se lançait dans de longues explications sur ses résultats expérimentaux. Rien de tel, en l'occurrence, puisqu'il lui décrivait la nature de ses futures tâches de co-enquêtrice.

Les yeux brun foncé de Sara Beth le fixaient sans le voir. Devait-il attendre qu'elle revienne sur terre ou claquer des doigts pour interrompre sa rêverie ?

Il décida de lui laisser quelques minutes, en remarquant au passage qu'elle semblait différente aujourd'hui. Plus jeune, plus vulnérable…

Ses cheveux n'étaient pas attachés. D'habitude, elle les nouait en une queue-de-cheval ou une tresse, sans chichis. A l'image de sa personnalité. Pas vraiment froide, mais professionnelle en toute circonstance. Du moins en sa présence.

Les premiers jours, il l'avait crue timide — un jugement qu'il avait révisé en la voyant parfaitement à l'aise avec les autres médecins et chercheurs.

Non sans stupéfaction, il avait fini par comprendre qu'elle l'évitait, lui.

Elle lui avait plu dès le début, mais, sachant ce qui risquait d'arriver quand on mêlait travail et plaisir, il s'était bien gardé de nouer plus ample connaissance afin d'éviter toute tentation.

Quand Chance et lui avaient quitté la Californie pour le

Massachusetts et la ville de Cambridge, située à la périphérie de Boston, afin d'y poursuivre leurs travaux scientifiques, Ted s'était juré de sortir de sa bulle, de s'ouvrir au monde et de se montrer plus sociable envers ses collègues.

Ses bonnes résolutions avaient été contrariées dès leur arrivée par la découverte de graves irrégularités, notamment dans les rapports chiffrés mentionnant des taux de réussite irréalistes, manifestement gonflés.

Bien que Chance et lui n'en soient en rien responsables, il leur incombait de tirer l'affaire au clair.

Ted se donnait corps et âme à son travail qui consistait à améliorer les traitements contre la stérilité masculine. Et il avait hâte que le dossier des « erreurs » soit bouclé afin de pouvoir se consacrer de nouveau pleinement à ses recherches.

Quant à sa vie privée, elle était inexistante. Il ne comprenait pas comment Chance parvenait à trouver le temps de sortir avec des femmes, entre son travail de chercheur et ses consultations de gynécologie obstétrique.

Voyant que Sara Beth avait toujours le regard perdu dans le vague, il toussa discrètement.

Elle recula et rougit.

— Pardon… J'étais ailleurs. Que disiez-vous ?

— Vous désiriez savoir en quoi consistaient vos attributions et j'étais en train de vous l'expliquer. Asseyons-nous donc.

Il lui désigna un haut tabouret pivotant et s'installa près d'elle.

— Vous a-t-on expliqué la nature des erreurs sur lesquelles nous enquêtons, Chance et moi ?

— Dans les grandes lignes. Grâce à vous, je vais connaître les détails.

Ted s'apprêtait à se lancer dans son explication quand son attention fut attirée par les vieilles tennis éraflées de Sara Beth. C'était la première fois qu'il la voyait dans une tenue aussi décontractée.

— Etes-vous diplômée de l'université de Boston ?

demanda-t-il en désignant le T-shirt orné de l'aigle Baldwin, mascotte de cette université.

Le changement de sujet lui valut un froncement de sourcils.

— De l'école d'infirmières Emerson. L'Institut Armstrong m'avait accordé une bourse.

— Un excellent investissement, à n'en pas douter.

Le visage de Sara Beth se détendit.

— J'ai toujours aimé les études.

— Moi aussi. Les défis intellectuels me stimulent.

Elle lui sourit d'un air entendu comme s'il venait d'énoncer une évidence.

Et c'en était une.

Evoluer entre les quatre murs de son laboratoire lui convenait bien mieux que de recevoir et d'examiner des patients. Il détestait annoncer de mauvaises nouvelles. Or, dans le domaine de la procréation médicalement assistée, celles-ci étaient monnaie courante.

— Vous alliez me parler de ces erreurs, lui rappela-t-elle.

— Peu de temps après notre arrivée à la clinique, Chance et moi, nous nous sommes rendu compte que les rapports mensuels édités par le service de PMA présentaient des irrégularités, pour ne pas dire des incohérences. Certaines données manquaient ; ou bien les résultats affichés ne correspondaient pas à ceux des registres infirmiers. Le magazine *Keeping up with Medicine* qui a eu vent de l'affaire, je ne sais comment, en a fait ses choux gras en nous accusant de négligences et d'erreurs dans la gestion des dons d'ovocytes et de sperme, voire de détournement frauduleux en faveur de certains clients fortunés, ce qui remettait en cause l'éthique même de l'Institut.

— Le journaliste parlait de « sources autorisées » sans les citer.

— Comme toujours dans ces cas, il devait s'agir d'un informateur anonyme qui monnayait ses révélations. Celles-ci étaient de pures affabulations et un démenti a été publié. Mais au cours de l'enquête que nous menions sur cette affaire, Chance et moi, nous avons remarqué que les rapports de l'Institut annonçaient un nombre anormalement élevé de naissances gémellaires résultant de fécondations in vitro au cours de ces dernières années.

— Ce qui signifie ?

— Deux hypothèses sont envisageables. Soit ces statistiques ont été délibérément « gonflées » ; soit les règles sur les limites à respecter concernant le nombre d'embryons à implanter ont été bafouées. En tout cas, fort de ce taux de réussite exceptionnel, l'Institut a vu les subventions de l'Etat doubler, sans parler des dons des particuliers qui ont afflué en masse. A présent, nous nous efforçons de rétablir la vérité et de rectifier les chiffres.

Ce qu'il ne disait pas à Sara Beth, c'était que Derek Armstrong, le frère de Paul et de Lisa, qui était aussi le directeur financier de l'Institut, s'employait avec la dernière énergie à leur mettre des bâtons dans les roues.

Jusqu'à présent, Ted n'avait parlé qu'à Chance de l'étrange manque de coopération de Derek car il lui répugnait d'accuser sans preuves, mais il soupçonnait ce dernier de vouloir à tout prix étouffer l'affaire.

Derek était-il complice d'un détournement de fonds publics ?

A moins qu'il n'en soit l'instigateur…

— Pour résumer, reprit-il, il nous faut d'abord confirmer ou infirmer les chiffres des rapports. Ensuite, nous tirerons les enseignements de cette expérience en publiant un protocole de bonne conduite que tous nos collaborateurs s'engageront par contrat à respecter à la lettre. Comme vous le constatez, il y a du pain sur la planche et votre aide sera la bienvenue. La réputation de l'Institut est en jeu ; il se relève d'un scandale et une nouvelle accusation risquerait d'être fatale pour ses finances, et donc pour la poursuite de mes travaux de recherche.

— Je vais recomposer mon emploi du temps de la semaine afin de libérer une quinzaine d'heures pour le laboratoire. Préférez-vous que je vienne le matin ou l'après-midi ?

— Le matin à la première heure, si possible.

Elle se leva.

— Alors, à demain.

Sa poignée de main fut franche et ferme, constata-t-il. Un bon point pour elle car les individus qui vous tendaient à peine le bout des doigts ne plaisaient guère à Ted.

Il aimait par-dessus tout les gens compétents, qui excellaient dans leur domaine, et cette jeune femme avait visiblement mérité ses galons d'infirmière en chef, un poste où l'on se hissait à la force du poignet.

— Je me réjouis de notre future collaboration, Sara Beth.

Elle semblait impatiente de commencer à travailler bien qu'il ne lui eût pas caché la nature essentiellement paperassière des tâches qu'il lui destinait. Sous-sol, archives, dossiers poussiéreux, voilà des mots qui ne la rebutaient pas. Pour l'heure, du moins.

— Bonne soirée.

— Vous de même.

Arrivée près du sas, elle se retourna.

— Bonne Saint-Valentin, lui souhaita-t-elle.

Il n'avait pas vu l'heure passer.

— Euh… A vous aussi.

Mais la porte s'était déjà refermée derrière elle.

Encore une fois, il avait laissé son travail prendre le pas sur le reste. Il aurait dû partir depuis déjà une heure pour se mettre en quête d'un cadeau.

A part les sempiternelles fleurs, bouteille de champagne ou boîte de chocolat, que pourrait-il acheter ? De San Francisco, il faisait livrer un bouquet, mais à Boston, il n'avait plus l'excuse de l'éloignement. Il était chez lui. Et on attendait de sa part un cadeau personnel, choisi avec soin et amour.

De la fenêtre du laboratoire, il aperçut Lisa et Sara Beth qui bavardaient sur le parking.

Son casque sous le bras, Sara Beth riait, l'air insouciant,

à mille lieues de la jeune femme réservée qui venait de quitter son laboratoire.

Une pensée lui traversa l'esprit.

Et prit forme. Sara Beth pourrait lui être utile bien avant demain…

Ted éteignit son ordinateur et sortit en lançant au passage sa blouse sur la patère.

Quand il déboucha sur le parking, la berline de Lisa s'éloignait dans l'allée et Sara Beth était en train d'enfiler son casque.

A sa vue, ses yeux s'arrondirent de surprise derrière la visière.

Il se dirigea droit vers elle.

— Je sais que vous et moi, on se connaît à peine, mais j'aimerais vous demander un service.

Manifestement sur ses gardes, elle ôta le casque.

— Je vous écoute…

— Voilà. C'est la première année depuis la fin de mes études que je fête la Saint-Valentin à la maison.

— Vous êtes originaire de Boston ?

Il hocha la tête.

— Je dois être chez mes parents dans trois quarts d'heure pour dîner et il me reste encore à acheter un cadeau.

— Les fleuristes sont ouverts tard ce soir. Des roses, cela fait toujours plaisir.

— Je leur en envoie tous les ans. Cette fois, j'aimerais quelque chose de plus original. C'est *vous* qui serez leur cadeau.

— Pardon ?

Si elle n'était déjà juchée sur la selle de son vélo, elle aurait reculé en le prenant pour un fou.

— Croire que je sors avec vous les rendra plus heureux que n'importe quel cadeau que je pourrais leur offrir. Je sais que je n'ai pas le droit de vous demander cela, poursuivit-il d'un ton presque suppliant dans l'espoir qu'elle se laisserait attendrir. Mais sans doute avez-vous déjà prévu quelque chose…

Le contraire serait étonnant. Une jolie fille comme elle était forcément prise un soir de Saint-Valentin. Soudain, il se sentit ridicule, avec sa requête.

Mais ce fut elle qui le surprit.

— Si j'acceptais, il faudrait que je rentre chez moi me changer…

— Pas de problème. On va accrocher votre vélo à l'arrière de ma voiture.

Quinze minutes plus tard, il s'arrêta devant le bel immeuble victorien où vivait Sara Beth.

Après avoir annoncé qu'il allait trouver une place où se garer, il s'éloigna sans lui laisser le temps de refuser, comme sur le parking.

Prise au dépourvu, elle eut juste le temps de lui indiquer comment accéder à son appartement.

Par chance, une voiture s'en allait comme Ted commençait à contourner le pâté de maisons.

Il se gara, détacha la bicyclette et revint à la résidence où il prit l'ascenseur jusqu'au second étage, toujours avec le vélo.

Sur le palier, il trouva la porte de l'appartement grande ouverte.

— Où voulez-vous que je dépose le vélo ?

— Sur le balcon, s'il vous plaît. Je vais me dépêcher.

Elle se précipita au fond du couloir et il entendit une porte claquer.

Ted promena son regard autour de la salle de séjour et de la cuisine en enfilade.

Les vases de fleurs, les coussins joliment disposés sur le canapé, les délicates reproductions aux murs, les poteries aux couleurs pimpantes venaient égayer des pièces déjà fort agréables avec leurs murs jaune pâle et leur parquet couleur miel.

Le canapé lui tendait les bras. Comme les deux grands fauteuils qui donnaient envie de s'y laisser tomber.

Ce qui lui rappelait qu'il devrait songer à acheter un sofa pour son propre logement. Quand il en aurait le temps…

Le balcon offrait une jolie vue sur la rue. La plupart des maisons voisines dataient du siècle dernier et étaient fort bien entretenues, avec quelques jardinets en façade pour les plus imposantes. On se trouvait à un jet de pierre d'une station de métro et d'un arrêt de bus. En hiver, quand les chaussées se faisaient patinoires, Sara Beth ne manquait pas de moyens de transport…

Et s'il essayait de doubler la dose de l'enzyme de départ dans la préparation du sperme avant cryogénie ?

S'emparant d'un papier et d'un stylo posés sur le comptoir de la cuisine, Ted se mit à griffonner et s'absorba dans de savants calculs.

Plus tard — impossible de préciser combien de temps s'était écoulé —, quelqu'un lui tapa doucement sur l'épaule.

Relevant la tête, il découvrit Sara Beth en robe noire classique à manches longues.

Ses seules concessions à la coquetterie étaient une chaîne en or qui pendait autour de son cou ainsi que des escarpins à bout pointu qui lui donnaient quelques centimètres de plus. Ses cheveux flottaient toujours sur ses épaules.

— Vous êtes ravissante, dit-il en tentant de prendre un air détaché.

— Merci. Etes-vous sûr que ce soit une bonne idée ? ajouta-t-elle, les sourcils froncés. Nous devrons donner l'image d'un couple alors que nous ignorons tout l'un de l'autre. Vos parents risquent de ne pas être dupes.

— Je vous brieferai durant le trajet. Si on leur dit qu'on sort ensemble depuis peu, cela devrait passer…

La mine sceptique, elle prit son sac et ses clés.

— Quelle aventure…

— Vous regrettez d'avoir accepté ?

— Cela se voit que vous ne me connaissez pas. L'aventure est ma seconde nature.

Sans doute plaisantait-elle car son regard brillait de malice.

Lui qui d'habitude ne sortait qu'avec des intellectuelles ou des scientifiques sérieuses…

Mais qui parlait de cela ? Ils joueraient la comédie pour la bonne cause puis regagneraient chacun leurs pénates. Il n'y aurait pas de baiser au clair de lune ni de questions déchirantes du genre : « Combien de temps dois-je attendre avant de la rappeler ? »

Demain matin, au laboratoire, il la remercierait pour le service rendu et ils s'en tiendraient ensuite à une relation strictement professionnelle.

Un plan solide, comme ceux qu'il échafaudait dans son labo. Il tiendrait le cap.

— Je suppose que, dans quelque temps, vous annoncerez notre rupture à vos parents, dit Sara Beth tandis qu'ils se dirigeaient vers la voiture.

— Exact. Lassée de mon manque de disponibilité, vous m'aurez quitté — ce sera la version la plus plausible.

Il était bien placé pour le savoir puisque toutes ses petites amies lui en avaient fait le reproche avant de sortir de sa vie. Non qu'il les eût intentionnellement négligées. Mais il consacrait toute son énergie à son travail. Il voulait à tout prix trouver une solution aux problèmes de stérilité masculine. Contribuer à l'avancée de la médecine. Apporter sa pierre à l'édifice.

Ce but qu'il s'était fixé passait avant l'accomplissement de sa vie privée. Quand il l'aurait atteint, il songerait alors à se marier et à fonder une famille.

Tout en traversant ponts et rues, Ted résuma les grandes lignes de sa vie à Sara Beth.

— Je suis enfant unique. J'ai été élevé par des parents aimants, mais sévères. J'ai toujours été nul au basket en dépit de ma taille, ce qui faisait le désespoir de mon père. En revanche, j'ai participé à tous les décathlons organisés par le lycée.

— Et remporté un classement plus qu'honorable, je parie.

Il haussa les épaules. Se vanter n'était pas dans sa nature.

— Après le baccalauréat, j'ai voulu quitter le cocon

familial et me suis envolé pour la Californie et l'université de Stanford. C'est là que j'ai rencontré Chance. Très différents de caractère, nous nous rejoignions dans notre détermination à faire avancer la recherche médicale. Nous avons fait équipe au Breyer Medical Centre de San Francisco où nos résultats ont été salués par les spécialistes. Mais nous n'étions pas nos propres directeurs de recherche et devions rendre des comptes à une hiérarchie tatillonne. Quand Paul Armstrong nous a proposé de venir ici en nous laissant carte blanche, nous avons immédiatement accepté, sans l'ombre d'une hésitation. A vous, maintenant…

— Moi aussi, je suis enfant unique. Ma mère m'a élevée seule en s'efforçant de faire de moi une parfaite petite demoiselle. Malheureusement pour elle, j'ai toujours été un garçon manqué. De la sixième à la terminale, j'ai participé à tous les matchs de l'équipe de football féminine du lycée ; j'ai même joué avec un bras dans le plâtre, pour vous dire à quel point j'aimais cela. Dès seize ans, bien avant de commencer mes études d'infirmière, je travaillais déjà à l'Institut — ma mère m'y avait obtenu un emploi à mi-temps. Après l'obtention de mon diplôme, j'y suis restée.

— Parce que vous vous y sentiez obligée ?

Elle marqua une hésitation avant de répondre.

— En un sens, oui. Mais j'admire le travail que nos médecins accomplissent. Ma mère a exercé ici, Lisa est ma meilleure amie, je connais ses frères et sœur, je n'avais aucune raison d'aller voir ailleurs. Le Dr Armstrong s'est montré très généreux envers ma mère qui adorait travailler pour lui. Elle avait été sa première employée, à la fois infirmière, secrétaire, bras droit et confidente. Puis la clinique a pris de l'ampleur et Gerald a constitué son équipe.

Elle se redressa sur son siège pour observer les alentours très résidentiels.

— Où sommes-nous ?

— A Mount Vernon Square, dit-il en tournant dans une rue.

— Le Mount Vernon Square de Beacon Hill ? interrogea-t-elle d'un air horrifié.

C'était le quartier le plus huppé de Boston.

— Oui.

— Je vois, dit-elle, les lèvres pincées. Et vous, où habitez-vous ?

— A Back Bay.

Manifestement consternée, elle ferma les yeux puis les rouvrit pour regarder sa robe.

— Vous auriez pu me prévenir. J'aurais choisi une tenue plus habillée.

— Vous êtes très bien.

« Très belle », avait-il failli dire.

— Devant mes parents, il faudra se tutoyer. Un « vous » malencontreux et le pot aux roses sera découvert.

Ted se gara devant le manoir victorien où il avait grandi et escorta Sara Beth en haut du perron.

La main posée au creux de sa taille, il la fit entrer dans le vestibule et la conduisit dans le salon d'où filtraient des voix.

Tandis qu'ils marchaient côte à côte, il la sentit se raidir.

— On n'a jamais mangé les invités en plat de résistance, chez nous, murmura-t-il à son oreille.

Elle lâcha un petit rire nerveux.

— On attend le dessert, ajouta-t-il malicieusement comme ils entraient.

Le silence se fit dans la pièce. Le père et la mère de Ted étaient assis dans le canapé.

Mais ils n'étaient pas seuls.

3.

Sara Beth aurait voulu donner un grand coup de coude dans les côtes de Ted. Pour le punir.

Il n'avait de toute évidence pas prévenu ses parents qu'il l'amenait et ceux-ci lançaient des regards désemparés à la jeune femme assise en leur compagnie. Une ravissante créature blonde au port de tête altier, vêtue d'une robe de circonstance, d'un rouge du plus bel effet, ornée d'un décolleté vertigineux.

— Mon chéri, dit Mme Bonner tandis que son mari se levait pour les accueillir, tu nous amènes une invitée… Quelle bonne surprise !

Elle semblait sincèrement ravie.

Décidément, les gens de la haute société excellaient dans l'art de jouer la comédie, songea Sara Beth.

Ted donna l'accolade à son père.

— J'ai voulu vous faire la surprise. Je vous présente Sara Beth O'Connell. Sara Beth, voici mes parents, Brant et Penny Bonner, ainsi qu'une amie de la famille, Tricia Trahearn.

Cette dernière toisa Sara Beth tout en lui serrant mollement la main.

— Cela fait longtemps qu'on ne s'était vus, Tricia, dit Ted. Comment vas-tu ?

Sara Beth remarqua qu'il gardait la main de l'« amie de la famille » un peu plus longtemps que nécessaire dans la sienne.

A moins que ce ne fût l'amie qui agrippât celle de Ted.

— Bien, je te remercie. Tu m'as l'air en pleine forme.

— Je n'ai pas à me plaindre.

Il lui lâcha enfin la main pour se pencher vers sa mère qu'il embrassa.

— Joyeux anniversaire, tous les deux.

Non ! Il avait osé…

Les joues de Sara Beth s'empourprèrent.

Elle aurait pu l'étrangler. Tout chercheur d'exception qu'il était, Ted Bonner ne perdait rien pour attendre, fulmina-t-elle en son for intérieur.

A cause de lui, elle avait l'impression de s'imposer chez des inconnus. Et le monstre avait omis de surcroît de lui signaler que c'était l'anniversaire de mariage de ses parents !

— Merci, mon chéri, dit Penny Bonner en levant son verre en direction de son époux. Trente-quatre ans de mariage. Comme le temps passe !

S'efforçant de museler sa colère, Sara Beth plaqua un sourire poli sur ses lèvres pour s'asseoir face à ses hôtes, sur une ottomane.

Ted vint l'y rejoindre et s'installa tout près d'elle, le bras amoureusement enroulé autour de ses épaules — scénario oblige…

Elle avait accepté cette mascarade pour renouer avec son côté aventureux, sentir de nouveau la petite poussée d'adrénaline dans ses veines.

Au lieu de cela, elle avait l'impression d'être une intruse qui débarquait au beau milieu d'une fête de famille.

Par la faute de Ted.

D'aussi loin que Sara Beth s'en souvienne, sa mère l'avait toujours mise en garde contre les médecins. Il ne fallait pas les croire. C'étaient tous des volages et des menteurs. Leur égoïsme n'avait pas de limites. Ils vivaient dans un monde à part où le commun des mortels n'avait pas sa place…

C'est en raison des avertissements de Grace que Sara Beth avait conservé ses distances avec Ted. Et ce, d'autant plus qu'il lui inspirait une vive attirance. Rien de bon ne pouvait en résulter.

— Whisky pour toi, comme d'habitude, Ted ? demanda Brant avant de se tourner vers Sara Beth. Et vous, mademoiselle, que désirez-vous ?

Vider la bouteille de Glenfiddish pur malt sur la tête de votre fils.

— Appelez-moi Sara Beth, je vous en prie. Un peu de vin blanc sera parfait, je vous remercie.

Brant s'éloigna vers le bar puis revint avec leurs verres.

Le silence se prolongea, de plus en plus lourd.

Sara Beth n'osait regarder en direction de Tricia Trahearn qui, elle, ne se gênait pas pour l'observer. A moins que ce ne fût son voisin de canapé qui attirât l'attention de la ravissante blonde.

Sara Beth regrettait d'être venue, elle ne se sentait pas à sa place.

Sans compter que Mme Bonner était certainement contrariée par son arrivée puisqu'elle devrait ajouter un couvert supplémentaire. Passer à cinq convives bouleverserait le plan de table.

Contrariée ou pas, ce fut Penny qui rompit le silence.

— Tricia séjourne chez ses parents pour un mois…

Penny était le diminutif de Pénélope, lui avait précisé Ted durant le trajet.

Ses parents appartenaient à la vieille aristocratie bostonienne ; leurs ancêtres avaient navigué à bord du Mayflower et fait partie des premiers immigrants à accoster en Nouvelle-Angleterre.

Fiers de leur arbre généalogique, Pénélope et Brantley portaient les prénoms de leurs illustres aïeux.

Ils avaient donné celui de Théodore à leur fils unique qui préférait se faire appeler Ted. Cela aurait pu être pire, avait-il confié à Sara Beth car certains Bonner avaient porté le nom de Perceval.

— Tes parents doivent être contents de te voir, dit Ted à Tricia.

— Contents, mais déçus.

— Pourquoi ?

Elle croisa les jambes et, les sourcils froncés, se mit à balancer le pied avec humeur.

— Parce que je ne suis pas mariée et que la descendance n'est pas assurée. Un refrain auquel tu es sans nul doute habitué.

Une remarque qui manquait singulièrement de politesse envers leurs hôtes, songea Sara Beth qui, de plus, n'appréciait guère la familiarité de Tricia envers Ted.

— Tricia est juge, expliqua Ted pour le bénéfice de Sara Beth ; la plus jeune à siéger dans un tribunal de Nouvelle-Angleterre à ce jour.

Bien entendu. Tous les amis de la famille Bonner occupaient des positions de pouvoir et d'influence.

Sara Beth était fière de ses racines et de sa réussite, mais ceci était un monde complètement nouveau dont elle ignorait les codes et les usages.

— J'ai été nommée directement par le gouverneur du Vermont, précisa Tricia. Tout peut basculer aux prochaines élections.

— Je crains un raz-de-marée démocrate, dit Penny. Mais permettez que je rétablisse la vérité, ma chère Tricia. Contrairement à ce que vous semblez croire, nous ne harcelons pas Ted pour qu'il se marie et nous donne des petits-enfants. N'est-ce pas, mon chéri ?

— Tout dépend de ce que tu entends par « harceler », maman.

Ce qui lui valut un rire jovial de Brant.

— N'abordons pas les sujets qui fâchent. Dis-nous plutôt comment tu as rencontré Sara Beth.

— Elle est infirmière en chef à l'Institut Armstrong.

— Vous travaillez ensemble ?

— Pas exactement. Elle officie dans le médical, et moi dans la recherche.

Il omettait de dire que cela changerait à partir de demain — un oubli qui convenait très bien à Sara Beth.

— Aidez-vous les patientes à accoucher ? s'enquit Tricia.

— Nous ne pratiquons pas d'accouchement. C'est

l'hôpital de Cambridge, situé à deux pas de l'Institut, qui s'en charge. Etant donné que les naissances par procréation médicalement assistée sont souvent gémellaires, la présence de personnel et d'équipement spécialisés est nécessaire, mais j'assiste à certains accouchements à la demande des futures mamans qui aiment bien voir un visage familier à leurs côtés.

— Aimez-vous votre travail ?

— Je… oui. Depuis toute petite, je voulais être infirmière, sans doute pour suivre les pas de ma mère. Elle était présente à la pose de la première pierre et a été l'assistante attitrée du Dr Armstrong durant toute sa carrière avant de prendre sa retraite récemment.

— Et votre père ?

La question prit Sara Beth au dépourvu. Dans la voiture, elle n'avait parlé à Ted que de Grace.

— Mon père n'a jamais fait partie de ma vie.

Mais cela va peut-être changer. Je le retrouverai. Les archives m'y aideront.

On aurait pu entendre voler une mouche. Personne ne savait que dire.

— Ma mère et moi, nous sommes par contre très proches. Comment vous êtes-vous rencontrés ? poursuivit-elle en s'adressant à ses hôtes pour essayer de changer de sujet de conversation.

Brant posa sa main sur celle de Penny qui leva vers lui des yeux débordants d'amour. Jamais personne n'avait regardé Sara Beth ainsi.

Sa profession lui avait permis au fil des ans d'observer beaucoup de couples, pour la plupart stressés car en attente d'un résultat favorable après une énième FIV ; ou avec une grossesse déjà en cours, une grossesse à haut risque qui leur causerait moult inquiétudes jusqu'à son terme — à condition qu'elle arrive jusque-là.

Le visage de ces hommes et de ces femmes qui venaient les consulter à l'Institut irradiait l'angoisse, pas le bonheur. Il était donc bien agréable de voir des époux qui se couvaient du regard, tels deux tourtereaux !

A un âge plus que mûr, ils semblaient s'aimer comme au premier jour, ce qui prouvait à Sara Beth que sa quête du véritable amour n'était pas vaine. Certains le trouvaient. Aurait-elle cette chance ?

— Nos mères avaient fréquenté la même université, dans le Massachusetts. Au début, Brant et moi, nous nous détestions cordialement.

— Nous avions quatre ans. Elle me cherchait sans cesse des noises.

— C'était lui qui me provoquait. Je ne faisais que me défendre.

— Quand cela a-t-il changé ?

— Le jour de mes seize ans, répondit Penny. Les parents de Brant l'ont obligé à venir à ma soirée d'anniversaire, il ne voulait pas…

— Une fois sur place, j'ai fait ce que l'on attendait de moi, poursuivit Brant. J'ai invité Penny à danser ; il s'agissait d'un twist où l'on se trémoussait sur la piste sans se toucher. Puis l'orchestre à enchaîné sur un slow. Et là, tout a basculé…

— Il a suffi qu'il me prenne dans ses bras, et la magie a opéré.

— Seigneur, je m'en souviens comme si c'était hier, dit leur hôte en se passant la main dans les cheveux. Plus tard, je lui ai volé un baiser, mais mon cœur avait déjà rendu les armes.

— Le mien aussi.

Le regard perdu dans le vague, Ted ne semblait pas les écouter.

Sans doute mettait-il au point quelque formule chimique dans sa tête ou songeait-il à son prochain rendez-vous avec Tricia.

A moins qu'il n'ait entendu l'histoire du coup de foudre de ses parents tant de fois qu'elle ne lui faisait plus aucun effet ?

Sara Beth, elle, la trouvait incroyablement romantique.

Ils passèrent dans la salle à manger.

Sous les portraits des ancêtres Bonner qui, dominant la table ovale, les foudroyaient de leurs regards sévères, Sara Beth se sentait extrêmement mal à l'aise.

« Que faites-vous ici ? semblaient-ils lui reprocher. On voit bien que vous n'êtes pas de notre monde. »

Malgré tout, elle s'efforça de se mêler à la conversation.

Le repas, un véritable festin avec du saumon à l'oseille et des coquilles Saint-Jacques gratinées en point d'orgue, fut servi par un majordome maigre et chenu répondant au nom de Louis qui, à la grande surprise de Sara Beth, lui décocha un clin d'œil, comme s'il avait compris qu'elle était au supplice. Quelle que fût la motivation de Louis, cela fonctionna car Sara Beth se sentit ensuite plus détendue. Elle avait l'impression de ne plus être seule en terre étrangère ; désormais, elle avait un allié.

Au dessert, ils eurent droit à un gâteau aux carottes — une tradition que Brant et Penny perpétuaient depuis leur repas de noces.

Durant tout le repas, Tricia avait ignoré royalement leurs hôtes ainsi que Sara Beth pour converser avec Ted et lui rappeler telle soirée ou telle sortie commune.

Au bout du dixième « Tu te souviens de la fois où… », Sara Beth sentit sa patience s'amenuiser. Ted était *son* petit ami — du moins en jouait-il le rôle — et c'était Tricia qui l'accaparait.

Un comportement pour le moins cavalier pour une jeune fille de bonne famille. Et le pire, c'est que Ted ne semblait pas s'en formaliser.

Etant donné que Sara Beth ne possédait aucun souvenir à opposer à la jeune femme, elle en était réduite à l'écouter, un sourire poli plaqué sur les lèvres.

Quant à Ted, il répondait à Tricia par monosyllabes ou se contentait de hocher la tête tout en continuant à manger.

— Te souviens-tu de la fois où notre voilier faisait route vers Providence ? demanda Tricia tandis que Louis débarrassait la table après le dessert. Nous avons chaviré, ajouta-t-elle à l'intention de Sara Beth, et Ted m'a sauvé la vie. Mon héros…

— Nous ennuyons Sara Beth avec ces vieilles histoires, dit enfin Ted.

Il posa la main sur le dossier de la chaise de Sara Beth en lui adressant un regard tendre qui lui amena presque les larmes aux yeux, bien qu'elle le sût en train de jouer la comédie.

Sa colère s'évapora.

— Il se fait tard. Nous allons rentrer, annonça Ted.

— Moi aussi, dit Tricia en jetant sa serviette sur la table.

A la porte, Sara Beth remercia ses hôtes.

— Je suis désolée qu'on ne vous ait pas avertis de ma venue.

— Ne vous inquiétez donc pas, dit Penny. Nous sommes ravis que Ted vous ait amenée. Votre présence était le plus beau cadeau qu'il pouvait nous faire.

Après que Ted eut aidé Tricia à enfiler son manteau, ils se dirigèrent vers leurs voitures respectives.

Tricia marchait à côté de Ted et Sara Beth fermait la marche.

Sans doute ces deux-là étaient-ils sortis ensemble au lycée et restés en contact, depuis, songea-t-elle pour se consoler. Les « Tu te souviens… » se référaient en effet à une époque fort lointaine.

— Si nous unissions nos efforts, vous et moi, pour convaincre Ted de meubler son appartement, dit Tricia en regardant Sara Beth par-dessus son épaule, il finirait par céder, ne serait-ce que pour avoir la paix. Penny dit que l'endroit lui rappelle un logement d'étudiant sans le sou. Partagez-vous cette opinion ?

Sara Beth hésita.

Devait-elle avouer à Tricia qu'elle n'avait jamais mis les pieds dans l'appartement de Ted ?

Cela paraîtrait pour le moins insolite alors qu'ils étaient censés former un couple.

— Il travaille beaucoup.

Une réponse qui avait le double avantage d'éluder la question tout en prenant la défense de Ted. Dont la main vint se poser sur son épaule.

Au moins, il se rendait compte des efforts qu'elle faisait pour jouer son rôle de la manière la plus convaincante possible.

— A ce qu'il paraît, poursuivit Tricia. Penny aimerait bien que je me charge de la décoration. Mes amis s'arrachent mes services qui sont bien sûr gratuits, ajouta-t-elle avec un brin de condescendance à l'intention de Sara Beth. Je suis douée pour choisir les meubles en fonction de l'espace disponible, trouver l'emplacement de chaque chose, marier les couleurs…

— J'ai l'intention de m'y mettre bientôt.

— A en croire ta mère, tu dis cela depuis des mois.

— Et je le pense vraiment depuis des mois. Dès que mon travail m'en laissera le loisir, je m'en occuperai.

— J'ai d'ailleurs déjà promis de l'aider, dit Sara Beth qui commençait à se lasser de l'insistance de Tricia.

Encore un mensonge pour la bonne cause.

Au moins aussi bon comédien qu'elle, Ted l'accepta sans ciller. Son bras s'abaissa vers la taille de Sara Beth qui crut sentir la chaleur de sa main même à travers son manteau.

— Vraiment ?

Tricia scruta le visage de Sara Beth, comme si elle cherchait à y déceler le gène de la décoration.

— Pourquoi ne me l'as-tu pas dit plus tôt, Ted ?

— Parce que c'est un homme, expliqua Sara Beth. Et que les hommes ont horreur d'avouer leur incapacité à faire quelque chose. Vous ne l'aviez pas remarqué ?

Elle sentit Ted rire à son côté, ce qui la réchauffa en dépit de la température hivernale.

— Voilà. C'est ici que nos chemins se séparent, annonça Tricia en s'arrêtant devant une BMW flambant neuve. Peut-être pourrions-nous déjeuner ensemble la semaine prochaine, Ted, pour évoquer le bon vieux temps ? En camarades, bien sûr, ajouta-t-elle à l'adresse de Sara Beth.

Qui n'en croyait pas un mot. Cette Tricia avait des vues sur Ted. La robe coquelicot au décolleté plongeant n'avait pas été choisie par hasard.

— Je n'ai pas beaucoup de temps libre, dit Ted en accentuant sa pression autour de la taille de Sara Beth.

Message reçu cinq sur cinq. Sara Beth s'appuya amoureusement contre lui.

— Tout de même, insista Tricia, on devrait pouvoir trouver un moment. Le soir, si tu préfères. Papa et maman seraient ravis de t'avoir à dîner.

— On verra.

— Ted et moi, nous nous connaissons depuis notre plus tendre enfance, dit Tricia à Sara Beth. L'histoire se répète...

Une allusion évidente aux parents de Ted.

— Le dénouement sera différent dans votre cas, contra Sara Beth, à bout.

Une pique méchante, mais cette Tricia avait vraiment besoin d'être remise à sa place.

— Bonne nuit, Tricia, dit Ted d'un ton destiné à clore la conversation.

Il entraîna Sara Beth vers la voiture, le bras toujours passé autour de sa taille bien qu'il n'eût plus besoin de jouer la comédie.

— Merci d'avoir volé à mon secours, dit-il quelques minutes plus tard tandis qu'ils roulaient sur le boulevard. Et pour avoir compris que j'avais besoin d'être secouru.

— Je n'ai pas grand mérite, vous me lanciez de grands S.O.S. du regard. Avec sa question sur votre appartement, Tricia a bien failli me piéger. Je n'avais aucune idée de ce qu'il fallait répondre. A quoi ressemble-t-il ?

— Il se trouve au dernier étage d'un entrepôt reconverti en immeuble d'habitation. C'est une sorte de loft qui dispose d'un jardin sur le toit où je ne mets, hélas, jamais les pieds.

Un soupir échappa à Sara Beth.

— Si j'avais un jardin, j'y serais en toutes saisons.

— Il n'y en a pas à l'arrière de votre résidence ?

— Si. Mais les locataires n'ont pas le droit d'y accéder. Il appartient à un chercheur en agronomie de Harvard qui y pratique toutes sortes d'expériences.

— Depuis combien de temps habitez-vous là-bas ?

— Trois ans.

— Je vous envie votre canapé. Il faut que j'en achète un.

— Où vous asseyez-vous donc, chez vous ?

— J'ai des chaises. Deux, pour tout vous dire. Le décor est… minimaliste. Le manque de temps pour prospecter dans les magasins est au fond une excuse. J'aurais pu commander du mobilier en ligne, mais je n'ai même pas pris cette peine. Chance m'en rebat les oreilles.

— J'en déduis que vous ne recevez pas beaucoup ? demanda-t-elle après un silence.

Une question risquée qu'elle avait hésité à poser. Jusqu'où avait-elle le droit d'aller ?

— Je ne reçois jamais. On m'invite, je devrais retourner la politesse — une des règles de savoir-vivre inculquées par ma mère — mais je m'y refuse en l'état actuel de mon logement.

— Quel style choisirez-vous quand vous vous déciderez à le meubler ?

— Il restera minimaliste. Je privilégierai la qualité à la quantité. Je possède quelques œuvres d'art, peintures, dessins et sculptures, que j'ai achetées au fil des ans ou qui m'ont été données et qui s'entassent pour le moment dans un coin. Il serait logique d'organiser les lieux autour d'elles.

Il s'engagea dans la rue de Sara Beth. Et s'arrêta en double file devant la résidence.

— Voyez-vous une place de libre plus loin ?

— Inutile de vous garer, dit-elle en reboutonnant son manteau. Je n'ai que quelques mètres à faire.

— Toujours reconduire les jeunes filles à leur porte. C'est une autre des règles de bonne conduite dictées par ma chère maman. Elle serait furieuse de voir que je la transgresse.

Sara Beth rit.

— Soyez tranquille, ce n'est pas moi qui vous dénoncerai. Les places sont rares dans cette rue ; vous risquez de faire plusieurs fois le tour du pâté de maisons pour rien, d'autant que je n'ai nul besoin qu'on me raccompagne à ma porte.

C'était la prérogative de l'amoureux. Or, le couple qu'ils avaient formé ce soir n'était qu'une mascarade.

— Merci encore d'avoir joué le jeu, Sara Beth. Vous m'avez sauvé la mise.

Il posa la main sur son épaule, et elle retint son souffle, mourant d'envie qu'il l'embrasse.

Le regard de Ted s'abaissa vers sa bouche et s'y attarda tandis que ses doigts effleuraient son cou.

« Sors de cette voiture, s'exhorta-t-elle. Et rentre chez toi. Sans te retourner. »

Mais elle ne bougea pas d'un pouce.

— Bon. Eh bien, je vous verrai demain matin à la première heure, dit-elle avec un entrain factice.

Il retira lentement sa main.

— A demain, alors.

Elle mit pied à terre puis se pencha à la portière.

— Bonne nuit.

— Je vais attendre que vous soyez entrée.

Eminemment consciente du regard qui la suivait, elle se faufila entre deux voitures en stationnement, remonta le trottoir sur quelques mètres et gravit les marches du perron. Devait-elle se retourner pour lui faire signe ?

Elle agita la main, bien qu'elle ne pût voir s'il lui répondait.

Dès qu'elle eut franchi la porte du hall, elle s'adossa au mur, les jambes flageolantes.

Que lui arrivait-il ? L'histoire du slow-coup de foudre de Penny et Brant l'avait-elle troublée au point de désirer la même chose ? La même magie, la même fin heureuse ?

Certes, l'histoire l'avait troublée, mais ce désir venait de bien plus loin. Elle le nourrissait depuis son adolescence.

Ted était-il l'homme qui lui permettrait de le réaliser ? Depuis des semaines, sa seule vue la mettait en émoi, mais cela ne signifiait pas pour autant qu'ils étaient faits l'un pour l'autre.

L'attirance n'était pour l'heure que physique. Et sans doute à sens unique.

De toute façon, rien ne semblait possible entre eux puisqu'il était médecin. Un corps de métier dont les membres étaient hautement infréquentables, selon Grace.

Arrivée à son étage, elle tourna la clé dans la serrure et entra dans l'appartement.

Sans prendre la peine d'allumer, elle accrocha son manteau dans l'entrée, ôta ses chaussures et alla se pelotonner dans le canapé.

Ramenant les jambes sous elle, elle leva son visage vers la lune dans l'espoir d'y puiser un peu de sérénité. Ses sens étaient douloureusement en éveil, réclamant…

Réclamant Ted !

Comment pourrait-elle travailler avec quelqu'un qui la mettait dans cet état ?

Le téléphone sonna. Elle décrocha pour répondre d'une voix tremblante :

— Allô !

— C'est Ted.

Elle agrippa le combiné des deux mains. Son cœur cognait à coups redoublés dans sa poitrine.

— Ecoutez, Sara Beth, je…

Il s'interrompit.

— Désolé, reprit-il. Une voiture vient de me faire une queue-de-poisson. Voilà, je voulais vous dire que j'avais oublié des papiers sur votre comptoir de cuisine. Pourrez-vous me les rapporter demain ?

Elle ferma les yeux. La déception était à la mesure de ses espérances.

— Bien sûr.

— Merci. A demain.

— Bonne nuit.

Cela faisait des mois qu'elle le croisait dans les couloirs de l'Institut et qu'elle parvenait à contrôler les sentiments qu'il lui inspirait. Alors, pourquoi ses sens s'exacerbaient-ils ce soir ?

La prudence s'imposait plus que jamais. Son objectif principal était d'entrer dans la salle des archives et elle avait intérêt à se conduire comme une assistante irréprochable afin d'en obtenir le code d'accès.

L'attirance qu'elle éprouvait envers Ted était non seulement inopportune, mais dangereuse.

Si, par imprudence, elle laissait un geste ou un regard la trahir, elle pouvait dire adieu à ses projets.

4.

Arrivé dès l'aube au laboratoire, Ted attendit son collègue Chance Demetrios pour lui soumettre ses calculs.

— L'idée de doubler la dose initiale d'enzymes t'est venue hier soir ? demanda Chance après étude de la nouvelle formule de préparation des spermatozoïdes.

— Oui. Complètement par hasard.

— Comment n'y avons-nous pas songé auparavant ?

— Parce que cela faisait partie du cheminement. Il nous fallait passer par les étapes précédentes pour parvenir à ce stade.

— Je crois qu'on tient une piste sérieuse, Ted. Cela pourrait bien être la solution que nous cherchons.

— Peut-être.

Ils collaboraient ensemble depuis si longtemps qu'ils n'avaient pas besoin de longs discours pour se comprendre. L'expression du visage ou le ton de la voix leur suffisaient.

Chance jubilait, alors que Ted se gardait de crier victoire. Des comportements illustrant leurs caractères diamétralement opposés. Leur seule ressemblance était d'ordre physique, avec toutefois des différences de taille. Grand brun aux yeux sombres comme Ted, Chance était plus athlétique de carrure. Et nettement plus extraverti. Il était considéré comme l'enfant terrible — ou la brebis galeuse, selon ses détracteurs — de sa richissime famille à qui il avait causé bien des soucis ; et en causait encore. Rien de tel chez Ted qui ne faisait jamais de vagues, que ce soit dans la sphère professionnelle ou privée.

Aux antipodes par bien des aspects, ils se rejoignaient sur l'essentiel. Tous deux étaient déterminés à trouver un traitement pour lutter contre la stérilité masculine, bien qu'ils ne se soient jamais confié leurs raisons. Tous deux étaient obstinés, tenaces et farouchement indépendants, ce qui expliquait l'efficacité du tandem, l'un étant toujours là pour stimuler ou tempérer l'autre.

— Derek Armstrong a-t-il fait pression pour que Sara Beth rejoigne notre équipe ?

— Je crois que Lisa et Paul ont pris la décision sans le consulter, répondit Ted. Il tombera peut-être des nues en découvrant Sara Beth au laboratoire.

En tout cas, le directeur financier ne manquerait pas de leur donner son opinion. Alors qu'il semblait auparavant indifférent à leur travail, il surveillait leurs moindres faits et gestes depuis qu'ils menaient leur enquête dans le but de protéger la réputation de l'Institut.

— As-tu encore passé la nuit au labo ? s'enquit Chance en allumant son ordinateur.

— Non.

Son dos n'en protestait pas moins. A défaut d'un lit en bonne et due forme, il lui fallait à tout prix un sommier dans sa chambre afin de rehausser le matelas qui reposait pour l'heure à même le sol.

— Je suis allé dîner chez mes parents, hier. C'était leur anniversaire de mariage. Et toi, comment s'est passé ton rendez-vous ? Tu semblais plein d'espoir, hier soir, au téléphone.

— Je vais te donner un conseil, mon vieux : ne sors jamais pour la première fois avec une femme le jour de la Saint-Valentin !

Ted pianota sur son clavier pour transmettre ses données sur l'ordinateur de son collègue.

— Et pourquoi pas ?

— Les hommes et les femmes n'ont pas les mêmes attentes…

En deux clics de souris, Chance ouvrit le fichier envoyé par Ted. Le même écran s'étalait à présent devant leurs yeux.

— Laisse-moi deviner, dit Ted. La femme espère des roses, des chocolats et des mots doux. Et éventuellement plus, si affinités. Et toi, tu préfères passer directement à la dernière étape. J'en déduis à ton air chagrin que tu as passé la nuit seul.

— Je l'ai raccompagnée chez elle à la sortie du restaurant et j'ai rejeté son offre d'un dernier verre.

— Tu m'inquiètes. Serais-tu malade ?

Au fil des ans, Ted avait eu de nombreuses occasions de voir Chance en action. Celui-ci flirtait comme d'autres respiraient.

— Je couve peut-être quelque chose.

Ils venaient de se mettre au travail quand Ted sentit un parfum de gardénia chatouiller ses narines. Il se retourna pour découvrir derrière eux Sara Beth, vêtue de la blouse bleue de rigueur.

Elle n'avait espéré ni roses ni mots doux, mais n'en avait pas moins joué son rôle à la perfection.

— Bonjour, messieurs, dit-elle en déposant discrètement sur la table une enveloppe qui contenait sans doute les papiers qu'il avait oubliés dans sa cuisine la veille.

Il n'en avait pas vraiment besoin car les chiffres étaient enregistrés dans sa mémoire. Mais il s'était inquiété en voyant que les lumières ne s'allumaient pas dans son appartement après qu'il l'eut laissée à la porte. Et le seul prétexte qu'il avait trouvé pour l'appeler et vérifier que tout allait bien était cette histoire de papiers.

— Bonjour, Sara Beth, dit Chance. Merci d'accepter de travailler avec nous.

— C'est avec plaisir que je vous prête main-forte. Je sais qu'il vous tarde de voir aboutir cette enquête.

Sans lever les yeux de son écran d'ordinateur, Ted la salua à son tour.

— Votre premier patient de la matinée vient d'arriver, docteur Demetrios, poursuivit Sara Beth.

Chance éteignit son ordinateur.

— Avez-vous passé une bonne Saint-Valentin ?

La légère hésitation que Sara Beth marqua avant de répondre n'échappa pas à Ted. Chance s'en était-il rendu compte ?

— Oui, je vous remercie. Et vous ?

— Ma partenaire n'avait pas le sens de l'humour.

— Ah, dommage... Sans doute est-ce l'une des qualités que vous exigez chez les femmes, ajouta-t-elle, malicieuse.

Un hochement de tête de Chance le confirma.

— Sans cela, elles n'ont aucune chance de retenir mon attention, même avec les mensurations de Miss Monde. Ah oui, il faut aussi qu'elles soient rousses.

— C'est cela, dit-elle, sceptique.

— Je vous jure que c'est vrai.

Elle tapa de l'index sur sa montre.

— J'y vais, j'y vais, grommela-t-il en se dirigeant vers la porte. A plus tard.

La relation manifestement décontractée qu'ils entretenaient irritait Ted.

— Je reviens, dit-il à Sara Beth.

Il rattrapa Chance dans le couloir.

— Sara Beth va travailler avec nous tous les jours. Tu devrais la traiter de manière plus professionnelle.

Chance haussa les sourcils.

— Pour ta gouverne, Ted, cela fait des mois qu'elle travaille à mes côtés. On aime se taquiner, plaisanter. Tu sais tout de même ce que ces mots signifient, non ?

— Je n'ai rien contre le fait de plaisanter. C'est flirter qui me dérange.

Ted se ridiculisait. Et en avait conscience. Mais c'était plus fort que lui.

— Cela t'a déjà causé de graves problèmes dans le passé, Chance. L'aurais-tu oublié ?

La colère assombrit le visage de Chance.

— Comment pourrais-je l'oublier ? souffla-t-il à voix basse en se rapprochant de Ted. Mais je n'étais pas coupable.

Et je ne le suis pas non plus aujourd'hui. Alors, fais-moi grâce de tes reproches.

Et il s'éloigna.

Ce n'était pas leur première querelle. Et ce ne serait pas la dernière. Sauf que leurs disputes portaient d'habitude sur des questions intellectuelles ou scientifiques qui donnaient lieu à des joutes verbales auxquelles ils prenaient plaisir.

Cette discussion était différente. Jusqu'à présent, ils n'avaient jamais abordé le terrain de la vie privée, faute d'occasions pour le faire.

Ted se passa les mains dans les cheveux. Dès qu'il se serait calmé, il essaierait de comprendre pourquoi il s'en était pris à son collègue et ami.

Pas besoin d'être grand clerc pour le deviner : il était jaloux de Chance. De la facilité avec laquelle celui-ci savait badiner et flirter.

Ted pourrait l'acquérir, lui aussi. Le fait est qu'il avait accompli des progrès considérables depuis l'adolescence. Au lycée, Tricia et lui avaient tous deux été considérés comme des cas désespérés. Trop grands, trop maigres. Et affreusement timides, ce qui n'arrangeait rien. Elle s'était métamorphosée en une ravissante jeune femme dont la beauté n'avait d'égale que l'intelligence. Et Ted n'était plus le grand échalas squelettique dont les filles se moquaient ; désormais, sa modestie dût-elle en souffrir, il devait admettre qu'elles ne demandaient qu'à sortir en sa compagnie. Même s'il ne retenait pas leur attention bien longtemps…

— Je n'ai que la matinée à vous accorder, fit observer Sara Beth depuis le seuil du sas.

Ces mots arrachèrent Ted à son introspection. Elle avait raison. Il était temps de passer aux choses sérieuses.

— Désolé.

Il entra dans le laboratoire et, se dirigeant vers le bureau flanquant les classeurs à tiroirs, alluma l'ordinateur.

— J'ai fait remonter des dossiers de la salle des archives, dit-il en affichant une page sur l'écran. Tout ce que vous aurez à faire, c'est entrer ces données dans les tableurs du logiciel.

Comme elle s'approchait pour observer l'écran, il sentit de nouveau le parfum de gardénia.

— Ce travail me semble à la portée de n'importe quelle opératrice de saisie.

— A première vue, oui, à ceci près qu'une simple opératrice sera incapable d'interpréter les chiffres et de repérer une anomalie. Vous, si. Rappelez-vous que nous cherchons à comprendre pourquoi il y a eu deux fois plus de naissances multiples — jumeaux et triplés — au cours de ces dernières années que durant la décennie précédente. Le règlement limite à trois le nombre d'implantations utérines. Soit il a été transgressé sans que personne s'en soit rendu compte, ce qui me paraît tout de même difficile à croire, soit il y a une autre explication.

Elle leva la tête vers lui. Ils étaient si près qu'elle sentait la chaleur de son corps, sans avoir aucune envie de s'écarter. Lui non plus, apparemment.

— Il y a eu un remaniement complet du personnel après le départ à la retraite du Dr Armstrong, expliqua Sara Beth. Les responsables de ces dysfonctionnements sont sans doute partis depuis longtemps. Or, si l'on découvre qu'il y a eu un manquement délibéré aux règles, c'est peut-être vous qui devrez en répondre.

— Non. Chance et moi, nous ne sommes pas là depuis suffisamment longtemps pour qu'on songe à nous réclamer des comptes. Par contre, il est de notre intérêt d'apporter des réponses au plus vite car un nouveau scandale impliquant l'Institut mettrait à mal le financement des services et risquerait de signer l'arrêt de mort du département de recherche.

Une mèche auburn s'était échappée de la tresse de Sara Beth. Il résista à l'envie de la remettre en place.

— Pourriez-vous préciser ce que vous entendez par « anomalie » ? s'enquit-elle.

— Toute donnée qui ne concorde pas avec les rapports

des médecins ou qui ne correspond pas aux paramètres habituels. Si vous avez le moindre doute, venez me trouver. Je serai au labo toute la journée.

Elle hocha la tête.

— Quand j'aurai fini, faut-il que j'aille chercher d'autres dossiers au sous-sol ? Jusqu'à quand devons-nous remonter dans le temps pour mener notre enquête ?

Il recula.

— Je serais bien en peine de vous le préciser. Il se peut qu'on finisse par tout entrer dans l'ordinateur, ce qui aurait dû être fait depuis longtemps. Le Dr Armstrong s'y était, paraît-il, opposé en disant que ce n'était pas nécessaire, mais Paul et Lisa sont, Dieu merci, d'un avis contraire. Au XXIe siècle, tout établissement médical qui se respecte doit posséder des archives informatisées.

— Ce serait en effet une bonne chose.

Son ton était réservé, professionnel. A mille lieues de celui qu'elle employait avec Chance.

— Merci encore pour m'avoir accompagné chez mes parents hier soir, Sara Beth. Grâce à vous, ils me laisseront tranquille pendant quelque temps.

— Tout le plaisir a été pour moi.

Elle compulsa nerveusement les papiers posés en face d'elle.

— Vous connaissez Tricia depuis longtemps, n'est-ce pas ?

— Nous sommes sortis ensemble en terminale, répondit-il en enfilant sa blouse.

Il se souvenait de leur premier baiser. De leur gaucherie, de leurs mains ballantes. Ils s'étaient juste contentés de se pencher l'un vers l'autre pour se toucher les lèvres. Au fil des semaines, ils avaient fait quelques progrès, mais Ted avait dû attendre l'année suivante et sa rencontre avec une étudiante plus âgée que lui pour s'initier aux choses de l'amour.

— Et vous ne vous étiez pas revus durant tout ce temps ?

— Une fois, après la cérémonie de remise des diplômes à Stanford.

Tricia et lui avaient passé la nuit ensemble. Elle était venue en ville dans ce but, lui avait-elle avoué avec sa franchise coutumière. Satisfaisante sur le plan sexuel, l'expérience avait laissé à Ted un sentiment de vide intérieur, comme s'il leur avait fallu sauter le pas pour exorciser le passé, tourner la page, prouver qu'ils étaient désormais adultes et affranchis.

L'intérêt manifesté par Tricia envers lui la veille l'avait donc à la fois étonné et embarrassé.

— Tricia est promise aux plus hautes destinées. Un jour, qui sait, elle sera juge à la Cour Suprême.

— Les journalistes viendront alors vous interviewer en tant qu'ex-petit ami. Vos photos de classe s'étaleront à la une des journaux à sensation et sur internet.

— Mon rêve le plus cher, ironisa-t-il.

Elle éclata de rire, un rire enivrant comme des bulles de champagne.

Ted sentit l'excitation le gagner.

Autant se l'avouer, il la désirait. Sa natte bien sage, sa blouse informe et ses mocassins à semelles de crêpe n'y changeaient rien.

— Accepteriez-vous de faire la tournée des magasins de meubles avec moi ce week-end ? C'est la prérogative d'une petite amie, après tout.

— J'ai joué ce rôle pour un soir !

— J'aurais besoin de conseils…

— Non, Ted, ce n'est pas une bonne idée.

— Parce que nous travaillons ensemble ?

La réticence de Sara Beth le peinait. Il avait cru qu'il ne la laissait pas indifférente, mais peut-être se berçait-il d'illusions.

— Ecoutez, si vous n'en avez pas envie, dites simplement non et je comprendrai.

— Pourquoi ne vous adressez-vous pas à Tricia ? Je suis sûre qu'elle ne demanderait pas mieux. Elle vous a proposé son aide et elle s'y connaît en décoration ; c'est la personne qu'il vous faut.

— Si j'avais voulu lui demander, je l'aurais fait. Allons, Sara Beth, vous qui aimez l'aventure, laissez-vous tenter.

Ils se mesurèrent du regard.

— D'accord, finit-elle par dire. Mais il va falloir que je voie votre loft afin de me faire une idée. Que les choses soient claires : je ne suis pas une professionnelle.

— Vous avez bon goût, ainsi qu'en témoigne votre appartement. Il est meublé de manière simple et confortable. C'est ce que je recherche.

— Une fois dans vos meubles, vous n'aurez plus d'excuse pour ne pas recevoir d'invités, dit-elle, les yeux luisant de malice.

— C'est vrai.

Bien qu'ils se connaissent à peine, elle l'avait percé à jour. Ils se comprenaient à mi-mot.

Avec Sara Beth, il se sentait en confiance, détendu…

Alors, pourquoi son cœur s'accélérait-il en sa présence ?

5.

Le lendemain matin, à son arrivée au laboratoire, Sara Beth trouva Ted en compagnie de Derek Armstrong, le directeur financier de l'Institut. C'était la première fois que celui-ci s'aventurait dans le laboratoire des chercheurs.

A en juger par le ton inquisiteur de Derek, ce n'était certainement pas une visite de courtoisie.

En tant qu'amie de Lisa, Sara Beth avait souvent été invitée jadis dans la demeure familiale des Armstrong sans pour autant se rapprocher de Paul ni de Derek, les deux frères jumeaux, qui avaient huit ans de plus qu'elle.

Ce n'est qu'en travaillant à plein temps à l'Institut qu'elle avait commencé à les connaître ; et constaté qu'ils possédaient des caractères très différents.

Toujours disponible et à l'écoute, Paul était un chef du personnel respecté et aimé de ses employés alors que Derek, un pur financier, ne s'attirait guère la sympathie du personnel.

On le disait impitoyable en affaires. Et des rumeurs circulaient ces derniers temps sur son compte, d'aucuns n'hésitant pas à voir en lui le mystérieux informateur des journaux à sensation qui avaient publié des articles diffamatoires sur l'Institut.

Penché sur l'écran de l'ordinateur de Ted, il affichait un air chagrin qui n'augurait rien de bon.

— Bonjour, messieurs, dit Sara Beth en rangeant son sac dans le tiroir du bas de son bureau.

Lequel sac contenait des magazines de décoration.

Les deux hommes discutèrent quelque temps puis le directeur financier partit, non sans avoir ordonné à Ted de le « tenir au courant ».

A deux doigts d'interroger Ted sur le sens de ces paroles, elle se ravisa.

La curiosité était un vilain défaut. D'autant que, si Ted avait voulu lui en parler, il l'aurait déjà fait.

En lieu et place, elle aborda un sujet plus agréable.

— J'ai dressé une liste de magasins de meubles dont le style pourrait a priori vous plaire.

— Et quel est mon style, selon vous ?

— Des lignes sobres, élégantes, épurées. Sans chichis ni fioritures.

— En plein dans le mille. Bravo pour votre perspicacité. Si cela vous convient, je viendrai vous chercher, samedi, à 9 heures. Nous passerons d'abord par chez moi afin que vous puissiez vous familiariser avec le « chantier ». Ensuite, à nous la tournée des magasins !

Depuis son arrivée au labo, elle avait soigneusement évité de le regarder.

Après avoir accroché sa veste au portemanteau et allumé son ordinateur, elle rapprocha la pile de vieux dossiers de son clavier.

Quand elle aurait terminé la saisie des données, lui accorderait-on la permission de descendre à la salle des archives pour en remonter d'autres ? Le demander elle-même risquait de passer pour un excès de zèle ou d'éveiller des soupçons.

— Inutile, Ted. Cela ne rime à rien de faire l'aller-retour de chez vous alors que je peux très bien prendre un bus.

— Cela ne me dérange pas.

Elle se résolut enfin à le regarder. Et le regretta aussitôt.

Malgré les lunettes d'intellectuel et la blouse blanche, il avait l'air incroyablement séduisant.

— Ça va, Sara Beth ?

Tiraillée entre le désir et la culpabilité, elle ne se voyait guère lui avouer qu'elle le trouvait sexy en diable, pas plus qu'elle ne pouvait lui dire qu'elle profiterait de son incursion aux archives pour se livrer à un acte que réprouvait l'éthique. Pour une femme qui se vantait de son intégrité, ce serait un accroc de taille.

— Sara Beth ?

Elle fit mine de s'absorber dans ses dossiers. Avec un peu de chance, il retournerait à son propre travail.

Mais, devant son silence, il s'approcha pour envahir son espace.

— Avez-vous changé d'avis et renoncé à m'accompagner dans les magasins ?

Elle hocha la tête. Femme de parole, elle honorait toujours ses engagements. Mais elle s'en tiendrait là. Ce samedi serait sa dernière sortie en compagnie de Ted.

— Non, mais je vous répète qu'il est inutile de venir me chercher.

S'efforçant d'afficher une mine sereine, elle soutint le regard surpris de Ted.

La porte s'ouvrit à cet instant pour livrer le passage à Chance Demetrios.

— Bonjour, tout le monde !

Chance s'arrêta pour les regarder à tour de rôle comme s'il sentait la tension dans l'air.

— Est-ce que tout va bien ?

— Apparemment, oui, dit Ted en regagnant son poste.

A son grand dam, il vit que l'arrivée de son collègue redonnait le sourire à Sara Beth.

— Avez-vous besoin de moi, docteur Demetrios ? s'enquit-elle.

— Si vous êtes libre. L'anesthésiste est en train de préparer Mme Jordan pour une césarienne. Aimeriez-vous m'assister ?

Elle bondit sur ses pieds.

— Avec joie. Ted, cela ne vous dérange pas ?

— Cette Mme Jordan est-elle l'une de vos patientes ?

— Je la suis depuis des années. Elle a subi sept inséminations et la dernière a finalement réussi. Elle va donner naissance à des triplés.

D'un large geste du bras, Ted lui désigna la porte.

— Dans ce cas, allez vite la rejoindre.

Chance sortit et elle le suivit. Sur le seuil, elle se retourna vers Ted, hésitante.

— Je reviendrai plus tard pour rattraper le temps perdu.

— Inutile. Nous ne sommes pas à un jour près.

Elle revint sur ses pas.

— Mais je *veux* revenir. Je ferai le travail prévu, même si je dois rester plus tard.

— A votre guise.

Tout en lui parlant, il gardait les yeux fixés sur l'écran de son ordinateur.

L'aurait-elle offensé ? se demanda-t-elle.

— C'est le fait que je préfère prendre le bus samedi qui vous dérange ?

Il croisa enfin son regard.

— Vous me rendez un service, Sara Beth. Un grand service. Le moins que je puisse faire est de venir vous chercher.

Sa voix trahissait une note d'humeur.

Elle ne s'était donc pas trompée. Il s'était bel et bien offusqué de son refus.

— Je voulais juste vous éviter le déplacement. Mais puisque vous insistez, d'accord. Je vous attendrai à 9 heures chez moi.

Ils venaient d'avoir leur première dispute, songea-t-elle, amusée, en se rendant au bloc opératoire de l'hôpital. Elle qui croyait Ted Bonner d'une patience d'ange venait de découvrir un aspect plus ombrageux du personnage.

Elle ne demandait pourtant qu'à poursuivre ses découvertes.

Samedi matin, Ted se gara devant l'immeuble de Sara Beth à l'heure dite.

Sans doute le guettait-elle car elle sortit aussitôt le rejoindre, vêtue d'un jean et d'une veste en laine beige. Elle était en train d'enfiler des gants.

Quelque chose attira son attention car elle s'interrompit pour lever le regard, la main en visière pour se protéger du soleil, souriante. Un oiseau, probablement.

A quand remontait la dernière fois qu'il s'était arrêté pour observer un oiseau ?

Un bourreau de travail triste et ennuyeux, la tête pleine de formules chimiques et d'équations mathématiques. Un être dénué de poésie, incapable de parler d'autre chose que de procréation médicalement assistée. Voilà ce qu'il était devenu.

Il sortit de la voiture pour lui ouvrir la portière.

— Vous êtes ponctuelle.

— Tout comme vous.

— On dirait que cela vous surprend.

— Quand vous êtes plongé dans vos recherches, plus rien n'existe. Vous auriez pu oublier l'heure.

— Je vous signale qu'on est samedi. Jour de congé, même pour moi.

Peut-être passerait-il néanmoins au labo plus tard.

Elle s'installa et il s'assit derrière le volant pour lui tendre un gobelet de café au lait ainsi qu'un beignet au chocolat.

— Pour me faire pardonner de vous priver de grasse matinée.

— Avec de tels arguments, vous êtes tout pardonné !

Ted mit le contact et démarra.

Conscient du regard de Sara Beth sur lui, il lui jeta un coup d'œil.

— Quelque chose vous chagrine dans ma façon de passer les vitesses ?

Un rire lui répondit.

— Je serais malvenue de vous adresser des reproches en ce domaine. Pour ce qui est de votre façon de vous habiller, en revanche…

— Ma tenue vous déplaît ?

— Avez-vous un jean ?

— Bien sûr.

— Dans ce cas, pourquoi portez-vous toujours un pantalon sombre avec une chemise amidonnée ? Nous sommes samedi, ainsi que vous l'avez si justement fait remarquer, jour de détente, de distraction…

— L'habit ne fait pas le moine, Sara Beth. On peut être parfaitement détendu en costume trois pièces et coincé en T-shirt et bermuda.

Il avait beau dire, cela méritait réflexion, songea-t-il. Le voyait-elle comme un être guindé qui ne savait pas s'amuser ?

Le trajet jusqu'au loft se déroula en silence tandis qu'elle savourait son petit déjeuner improvisé.

Ted mangeait uniquement quand il avait faim, pour recharger les batteries et garder son cerveau en parfait état de fonctionnement. Alors que Sara Beth prenait un plaisir évident à lécher le glaçage du beignet…

Détournant le regard, il serra les doigts autour du volant. Dire qu'il avait osé critiquer Chance pour ses imprudences et ses faux pas !

En réalité, qu'on soit innocent ou pas, on était discrédité si les gens vous percevaient comme un dragueur impénitent.

En se garant dans le parking souterrain, il faillit lui dire qu'il la trouvait bien silencieuse. Mais il se ravisa. L'absence de conversation durant le trajet n'avait pas semblé peser à Sara Beth, qui arborait un sourire au beau fixe. Si elle s'inquiétait de quelque chose, elle le cachait bien.

— Comme c'est agréable d'avoir un emplacement de parking à l'année ! fit-elle observer tandis qu'il tapait le code de l'ascenseur privatif qui les conduirait au dernier étage de la résidence.

— A San Francisco, il était impossible de faire autrement. A mon arrivée à Boston, cela figurait sur la liste de mes priorités.

— Quelles étaient vos autres exigences ?

— Avoir un logement avec vue sur la rivière. Je ne sais

pourquoi car je ne suis jamais chez moi pour en profiter. Je voulais aussi un endroit spacieux avec de hauts plafonds ; je déteste me sentir à l'étroit.

— Seriez-vous claustrophobe ?

— Non. Je n'aime pas les murs, voilà tout.

L'ascenseur s'arrêta.

Les portières glissèrent pour révéler un grand appartement avec un parquet en merisier, des canalisations apparentes — la dernière tendance en matière d'architecture intérieure —, des murs de brique et de grandes portes-fenêtres qui donnaient sur la Charles River.

— Quel bel endroit !

Otant ses chaussures, Sara Beth avança en promenant un regard admiratif à la ronde.

— Le potentiel de ce lieu est énorme. Je comprends mieux votre difficulté à vous meubler. En l'absence de murs, ce seront les meubles qui délimiteront les pièces, d'où l'importance de bien les choisir…

Elle pivota pour le regarder en face.

— Etes-vous sûr de ne pas vouloir faire appel à un professionnel ? Je ne suis pas certaine d'être à la hauteur car mes connaissances en matière de décoration proviennent essentiellement de la lecture de *Maisons et Jardins*. Et puis mes goûts peuvent ne pas correspondre aux vôtres.

— On ne perd rien à essayer. Si vous jetez l'éponge à la fin de la journée, je me tournerai vers quelqu'un d'autre.

Ce qui lui permettrait au moins de passer un peu de temps avec elle.

Depuis qu'il se trouvait en sa présence, il se sentait plus détendu. Ses soucis professionnels n'accaparaient plus son cerveau, aucune formule chimique ne le narguait, ce qui ne lui était pas arrivé depuis longtemps.

Cette petite récréation lui permettrait de se ressourcer pour reprendre le travail en pleine forme.

— D'accord.

Elle poursuivit son chemin vers la cuisine, rénovée entièrement comme le reste de l'appartement, très contemporaine avec ses surfaces de bois sombre et de verre et ses plans de travail en granit noir, brun et or.

Deux chaises pliantes étaient installées devant la fenêtre, bien seules dans l'immensité de la pièce. Une lampe sur pied se dressait dans un coin, flanquée d'un carton posé la tête en bas qui devait servir de table d'appoint. Une télévision à écran plat surmontait la cheminée.

— Un décor pour le moins spartiate, commenta-t-elle.

— La salle de bains et la chambre sont à l'avenant. Si vous voulez me suivre…

La chambre pouvait être isolée du reste du loft par de grands panneaux mobiles de bois poli que l'on faisait coulisser sur un rail suspendu au plafond.

Le dressing comprenait un nombre impressionnant de chemises à manches longues, classées par couleur, bleues, blanches ou crème. Les pantalons s'alignaient sur leurs cintres à côté des costumes et d'un smoking enfermé dans sa housse transparente. Au milieu de ces vêtements hyperclassiques, Sara Beth remarqua un jean flambant neuf qui portait encore son étiquette de prix.

— Vous vivez *vraiment* ici ? demanda-t-elle en retournant vers la salle de séjour.

Comme il était agréable d'entendre des taquineries après une semaine de relations guindées et formelles !

— Ne commencez pas, dit-il sur le même ton. Sinon, plus de beignets.

Elle sourit.

— Admettez qu'il y a de quoi être surpris. On se croirait dans un appartement témoin, avec juste une touche par-ci par-là pour faire « habité ».

Sortant un calepin et un mètre à ruban de son sac, elle se mit en devoir de dessiner un plan.

Quand elle eut terminé, Ted exhuma ses œuvres d'art de leur placard pour les aligner contre le mur.

— Eclectique, remarqua-t-elle. Pas étonnant que vous ne sachiez quel style choisir.

— Quand j'ai le coup de foudre pour un tableau ou

une sculpture, je l'achète, qu'il coûte cinquante dollars ou cinq mille.

— Vous avez bien de la chance de pouvoir céder à vos envies.

Avec un appareil numérique, elle prit des photos de chaque objet. Ses yeux brillants et ses joues roses témoignaient de son excitation.

Manifestement capable d'imaginer en trois dimensions à partir d'un espace vide — un talent que Ted lui enviait —, elle fourmillait déjà d'idées.

Chance reprochait souvent à Ted d'avoir des œillères, une vision tronquée. Et il n'avait pas tort.

Pourtant, c'était ce même défaut qui lui permettrait peut-être un jour de trouver le traitement contre la stérilité masculine. Un scientifique se devait d'avoir une vision limitée, orientée vers le seul objet de sa recherche. Il privilégiait l'observation et les faits. Et bannissait l'imagination qui ne servait qu'à égarer.

Et il n'avait pas à s'en excuser.

La voix de Sara Beth le ramena sur terre.

— Désolé, je réfléchissais, dit-il sur la défensive.

Pourvu qu'elle ne se comporte pas comme ces femmes, nombreuses, qui n'avaient pas supporté ses absences jadis, ni son manque d'attention envers leurs précieuses petites personnes.

— Vous étiez en train de sauver le monde ? dit-elle, un sourire malicieux aux lèvres.

Elle ne semblait pas se formaliser de ses rêvasseries en sa présence. Peut-être parce qu'ils étaient simplement amis et ne sortaient pas ensemble.

— Rassurez-moi, Ted. Cela ne vous arrive pas en conduisant ?

— Je n'ai jamais eu de P.V. Ni d'accidents.

— Mais combien en avez-vous causés ?

Elle rit en rangeant l'appareil photo dans son sac et ils se dirigèrent vers l'ascenseur.

— Que pensez-vous de Derek Armstrong ? lui demanda-t-il quand ils furent dans la rue.

— Je ne l'ai jamais fréquenté, bien que sa sœur Lisa soit ma meilleure amie. Je me sens plus d'affinités avec Paul, son frère jumeau. Pourquoi mon opinion à son sujet vous intéresse-t-elle ?

— J'ai du mal à le cerner, admit-il en se dirigeant vers la voiture. Il s'absente la moitié de la semaine puis vous pose d'étranges questions à son retour. Moi, j'estime n'avoir de comptes à rendre qu'à Paul Armstrong.

Il lui ouvrit la portière.

— J'en déduis que vous n'aimez guère Derek, risqua-t-elle.

Que devait-il répondre ? Le directeur financier semblait s'intéresser exclusivement aux progrès qu'ils accomplissaient dans leurs travaux de recherche, et traitait par le mépris leur enquête.

Une enquête dont dépendait pourtant l'avenir de la clinique.

— Ce n'est pas une question d'aimer ou pas. Je ne le connais pas.

— Je vous ai observé l'autre jour quand Derek se trouvait au laboratoire. Vous me sembliez tendu. Et ce n'étaient pas quelques questions, mais un véritable interrogatoire qu'il vous faisait subir.

Sara Beth l'avait donc senti, elle aussi.

— Pourtant, vous n'avez rien dit.

— Je ne me le serais pas permis.

— Votre opinion m'est précieuse, Sara Beth.

— Vous et moi, nous entretenons une relation qui sort de l'ordinaire, dit-elle tandis qu'il démarrait. Vous êtes mon patron, mon collègue de travail et également, je l'espère, un ami.

La situation était bien résumée. Leur relation sortait en effet des sentiers battus.

— C'est parfois un peu… compliqué à gérer, vous ne trouvez pas ? poursuivit-elle.

— Je n'en perds pas le sommeil. Il n'y a qu'une chose qui me dérange, c'est que nous continuions à nous vouvoyer. Ne serait-ce pas plus simple de se dire tu ?

Enfin, il le proposait.

— Proposition adoptée. Maintenant, passons aux choses sérieuses, dit-elle en plongeant la main dans son sac à malice pour en extraire une feuille de papier. J'ai prospecté sur internet et voilà une liste de magasins qui pourraient te convenir.

— Cela a dû te prendre beaucoup de temps…

Elle haussa les épaules.

— La visite virtuelle de magasins de meubles est un exercice plutôt amusant. J'espère que ta mère appréciera le résultat.

— Seule mon opinion compte.

— Je sais, mais…

— Pas de mais, Sara Beth. Ma mère n'a pas son mot à dire. Je ne tolère aucune ingérence, familiale ou autre, dans mes affaires. Il m'arrive de demander leur avis à mes proches, mais je décide seul. Ce n'est pas une déclaration de guerre ni de l'égocentrisme, simplement un fait.

— C'est tout ce qui compte à tes yeux : les faits.

La plupart du temps, oui. Les souhaits, les regrets, les hypothèses, tout cela avait peu d'importance. Alors qu'on pouvait construire sur des faits solides, des réalités immuables.

Pourtant, il se sentait attiré par le mystère entourant Sara Beth O'Connell. La femme qui se considérait comme son amie. Et qui l'était.

Sauf qu'il aurait voulu qu'elle soit bien davantage que cela.

6.

Quelle impression cela faisait-il d'avoir beaucoup d'argent ? s'était parfois demandé Sara Beth. A présent, elle avait la réponse.

Etre riche, et réputé tel, permettait d'acheter des modèles d'exposition ; déjà tout montés — ce qui évitait le casse-tête de l'assemblage — et de se les faire livrer le jour même au lieu d'attendre des semaines, voire des mois. Cela signifiait qu'on vous déroulait le tapis rouge et que le patron du magasin s'occupait de vous en personne.

Un privilège dont n'avait jamais bénéficié Sara Beth. Les meubles ou objets de décoration qu'elle avait achetés pour son appartement étaient pratiquement tous d'occasion et elle avait d'ailleurs pris plaisir à les vernir, les rafistoler et parfois les recycler pour un usage autre que celui auquel ils étaient destinés.

— T'est-il déjà arrivé de repeindre une pièce ? demanda-t-elle à Ted.

Ils attendaient dans le bureau de la directrice de Caro Miro Design Studio, un magasin de meubles contemporains haut de gamme — la sixième adresse sur leur liste et celle où ils avaient trouvé leur bonheur.

Caro était dans l'arrière-cour, en train de régler les derniers détails de la livraison d'un canapé, de deux fauteuils, d'une table de salle à manger et de ses chaises, d'un buffet assorti, d'une armoire et d'un grand lit king size accompagné de son sommier.

Restaient à acheter des tables, des lampes, des chaises

et des broutilles comme un dessus-de-lit, des rideaux, des coussins. Mais ils garderaient cela pour un autre jour.

S'arrêtant de tambouriner sur la couverture glacée d'un catalogue, Ted tourna un regard étonné vers Sara Beth.

— Repeindre une pièce ? Non. Pourquoi me demandes-tu cela ?

— Par simple curiosité.

— Parce que toi, tu as déjà pratiqué cet exercice ?

— Souvent. Passer le rouleau sur des pans entiers de murs et de plafonds est un travail fastidieux, mais j'aime bien les finitions, les frises, les petits détails qui font la différence. Toi, tu n'aurais même pas besoin d'un escabeau.

Un soupir lui échappa. Etre grand présentait des avantages.

— Je verrais bien un ton brun doré pour les murs de ta chambre. Chiche ?

Il secoua la tête.

— D'accord pour le choix de la couleur, mais je préfère confier le travail à un professionnel. Chacun son métier, les vaches seront bien gardées.

— Je parie que ton père te disait cela quand tu étais enfant.

L'air songeur, il pencha la tête de côté.

— C'est une phrase qu'il aurait pu en effet prononcer.

— Tu ne veux pas essayer de repeindre ta chambre toi-même ? Ce serait une expérience…

— Demanderais-tu à un peintre de disséquer une grenouille ?

Elle éclata de rire.

— A quand remonte ta dernière dissection ?

— Au lycée, en classe de biologie, dit-il, une étincelle malicieuse dans le regard. Désolé, mais je ne céderai pas. Chacun doit s'en tenir à ce qu'il sait faire. Estime-toi heureuse que je te laisse choisir la couleur.

— Voilà tous les remerciements que je reçois pour ma peine ! dit-elle, affectant un ton indigné. Cela m'apprendra à passer des heures sur internet pour chercher des magasins de meubles. Tout ce que je récolte, ce sont des souffrances.

— Des souffrances ?

— J'ai mal aux pieds, mal au dos. Et faim ! Mais je reconnais qu'on s'est bien amusés, se hâta-t-elle d'ajouter pour l'empêcher de culpabiliser. Pour rien au monde, je n'aurais raté cette journée.

— Pourtant, nous n'avons pas toujours été d'accord.

— Heureusement. Cela aurait été d'un ennui mortel !

— Décidément, tu n'es pas une femme comme les autres.

Une remarque assortie d'un sourire tendre qui acheva de la récompenser. Car elle le prenait comme un compliment, hélas peu conforme à la réalité. Son entourage la considérait comme sage et prévisible. Toute sa vie, elle s'était efforcée de répondre aux attentes de sa mère, de ses professeurs puis de ses employeurs.

Ses proches la décrivaient comme fiable, objective, conciliante, toujours d'humeur égale. Bref, tout le contraire d'une rebelle !

— Merci.

La directrice du magasin — une certaine Caro —, revint sur ces entrefaites. C'était une trentenaire aux courbes harmonieuses moulées dans une robe de créateur bleu électrique.

— Voilà, tout est réglé, annonça-t-elle en fixant ses beaux yeux de chat sur Ted. Vous serez livré aux alentours de 18 heures, monsieur Bonner.

— Parfait. Je vous remercie de votre diligence.

Sara Beth observa le manège de la femme qui était manifestement sensible au charme de Ted. Le seul à ne pas s'en rendre compte, comme toujours, était Ted lui-même. A l'Institut, il ne remarquait jamais les infirmières ni les doctoresses qui tournaient autour de lui.

— J'ai prévu d'accompagner mes livreurs afin de voir votre loft, poursuivit Caro en lui tendant la facture ainsi que le reçu de la Carte Bleue. Ainsi, je serai en mesure de vous prodiguer des conseils pour les autres meubles que vous recherchez.

— Ce ne sera pas nécessaire. Mon amie se charge

des conseils, ajouta Ted en se tournant vers Sara Beth ; nous formons une bonne équipe et je lui fais une entière confiance. Merci tout de même pour y avoir pensé, ainsi que pour le temps que vous nous avez accordé aujourd'hui.

Sara Beth sentit son cœur bondir dans sa poitrine. Elle se retint d'afficher un sourire victorieux.

La sophistiquée et élégante Caro avait beau être mille fois plus sexy qu'elle, cela ne jouait pas en sa faveur. Elle était certes un peu plus âgée que Ted, mais cela n'aurait pas empêché celui-ci de donner suite, s'il avait été intéressé.

Mais il ne l'était pas, car Sara Beth et lui formaient un duo de choc. Elle ne l'avait pas imaginé. Ted venait de l'affirmer.

Il examina la facture.

— Il y a une erreur.

Caro en profita pour pencher son décolleté vers lui.

— Où donc ?

— Vous avez oublié de me compter les frais de livraison. Quinze dollars, n'est-ce pas ?

La main sur sa poitrine, elle lui adressa son plus gracieux sourire.

— Cela ne vaut pas la peine d'imprimer une nouvelle facture. Je vous fais cadeau des frais de livraison. Considérez-le comme un remerciement pour avoir choisi notre enseigne.

Ted tira deux billets de son portefeuille.

— Dix et cinq. Le compte est bon.

L'air surpris, Caro prit les billets. Sara Beth, elle, ne l'était pas du tout, surprise.

— Aimes-tu la cuisine thaïlandaise ? lui demanda-t-il à la sortie du magasin.

— J'en raffole.

— Parfait. Pour l'heure, je ne peux rien pour ton mal de pieds, mais ton problème de faim devrait être bientôt résolu.

Et il sortit son portable pour passer une commande

livrable à domicile en énumérant plusieurs plats. Sans doute s'agissait-il d'un restaurant où il avait ses habitudes.

Une fois de retour au loft, Sara Beth se laissa tomber sur l'une des deux chaises de la salle de séjour. Piétiner dans les magasins était le pire traitement qu'on pouvait infliger à ses pieds, et les siens souffraient le martyre.

— Si tu veux te reposer, proposa Ted en écoutant les messages sur son répondeur, allonge-toi sur mon lit.

Une offre tentante. Qu'elle se devait de refuser.

— Non, merci. Puis-je me servir une boisson fraîche ?

— Je ne sais pas ce qui reste au réfrigérateur. Regarde. Fais comme chez toi.

Le réfrigérateur contenait plusieurs boîtes en carton entamées de nourriture livrées par des restaurants indiens et chinois, quelques bouteilles de jus de fruits et de condiments, trois cannettes de Coca-Cola et une douzaine d'œufs. Le frigo type du célibataire qui faisait rarement les courses.

— Je vais prendre un Coca, annonça-t-elle. En veux-tu un ?

— Volontiers, dit-il, juste derrière elle.

Elle sursauta et se redressa. Il s'était approché sans bruit pendant qu'elle était occupée à répertorier le contenu des étagères. Afin de lui éviter de perdre l'équilibre, il posa ses mains sur sa taille, ce qui n'empêcha pas Sara Beth de basculer contre lui.

Elle s'écarta comme si elle avait frôlé des charbons ardents et lui tendit la cannette avec un rire qui sonna faux.

— Assieds-toi, dit-il. Le livreur ne sera pas là avant une vingtaine de minutes.

Il la conduisit vers la baie vitrée, la fit asseoir, posa leurs boissons sur le carton retourné puis entreprit de lui retirer ses chaussures.

— Que fais-tu ?

Bien sûr, elle avait déjà compris.

— Je m'occupe de résoudre ton second problème.

Heureusement, elle avait mis ses jolies chaussettes, mais il lui était tout de même difficile de se détendre. Pourvu qu'il n'ait pas l'intention de lui masser le dos, sinon elle devrait le repousser…

Pourtant, les mains de Ted faisaient des merveilles, ses doigts sentaient les points douloureux et les soulageaient en les massant avec fermeté. Au travail, elle était tout le temps debout, mais chaussée de mocassins confortables, contrairement à ses bottines à semelles dures d'aujourd'hui.

Les yeux fermés, elle s'appliqua à ravaler les soupirs de plaisir qui menaçaient de s'échapper de sa gorge.

Elle ouvrit les yeux pour l'observer. Loin d'être troublé comme elle, il paraissait serein, complètement concentré sur la tâche à effectuer. Comme elle aurait voulu passer la main dans ses cheveux trop longs, et l'embrasser quand il relèverait la tête…

Le Dr Ted Bonner la fascinait. Quand il décidait d'accomplir quelque chose, il le faisait jusqu'au bout, en accordant toute son attention à l'entreprise. Au lit, était-il aussi…

La sonnerie de l'Interphone interrompit le cours de ses fantasmes.

— C'est trop tôt pour la nourriture. Ce sont sans doute les livreurs de meubles. Ils sont en avance. Désolé d'interrompre la séance de massage.

Il se leva pour aller observer l'écran de télésurveillance puis disparut dans l'ascenseur dont les portes se refermèrent sur lui.

S'efforçant de se ressaisir, Sara Beth reprit sa cannette de soda. Elle se crispa en voyant Caro émerger de l'ascenseur avec Ted. Tout sourires, celle-ci flirtait sans retenue et n'eut même pas la décence de cesser son manège quand elle l'aperçut.

Laissant Ted renvoyer l'ascenseur, la créatrice avança dans la salle de séjour.

— J'ai apporté plusieurs tapis pour le cas où celui que vous avez choisi ne conviendrait pas.

— Comme c'est gentil à vous, ironisa Sara Beth.

— Quel appartement spacieux ! Il va vous falloir davantage de meubles, n'est-ce pas ?

— Pour l'heure, je vais me contenter de ce que j'ai acheté aujourd'hui, dit Ted. Plus tard, après avoir estimé mes besoins, je reviendrai éventuellement vers vous.

Caro venait-elle pour flirter ou pour vendre ? se demanda Sara Beth. Sans doute essayait-elle de joindre l'utile à l'agréable.

— Je pense que c'est une excellente idée, dit la créatrice en avançant vers la fenêtre. Quelle vue merveilleuse !

Ted adressa à Sara Beth un clin d'œil qui prouvait qu'il n'était pas dupe. Contrairement à ce qu'elle croyait, il avait très bien compris où la belle Caro voulait en venir.

Deux solides gaillards émergèrent de l'ascenseur avec d'immenses tapis, six au total. Il leur fallut plusieurs allers-retours pour monter les meubles qu'ils passèrent ensuite leur temps à déplacer. Entre-temps, les plats thaïlandais furent livrés et remisés sur le comptoir de la cuisine, leur arôme tentateur flattant les narines de Sara Beth.

Finalement, Ted resta sur son choix initial de tapis. Les meubles furent mis définitivement en place et le lit monté.

Après le départ des livreurs, Caro s'attarda en délivrant quelques derniers conseils sur les achats futurs. Ted l'écouta, ce qui n'engageait à rien, tout en la conduisant habilement vers l'ascenseur.

Après le départ de Caro, Sara Beth plaça d'autorité les cartons de nourriture au micro-ondes.

— Aurais-tu des dessous-de-plat ?

Ted leva les yeux au ciel comme si elle lui demandait l'impossible.

— Des serviettes en papier, au moins ?

— Dans le tiroir du placard. Tu dois mourir de faim.

— Je suis prête à manger les serviettes en papier.

Il rit.

— Caro est une femme qui sait ce qu'elle veut.

Sara Beth se contenta de hausser prudemment les épaules.

— Je suis sûr que tu as une opinion, insista-t-il.

— Elle fait bien son travail.

— Pas si bien que ça, dit-il en prenant deux assiettes et des couverts et en les disposant sur la table flambant neuve de la salle à manger.

— Tu lui as pourtant acheté beaucoup de choses.

— J'en aurais acheté davantage si elle ne s'était montrée aussi entreprenante. Ce qui annonce une expédition future dans d'autres magasins.

— Je suis libre samedi prochain.

— Merci…

Il posa la main sur la sienne comme elle plaçait un carton tout chaud sur la table.

— Merci pour avoir passé la journée avec moi. Pour l'aide que tu m'apportes à l'Institut. Et pour égayer ma vie.

— De rien…

Le sens de la repartie avait soudain déserté Sara Beth.

Quand ils eurent terminé de manger, accroché les tableaux aux murs et rédigé une liste de tout ce qu'il restait à acheter, Sara Beth tombait presque de sommeil à côté du lit tout neuf qu'ils venaient de faire.

— Tu n'as plus mal aux pieds ? s'enquit-il.

— Plus du tout.

— Reste à régler le problème de ton dos.

La panique fit s'accélérer les battements de son cœur.

— Non, non, ça va.

— Ne me raconte pas d'histoires. Tu viens de passer une heure à monter et à descendre d'un escabeau et à porter des œuvres d'art qui pèsent leur poids…

Son sourire était gentiment moqueur, comme s'il devinait l'attirance qu'elle éprouvait pour lui *et* sa peur d'y céder.

A moins qu'elle n'ait pris ses désirs pour des réalités, elle était convaincue qu'il avait tâté le terrain toute la journée en lui adressant des compliments et des sourires qui allaient au-delà de la simple relation amicale.

A aucun moment, en revanche, il n'avait indiqué clairement ce qu'il attendait d'elle. Dans ces conditions, songea

Sara Beth, il valait mieux battre en retraite. La sagesse lui enjoignait de rentrer chez elle pour réfléchir à la journée qui venait de s'écouler.

— Je vais rentrer, dit-elle en rassemblant ses affaires.

— Déjà ?

Elle ne put s'empêcher de rire. Ils venaient de passer douze heures ensemble.

Prenant ses clés, il l'escorta vers l'ascenseur. Durant le trajet, un silence décontracté régna dans la voiture, comme s'ils n'avaient pas besoin de parler.

— Miracle !, dit-il comme ils arrivaient devant la résidence de Sara Beth. Une place juste en face !

Il se gara le long du trottoir, coupa le moteur puis contourna le capot pour lui ouvrir la portière et lui tendre la main.

— Inutile de me raccompagner, protesta-t-elle en prenant sa main à contrecœur. Je croyais qu'il fallait laisser tomber les formalités.

— Ce n'est pas une formalité, mais un plaisir.

Ils entrèrent dans le hall, puis montèrent l'escalier. Au moment de glisser sa clé dans la serrure, elle se tourna vers lui.

— A lundi…

Sans répondre, il fit tourner la clé, ouvrit la porte et lui fit signe de le précéder.

Non. Pas question de l'inviter chez elle. Même pour terminer dignement la journée avec des cookies et du chocolat chaud. Elle se plaça devant l'entrée.

— Bonsoir, Ted.

Il se pencha et elle crut qu'il allait l'embrasser, mais il la prit dans ses bras pour la serrer contre lui.

Le contact de son corps lui sembla étrangement familier ; sa force, son parfum, sa chaleur, tout éveillait en elle le désir tandis que la voix de la raison continuait à l'exhorter à la prudence, lui soufflant qu'ils travaillaient ensemble. Qu'il était médecin. Issu de l'aristocratie bostonienne fortunée. Qu'il occupait dans la société une place qui ne serait jamais la sienne.

Qu'une femme comme Tricia Trahearn lui conviendrait bien mieux.

— Ton amitié m'est précieuse, Sara Beth, murmura-t-il contre ses cheveux. Merci de me l'accorder.

Amitié. Le mot la dégrisa.

— Je t'en prie, dit-elle, un sourire factice aux lèvres.

Puis il descendit les marches et elle entendit la porte se refermer en bas.

La déception le disputait en elle au soulagement. A présent, elle voyait clair en elle. Elle était prête pour le mariage. Pour fonder une famille.

Mais pas avec le Dr Ted Bonner.

Ted aperçut Sara Beth debout à sa fenêtre. Il lui fit signe de la main puis s'installa au volant sans attendre qu'elle lui réponde et s'éloigna sur les chapeaux de roue.

Quelle mouche l'avait piqué de la serrer dans ses bras ?

Comme s'il ne le savait pas ! Il brûlait d'envie de la toucher depuis qu'il l'avait vue, penchée devant son frigo, en train d'en inspecter le contenu ; et plus tard, devant son lit, après le départ de Caro et des livreurs. Tandis qu'elle était en train d'étaler les draps, il avait rêvé de l'enlacer et d'étrenner le matelas en sa compagnie…

Des amis qui passeraient parfois une nuit ensemble… L'arrangement idéal pour deux personnes qui ne voudraient pas d'un engagement sérieux. Il y avait songé plus d'une fois aujourd'hui tandis qu'ils se frôlaient pour déplacer tel meuble, redresser tel tableau.

Mais cela lui suffirait-il ? D'autant qu'il n'était pas sûr que Sara Beth accepte.

Tricia, elle, serait consentante. Et ne lui causerait aucune complication. Elle lui avait laissé un message sur son répondeur pour l'inviter dimanche prochain — c'était l'anniversaire de Ted. Sans doute finiraient-ils au lit s'il le souhaitait.

Et il le souhaitait. Mais pas avec Tricia.

Il voulait Sara Beth O'Connell. Et personne d'autre.

7.

Lundi matin, Sara Beth trouva Ted et Chance déjà à pied d'œuvre autour de la centrifugeuse.

— Bonjour, dit-elle en accrochant son manteau. J'ai terminé d'entrer la première série de dossiers. Puis-je descendre à la salle des archives en chercher d'autres ? ajouta-t-elle sur un ton faussement désinvolte.

— Je l'ai déjà fait pour toi, répondit Ted en lui indiquant la pile qui reposait sur le bureau ; étant donné que tu ne fais pas partie du personnel autorisé — j'ai vérifié auprès des ressources humaines.

Personnel autorisé ? Ce qui lui interdisait à tout jamais de retrouver le dossier de sa mère ?

Une douleur aiguë la transperça soudain.

— Tu es blanche comme un linge, dit Ted en la prenant par l'épaule. Viens donc t'asseoir.

Chance lui avança une chaise sur laquelle elle s'écroula.

— Que se passe-t-il ? s'enquit Ted en s'accroupissant devant elle pour poser une main sur son front. Es-tu malade ?

Elle tenta de surmonter son désarroi pour trouver une réponse plausible.

— Je… j'ai mangé des céréales ce matin. Le lait avait peut-être tourné.

Une piètre explication.

Chance prit son pouls tandis que Ted soulevait ses paupières pour vérifier la réaction de ses pupilles.

— As-tu envie de vomir ?

L'ironie de la situation la frappa. Deux médecins étaient aux petits soins pour elle, tout cela parce qu'on lui refusait l'accès à la salle des archives et à un dossier qu'elle n'avait de toute façon pas le droit de consulter.

Si elle avait eu le courage de braver le règlement pour s'introduire, Dieu sait comment, dans le saint des saints et mettre la main sur le précieux document, qu'aurait-elle fait des informations obtenues ? Aurait-elle osé contacter son géniteur après tant d'années ?

Non. Cela valait mieux ainsi.

A force de se le répéter, elle s'en convaincrait.

— Je vais bien, vraiment, dit-elle en les repoussant doucement. J'ai eu un étourdissement, mais c'est passé. A présent, je suis prête à me mettre au travail.

— Reste assise un instant.

Elle aurait préféré aller se cacher dans la salle de bains pour pleurer toutes les larmes de son corps, tenter d'évacuer sa déception, mais ils seraient capables de l'y suivre pour s'assurer qu'elle ne s'évanouissait pas.

— D'accord.

La sonnerie du minuteur de la centrifugeuse se déclencha. Profitant de ce que Ted s'éloignait pour l'éteindre, Chance se pencha à l'oreille de Sara Beth.

— Etes-vous enceinte ?

Sara Beth sentit le sang affluer à ses joues.

— Non !

— Sûre ?

— Certaine.

Il lui tapota l'épaule puis rejoignit Ted.

Quelques mots de leur conversation parvinrent à Sara Beth. *Expérience… Risque… Essai… Nous ne le saurons pas jusqu'à…*

Etaient-ils sur le point d'aboutir ? En phase expérimentale finale d'un traitement contre la stérilité ? Dans ce cas, un long parcours du combattant les attendait, fait d'épreuves et de tests, sans parler des démarches en vue d'obtenir l'homologation.

Sara Beth se plongea dans le travail pour oublier sa déception. Tant et si bien qu'elle ne vit pas les heures passer.

Soudain, elle sentit sa chaise pivotante se déplacer. Ted était en train de la pousser vers la porte du labo.

— Hé ! Que fais-tu ? demanda-t-elle en relevant les pieds.

— Que tu le veuilles ou non, tu vas prendre une pause. Je t'ai appelée cinq fois, tu n'as même pas entendu. Je crois que j'ai vraiment déteint sur toi.

Pas encore, mais cela ne saurait tarder.

La pensée la fit sourire. Ainsi que la sollicitude qu'il lui témoignait.

— Va recharger tes batteries, ordonna-t-il en s'arrêtant à la porte du sas. Je ne veux pas te revoir avant une demi-heure.

— Les pauses ne doivent pas dépasser un quart d'heure.

— Tu oses discuter avec ton patron ?

— Je ne me le permettrais pas, dit-elle sur le même ton badin. Seulement, je n'ai pas pour habitude de prendre une aussi longue pause. Une heure, pour déjeuner, d'accord, mais une demi-heure… Impossible.

— Prends un café, va te promener, bavarde avec des amis au téléphone, je ne sais pas, moi…

Elle rit.

— Pour en revenir aux choses sérieuses, puis-je savoir si Chance et toi vous avez découvert quelque chose d'important ? Vous sembliez tous deux sur le pied de guerre ce matin.

— Je ne peux rien te dire pour le moment.

Mais ses yeux donnaient une autre réponse, affirmative.

— Je n'en soufflerai mot à personne, je te le promets.

Encore un secret à garder.

— Es-tu libre samedi soir ? J'aimerais t'inviter à dîner après notre expédition dans les magasins de meubles. En guise de remerciement.

— Tu n'as pas besoin de me remercier, mais j'accepte.

Le cœur battant à deux cents à l'heure, elle se hâta de sortir dans le couloir.

Elle se sentait soudain plus légère. Son projet de consulter le dossier de sa mère n'aboutirait sans doute jamais, mais c'était mieux ainsi.

Les jours suivants, l'excitation de Sara Beth monta d'un cran à la perspective du dîner en compagnie de Ted, reléguant au second plan sa déception de se voir interdire l'accès à la salle des archives.

Par contre, elle nota un changement de comportement chez Ted. Il semblait plus réservé, plus froid. Regrettait-il son invitation ?

Il vint la chercher samedi à 9 heures pile et ils allèrent de magasin en magasin en achetant presque tout ce qui figurait sur leur liste. Comme la semaine précédente, ils se firent livrer le jour même.

Sara Beth avait emporté une tenue de rechange pour le soir afin que Ted n'ait pas à la raccompagner chez elle.

Après qu'ils eurent mis les meubles en place, accroché les tableaux aux murs et jeté les cartons et les sacs vides, ils s'offrirent un répit sur le nouveau divan livré l'après-midi, une immense méridienne couleur havane qui se mariait fort bien au cuir du canapé.

Les pieds posés sur la table basse, ils promenèrent le regard à la ronde pour admirer le fruit de leur travail.

La salle de séjour alliait luxe, sobriété et confort, mais la plus grande fierté de Sara Beth résidait dans la chambre, magnifique, avec un dessus-de-lit somptueux dans des tons noir et chocolat et des rideaux assortis.

— A ta santé, dit-elle en faisant tinter son verre de soda contre celui de Ted. T'ai-je dit que le jean t'allait bien ?

Il portait son unique jean, avec une chemise blanche toute simple, les manches relevées aux coudes. Enfin, pas toute simple, mais le résultat était fort plaisant à l'œil.

— Oui, plusieurs fois. Et le message est passé. Tu me préfères en tenue décontractée plutôt que dans mon uniforme de labo.

— Exact. Tu devrais faire une pendaison de crémaillère. Il faudrait acheter quelques plantes, qui sont de toute façon prévues, ainsi que quelques bouteilles de vin rouge. C'est la tradition. Et cela fera plaisir à ta mère.

— Ce qui lui ferait vraiment plaisir, c'est de me savoir fiancé.

La conversation s'arrêta net.

— Désolé, dit-il après un moment.

— Il n'y a pas de quoi. Ta mère ne s'en cachait pas lors de sa soirée d'anniversaire. Au fait, as-tu revu Tricia, depuis ?

Elle s'efforçait d'adopter un ton désinvolte, comme si la réponse lui importait peu.

— Nous dînons ensemble demain.

Un silence encore plus long s'installa entre eux.

— Désolé, répéta-t-il. Décidément, j'accumule les gaffes, ce soir. Le fait que je baisse la garde témoigne plutôt en ta faveur, pourtant.

C'était vrai. Elle aurait dû se sentir flattée.

Encore qu'à la réflexion… Un homme qui s'intéresserait à elle ne mentionnerait pas qu'il dînait le lendemain en compagnie d'une autre.

— Tricia est une vieille amie, il est normal que vous dîniez ensemble. De toute façon, j'aurais mauvaise grâce à m'en offusquer, n'étant même pas ta petite amie.

Elle avait prononcé ces mots avec plus de véhémence qu'elle ne l'aurait voulu.

Elle commençait à se sentir possessive à son égard, une réaction qu'il encourageait en se rapprochant d'elle. Désormais, au labo, il se penchait souvent par-dessus son épaule pour observer son écran alors qu'il aurait très bien pu voir ce qu'elle faisait en restant assis à côté d'elle.

D'où ses espoirs grandissants… et qui venaient d'être anéantis.

— Il n'y a rien entre Tricia et moi, je t'assure.

— Tu n'as pas à te justifier, Ted. Je vais me changer, ajouta-t-elle en se levant.

La joie qu'elle se faisait de cette soirée s'était envolée. Ils venaient de deux mondes différents. Un rappel cruel, mais nécessaire. Tricia appartenait au même monde que Ted. Ils tiraient sans doute fierté de leurs arbres généalogiques respectifs, qui remontaient à fort loin.

Sara Beth ne pouvait en dire autant ; dans son arbre à elle, il manquait la moitié des branches !

Une fois dans la chambre, elle se déshabilla et se regarda dans le miroir.

Il n'y avait pas d'avenir avec Ted. Soit. Mais rien n'interdisait de vivre le moment présent.

Si elle couchait avec lui — à condition qu'il en manifeste l'envie —, elle violerait les règles qu'elle s'était toujours fixées, les interdits contre lesquels sa mère l'avait mise en garde toute sa vie.

L'appel de l'aventure serait-il le plus fort ?

Cet aspect de sa relation avec Ted touchait à sa fin puisque, bientôt, il n'y aurait plus d'expéditions dans les magasins, plus de meuble ni de lampe à acheter.

Ils n'auraient plus cette excuse pour passer du temps ensemble, mais devraient alors se fixer rendez-vous s'ils voulaient se voir en dehors de l'Institut.

Cela nécessiterait une démarche délibérée de la part de Ted. Franchirait-il le pas ?

Et avait-elle envie d'attendre qu'il se décide ?

Il lui restait deux heures pour répondre à cette question.

Ted termina sa cannette de soda en essayant de ne pas penser à Sara Beth qui se déshabillait dans sa salle de bains, debout à côté de la cabine de douche, une cabine assez grande pour deux.

Pense à autre chose.

Quel meilleur dérivatif que d'observer son appartement nouvelle version ! Il avait déjà oublié l'aspect dépouillé du loft avant transformation. Tout cela avait un coût, et il ne parlait pas d'espèces sonnantes et trébuchantes, mais de temps — deux samedis de suite, consacrés exclusivement aux achats et à la décoration.

Parce que la situation au laboratoire le lui avait permis. Chance et lui venaient de mettre au point un traitement susceptible d'accroître la mobilité des spermatozoïdes ainsi que la production de testostérone dans les tubes séminifères. Le fruit d'années de recherche.

Restait encore à l'expérimenter et à le tester avant de crier victoire.

Entre-temps, ils poursuivraient leurs travaux. Il y avait tant à faire ! Et ils mèneraient en parallèle le combat pour lever tous les soupçons de malversation qui pesaient sur l'Institut et redorer son blason.

Ensuite, Sara Beth pourrait retourner à ses attributions d'infirmière en chef. Mais pas immédiatement. Elle était censée l'aider à rédiger un protocole de bonne conduite, ce qui prendrait bien une ou deux semaines.

Il aimait travailler en sa compagnie. Sa présence exerçait sur lui une influence apaisante, tout en l'excitant.

Même Chance avait remarqué qu'il semblait plus posé et détendu, sauf que Chance ne l'avait pas vu en train d'observer Sara Beth du coin de l'œil, de détailler la manière dont sa tresse dansait dans son dos à chacun de ses mouvements, d'admirer sa cambrure, la courbe de ses hanches…

Elle portait souvent des pulls noirs à col en V dont l'échancrure laissait deviner un soupçon de dentelle…

— Elle est à toi.

La voix de Sara Beth l'arracha à ses fantasmes.

Elle est à toi.

Elle faisait bien sûr allusion à la salle de bains, mais, pendant quelques secondes, il avait compris autre chose.

Il se tourna vers elle. Elle portait une autre de ses robes noires classiques, mais celle-ci collait à sa silhouette comme une seconde peau. Le généreux décolleté dévoilait d'agréables rondeurs, ainsi qu'un joli médaillon.

Ses yeux ne luisaient pas de sa gaieté coutumière, mais semblaient intenses et sombres. Eprouvait-elle le même désir que lui ?

— Tu es très belle.

Mieux valait rester sobre.

Elle lui sourit.

— Ne t'étonne pas de sentir le parfum de ton savon, j'ai pris une douche.

Il s'approcha pour sentir son épaule puis glissa un doigt dans son décolleté pour sortir le pendentif.

— Contient-il des photos ?

— Une. De ma mère et de moi.

— Puis-je voir ?

— Je t'en prie.

Laissant ses doigts effleurer sa peau, il défit le fermoir du médaillon.

— Tu devais être adolescente ? s'enquit-il en observant la minuscule photo.

— J'avais quinze ans.

Il referma le médaillon sans pour autant écarter ses doigts, brûlant d'envie d'aller plus loin.

— Tu ne m'interdis pas de te toucher ? dit-il en plongeant son regard dans celui de Sara Beth.

— Non.

Son souffle court lui fournit un indice précieux. C'était l'encouragement dont il avait besoin.

— Voilà ce que je te propose : je vais aller me changer, ce qui te laissera le temps de réfléchir. Si, après voir testé l'idée dans ta tête, elle te semble toujours positive…

— On n'est pas au laboratoire, Ted.

— Mais nous travaillons ensemble.

— Plus pour très longtemps.

Il baissa les yeux vers sa bouche, qu'un gloss rose

teintait légèrement, et, incapable de résister plus longtemps, l'embrassa.

Il sentit son sang bouillir dans ses veines. Comme elle ne résistait pas, il approfondit le baiser. Il voulait tout ce qu'elle avait à lui donner.

S'écartant pour reprendre son souffle, elle posa le front contre son torse.

— Désolé, dit-il en reculant légèrement.

Etait-ce de la surprise ou de la peur qu'il lisait sur le visage de Sara Beth ?

— J'en demande trop, trop vite. Tu as besoin de temps.

Il se tourna vers la porte.

— Ted, attends.

Il eut l'impression d'être un adolescent qu'on réprimandait.

— Ne t'enfuis pas, tout va bien, dit-elle en le retenant par le bras.

Finalement, ce n'était pas une réprimande.

— J'ai perdu le contrôle.

— Où est le mal ?

Il la regarda. Toute trace de peur avait disparu de son visage.

— Je brûle les étapes. Si tu ne m'avais pas arrêté, je t'aurais emportée sur le canapé, sans réfléchir.

— Alors, ne réfléchis pas.

Son regard de braise était éloquent.

Jamais il n'aurait cru que la Sara Beth qu'il connaissait, la gentille fille saine et sans histoires, pouvait être aussi… torride.

— Je préfère le lit.

Elle noua les bras autour de son cou.

— Moi aussi.

Il ne se fit pas prier et l'emporta dans la chambre.

Longtemps après que Ted se fut assoupi, Sara Beth resta à l'observer dans l'obscurité.

Elle l'aimait.

Mais comment était-ce possible ? C'était prématuré, imprudent. Stupide !

Au sortir de l'étreinte, confondait-elle désir et amour ?

Car il s'était montré un amant extraordinaire, le plus passionné et le plus généreux qu'elle ait jamais connu.

Quand il se mettait en tête d'accomplir quelque chose, il y consacrait toute son énergie et son attention. Et, cette fois, il les avait employées pour la transporter au septième ciel. A deux reprises.

Il bougea et l'attira contre son torse. Sans mots ni baisers. Juste son cœur qui résonnait à l'oreille de Sara Beth.

— Ça va ?

— Ça va.

Que dire d'autre ?

— Jamais je n'ai eu un aussi bel anniversaire, murmura-t-il.

Elle se redressa sur le coude.

— C'était ton anniversaire ? Tu aurais pu me le dire.

— Ce n'est pas important.

— Pour moi, si. J'adore les anniversaires. J'aurais pu t'offrir un cadeau, ou te confectionner un gâteau avec trente-trois bougies.

— Tu m'as déjà fait un cadeau. Quant aux bougies, très peu pour moi ; elles rappellent qu'on prend une année de plus.

Il resserra son bras autour de ses épaules.

— Merci pour tout ce que tu m'as donné. Je n'ai jamais eu d'amie comme toi.

Amie... Ce mot sonna le glas des espoirs de Sara Beth. Etait-ce tout ce qu'elle représentait pour lui ? Il aurait pu au moins dire « petite amie ».

Au fond, cet amour qu'elle croyait éprouver à son égard se réduisait peut-être également à une simple amitié.

A cet instant, le téléphone sonna. Ted ne répondit pas, mais sembla mal à l'aise. Et elle comprit pourquoi. Le répondeur allait prendre le relais dans quelques instants et elle pourrait entendre le message.

— Il est tard. Je me demande qui cela peut être…

— Il existe un seul moyen de le savoir, c'est de décrocher…

Une voix légèrement nasillarde s'éleva pour laisser un message sur le répondeur. La voix de Tricia.

« Salut, Ted. Je voulais te souhaiter un bon anniversaire avant minuit. J'attends impatiemment de te voir demain. Ta mère m'a appris que tu avais fait redécorer ton appartement. Je pourrais t'y retrouver et jouer à l'inspectrice des travaux finis avant qu'on sorte dîner. Toi et moi, on a beaucoup de temps perdu à rattraper. Dans tous les domaines. A plus tard, alors…

Sara Beth tira le drap sur elle. La magie de la nuit s'était envolée.

— C'est juste une amie, dit Ted, manifestement aussi embarrassé qu'elle.

— Oui, comme moi.

Elle se sentait incapable de cacher son ressentiment plus longtemps.

Elle esquissa un geste pour sortir du lit, mais il la retint.

— Tu es plus qu'une amie.

— Ah bon ? Quelle différence y a-t-il avec Tricia ?

— Je… je ne couche pas avec elle.

— Je suis de ces amies compréhensives avec qui on peut coucher, c'est cela ?

Celles qui « rendaient service », qui considéraient le sexe comme un moyen de satisfaire un besoin physique, rien de plus.

— Une amie-amante, cela me convient parfaitement, dit-il.

Elle l'avait cherché ! Ted ne lui avait jamais dit qu'il ressentait quoi que ce soit à son égard. Elle n'avait à s'en prendre qu'à elle-même.

Le problème, c'est qu'elle était jalouse de Tricia Trahearn. Elle n'avait jamais été jalouse de personne auparavant puisqu'elle n'avait jamais eu à partager. Et ce n'était pas aujourd'hui qu'elle commencerait.

8.

Dimanche soir, Ted regarda Tricia aller et venir dans le loft, lui donner son opinion sur les meubles, les tableaux, les objets de décoration, et lui suggérer des améliorations çà et là.

Contrairement à ce qu'elle avait proposé la veille, il était allé la chercher chez elle pour l'emmener directement au restaurant de son choix. Un établissement fort coté où elle avait ses habitudes et où ils avaient rencontré plusieurs amis communs.

Tricia avait insisté pour payer l'addition.

— C'est mon cadeau d'anniversaire, lui avait-elle dit.

A contrecœur, il avait cédé. Cela le gênait qu'une femme paie pour un homme, même si elle gagnait très bien sa vie. Certaines choses ne se faisaient pas, voilà tout.

Tout comme cela le gênait qu'elle se promène dans son territoire.

Un territoire où seule Sara Beth était admise.

Cette dernière aimait s'asseoir sur l'une des deux chaises pliantes, près de la porte-fenêtre donnant sur la rivière. C'était le seul endroit de l'appartement qu'ils n'avaient pas transformé. Tricia avait poussé de hauts cris devant « ce grand vide ». Une table design et quatre chaises assorties combleraient avantageusement l'espace, avait-elle préconisé. Cela rétablirait l'équilibre avec le reste de la salle de séjour.

Peut-être. Il n'y connaissait rien. Mais il n'avait pas envie de toucher à ces deux chaises, parfaites pour des amoureux… Ni à la petite table juste assez grande pour dîner aux chandelles.

L'édredon en patchwork noir et chocolat n'était pas non plus du goût de Tricia qui le trouvait démodé.

— Le patchwork, cela fait grand-mère. La tendance est aux dessus-de-lit en fausse fourrure. C'est ce que j'aurais choisi, à la place de Sara Beth.

Dieu merci, songea Ted, elle n'y était pas !

La couleur désormais brune des murs de la chambre ne trouva pas non plus grâce aux yeux de Tricia.

— Eh bien, tu ne m'offres pas un dernier verre ?

Elle portait une robe aussi décolletée que celle de Sara Beth la veille, et d'un rouge écarlate provocant.

— Qu'est-ce qui te ferait plaisir ? Cognac, vin, whisky ?

— Un cognac, s'il te plaît, dit-elle en se juchant sur un haut tabouret tandis que Ted contournait le comptoir de la cuisine. Je me suis bien amusée, ce soir.

— Moi aussi.

C'était sincère. Ils avaient évoqué des souvenirs, certains qu'il avait oubliés, ou qu'il aurait voulu oublier, et d'autres qui restaient gravés dans sa mémoire. Les deux surdoués du lycée avaient en leur temps partagé un lien unique.

Il la servit, remplit son propre verre, mais resta derrière le comptoir plutôt que de lui proposer d'aller s'asseoir dans le canapé.

— Aux vieux amis, dit-elle en levant son verre.

— Un toast comme je les aime…

Ils sirotèrent leur boisson tout en s'observant par-dessus leurs verres.

— Puisqu'on parle de vieux amis, aurais-tu des nouvelles de Rourke Devlin ?

Ted haussa les épaules.

— Il est parti de rien pour atteindre les sommets. Dès l'adolescence, il avait la rage et l'ambition de réussir. Et il l'a fait au-delà de toutes les espérances.

— Il habite toujours à New York ?

— Un immense appartement au dernier étage d'un

immeuble sur Park Avenue avec vue sur Central Park et les gratte-ciel de Manhattan.

— Sort-il avec quelqu'un depuis son divorce ?

— A mon avis, il sort avec *beaucoup* de jeunes et jolies personnes, non qu'il s'en soit jamais vanté auprès de moi. Pourquoi ? Il t'intéresse ?

— Peut-être. Puisque mon premier choix semble pris.

Ted marqua une pause avant de répondre :

— Qu'en sais-tu ?

— Tu ne m'as pas touchée de la soirée. Et tu n'as jamais regardé plus bas que mon visage.

En homme normalement constitué, il *avait* regardé ; sans vouloir aller plus loin.

— Que pensent tes parents d'elle ? s'enquit-elle en faisant tourner lentement son cognac dans son verre.

— Je ne sollicite pas leur avis.

— Ils ont toujours nourri de grandes ambitions pour toi, le fils unique, chercheur d'exception, dont ils sont tellement fiers…

— T'en ont-ils parlé ?

— De Sara Beth ? Pas nommément, mais ta mère a fait une allusion à l'importance de l'origine sociale.

— Un refrain que je connais par cœur.

— Leurs intentions sont louables.

— Je n'en doute pas un seul instant. Veux-tu que je te raccompagne ?

Tricia regarda ostensiblement sa montre pour lui faire comprendre qu'il était encore tôt, même pas 22 heures, puis elle posa son verre à côté de celui que Ted avait à peine entamé et prit son sac.

— J'espérais que la soirée se terminerait autrement.

— Nous deux, c'est fini, Tricia. Depuis longtemps.

— Je suppose que oui. Dans ce cas, verrais-tu une objection à me donner le numéro de téléphone de Rourke ?

Il ne put s'empêcher de rire en l'escortant vers l'ascenseur.

— Il n'est plus un boy-scout, tu sais.

— Ce qui signifie ?

— On ne devient pas multimillionnaire sans…

La porte de l'ascenseur s'ouvrit et Ted s'effaça pour laisser passer Tricia.

— Tu veux dire qu'il est impitoyable en affaires ?

— Pas seulement.

Il appuya sur le bouton du garage.

— Il n'hésiterait pas à nuire à ta carrière, à hypothéquer tes chances de siéger à la Cour Suprême si une telle promotion était contraire à ses intérêts.

— Je ne cherche pas à me faire épouser, Ted. S'amuser avec un homme qui a les moyens de satisfaire vos envies n'a jamais fait de mal à une femme. Et s'il habite loin, c'est encore mieux. Je ne tiens pas à m'afficher à son bras dans mon quartier…

Comme l'ascenseur arrivait, Ted ajouta :

— Voilà ce que je te propose : je transmettrai à Rourke que tu es intéressée. Et la balle sera ensuite dans son camp.

— Laisse tomber. Je ne suis pas sûre de pouvoir supporter d'être éconduite par vous deux.

Quelques minutes plus tard, il la déposa devant la demeure des Trahearn puis prit la direction de Cambridge. S'il trouvait à se garer près de chez Sara Beth, il l'appellerait pour lui demander s'il pouvait monter. Sinon, il rentrerait chez lui.

Le sort en déciderait. Ce matin, ils s'étaient séparés plutôt froidement devant l'immeuble de Sara Beth. Elle ne l'avait pas invité à monter et lui avait lancé un « A lundi ! » lapidaire avant de disparaître dans le hall.

Serait-il le bienvenu ce soir ? Rien n'était moins sûr.

A l'approche de l'immeuble, il commença à chercher une place. En vain.

Ses doigts se crispèrent sur le volant. Et voilà, il ne lui restait plus qu'à rentrer chez lui ! Il remonta la rue, fit le tour du pâté de maisons puis revint devant la résidence. Hélas, toujours rien.

Rentre chez toi.

Comme il s'éloignait, une voiture démarra devant lui,

laissant une place libre. Il se hâta de faire le créneau, et resta assis à son volant. Il n'était pas assez près pour voir si les fenêtres de Sara Beth étaient éclairées, ce qui ne signifiait pas pour autant qu'elle était seule.

Ni qu'elle l'accueillerait à bras ouverts…

Un quart d'heure plus tard, Ted se décida enfin à sortir de sa voiture et à se diriger vers la porte de la résidence. Aucune lumière ne brillait chez Sara Beth. Elle était déjà couchée.

Ce qui ne l'empêcha pas de sonner à l'Interphone.

— C'est Ted, annonça-t-il dès qu'elle répondit.

Elle descendit lui ouvrir, vêtue d'une robe de chambre.

— Tu vas bien ? s'enquit-elle en croisant les bras pour se protéger du froid.

— Puis-je monter ?

— Pourquoi ?

— J'aimerais dissiper un éventuel malentendu.

Elle le dévisagea longuement avant de le précéder dans l'escalier puis de pousser la porte qu'elle avait laissée entrebâillée. Elle le conduisit dans la salle de séjour, laissant dans son sillage une odeur de savon et de dentifrice.

— Comment s'est passée ta soirée avec Tricia ? demanda-t-elle sans lui proposer de s'asseoir.

— Sur une échelle de un à dix, elle mérite cinq. Tu ne me demandes pas quelle note je donnerais à notre soirée d'hier ?

La colère brilla dans les yeux de Sara Beth. Il songea, un peu tard, que ce petit jeu n'était pas forcément du goût du sexe faible.

— Je lui donnerais onze, termina-t-il puisqu'il avait commencé.

— C'est très généreux de ta part.

La note de sarcasme ne lui échappa pas.

— J'ai l'impression que nous nous sommes quittés fâchés, ce matin.

— Ce n'est pas qu'une impression.

— Donc, j'avais raison. Il faut crever l'abcès afin que

nous puissions travailler sereinement au labo demain. Je sens qu'on s'est mal compris.

— A quel sujet ?

— Nous avons parlé d'amitié amoureuse…

— C'est *toi* qui en as parlé.

— Exact. Je me suis rendu compte plus tard que l'expression t'avait peut-être froissée.

— « Froissée » n'est pas le terme qui convient. Je ne suis pas intéressée, c'est tout.

— Par le rôle de l'amie ou de l'amante ?

— Par aucun rôle, Ted ! Et certainement pas par la combinaison des deux.

Il réfléchit.

— Ce que tu essaies de me signifier, c'est que nous pourrions être amis ou amants, mais pas les deux ?

— Non, tu déformes mes paroles.

— Dis-moi simplement ce que tu désires, Sara Beth.

— Je crois qu'une femme peut être amie avec un homme tout en partageant son intimité physique. C'est l'association des deux termes qui me dérange ; elle évoque pour moi des personnes qui n'ont pris aucun engagement l'une envers l'autre et qui seraient donc libres d'aller voir ailleurs. Moi, quand je suis avec quelqu'un, je l'aime de manière exclusive. Il n'est pas question que je partage.

Il se rapprocha pour lui caresser la joue.

— Je n'ai pas couché avec Tricia, si c'est ce qui t'inquiète.

— Te l'a-t-elle proposé ? Je parie que oui, reprit-elle devant son silence.

— Quelle différence cela fait-il ? Il ne s'est rien passé.

Elle écarta sa main.

— Et c'est bien dommage ! lança-t-elle d'un ton désespéré. Vous êtes faits pour être ensemble, avec vos familles qui descendent en droite ligne des Pères pèlerins du Mayflower. L'histoire de vos ancêtres, le milieu d'où vous êtes issus, votre style de vie, tout devrait vous pousser l'un vers l'autre…

— Il manque juste la magie qui existe entre toi et moi, Sara Beth. Et puis tu sais me faire rire.

— Est-ce si important ?

— Tu le sais bien. Mais revenons à la magie. Quand Tricia s'éloigne, elle ne me donne pas envie de la suivre du regard ni de la rattraper pour la prendre dans mes bras et l'embrasser comme un fou.

Les yeux de Sara Beth brillaient, incrédules.

— Parce que, avec moi, tu éprouves cette envie ?

— Depuis des mois. Et depuis que nous travaillons ensemble dans la même pièce, je vis un véritable supplice.

— Tu le cachais bien.

— Je t'observais discrètement. Même dans ta blouse d'infirmière-laborantine, tu produisais sur moi un effet… certain. Je te désire, Sara Beth. Conduis-moi jusqu'à ton lit.

— Le canapé est plus près, dit-elle en s'y laissant tomber et en lui ouvrant les bras.

9.

La main crispée sur le téléphone, Sara Beth s'exhorta à la patience.

— Il est impossible de joindre le Dr Bonner, mademoiselle Goodheart, répéta-t-elle. Il est en réunion.

— Attendez, je vais transmettre à sa mère qui est devant moi.

Un silence se fit au bout de la ligne puis la voix de Wilma Goodheart, la réceptionniste de l'Institut, résonna de nouveau dans le combiné.

— Elle dit qu'elle aimerait vous voir en attendant que son fils se libère.

— C'est que je ne sais pas quand la réunion se terminera.

Et je n'ai ni le temps ni l'envie de faire la causette avec la mère de Ted.

— Patientez, je vous prie.

Wilma s'entretint de nouveau avec son interlocutrice.

— Le Dr Bonner et elle doivent se retrouver pour déjeuner, reprit-elle.

Sara Beth jeta un coup d'œil à sa montre. Il était presque midi. Le sacrifice qu'on exigeait d'elle ne devrait pas durer trop longtemps. A condition que Ted se rappelle le rendez-vous avec sa mère.

— D'accord, dit-elle à Wilma. J'arrive.

Elle jeta un coup d'œil dans le miroir pour se recoiffer puis quitta le labo en direction du hall d'accueil.

On était vendredi. Il y avait six jours que Ted et elle avaient franchi le pas. Lundi, ils avaient décidé de dormir chacun dans leurs logements respectifs car il devait se lever tôt le lendemain ; or, elle l'avait trouvé à sa porte mardi aux aurores…

Bref, ils avaient passé toutes les nuits de la semaine ensemble, mais mis un point d'honneur à arriver séparément à l'Institut afin d'éviter les commérages.

Sara Beth ne se faisait pas d'illusions. Exclusivité ne signifiait pas « amour pour toujours », d'autant que ce mot n'avait jamais été prononcé entre eux.

Tant qu'ils seraient ensemble, ils seraient fidèles l'un à l'autre.

Jusqu'à ce que leur histoire prenne fin.

En plaisantant, il lui avait dit qu'elle le saurait quand il oublierait pour la quatrième ou cinquième fois d'affilée de venir à un rendez-vous avec elle. Elle avait ri, mais, au fond d'elle-même, avait pris la déclaration au sérieux.

Elle déboucha dans le hall au moment où une femme à l'allure familière entrait par la porte principale. Il s'agissait d'Emily Stanton Armstrong, la femme de Gerald, le fondateur de la clinique.

Pendant des années, Sara Beth avait été très proche de Mme Armstrong qui l'avait souvent invitée chez eux pour des goûters, les fêtes d'anniversaire de Lisa ainsi que pour Noël et Thanksgiving. Puis, soudain, tout s'était arrêté. Sara Beth s'était souvent demandé pourquoi sans parvenir à trouver la réponse.

A présent, Emily semblait tout juste tolérer sa présence à l'Institut. Sara Beth n'avait pas remis les pieds dans la demeure des Armstrong depuis bientôt dix ans.

— Bonjour, madame Armstrong. C'est un plaisir de vous revoir.

— Sara Beth…

— Emily !

Penny Bonner bondit de la banquette où elle était assise pour se précipiter vers Emily Armstrong, les bras tendus.

La panique s'empara de Sara Beth. Pourvu que Penny n'aille pas commettre d'indiscrétion au sujet de sa relation avec son fils ! Même Lisa, la meilleure amie de Sara Beth, n'était pas au courant.

— Penny, quelle mine magnifique tu as !

Elles s'embrassèrent en s'effleurant à peine la joue.

— Et toi donc, ma chérie. Tu m'as l'air... rajeunie, très reposée.

— Le bienfait des vacances. Nous étions en Grèce, à Mykonos. Nous sommes rentrées hier soir.

— J'adore cette île ! Brant et moi y sommes souvent allés dans notre jeunesse. J'en déduis que Gerald va mieux ?

— J'étais partie avec ma sœur. Le voyage, les excursions, tout cela aurait été trop fatigant pour Gerald. La marche est un exercice de plus en plus difficile pour lui ; il va sur ses quatre-vingts ans, tu sais.

Entre les deux femmes, manifestement des amies de longue date, Sara Beth se sentait de trop.

Si elle avait pu s'éclipser, elle l'aurait fait, sauf que Penny comptait sur sa compagnie pour tuer l'attente.

— Pardonnez-moi mon impolitesse, Sara Beth, dit enfin celle-ci en se tournant vers elle. Je n'ai pas vu Emily depuis si longtemps.

— Inutile de vous excuser.

Tant que leurs bavardages ne duraient pas trop...

— De toute façon, je vais te laisser, Penny, dit Emily en ignorant superbement Sara Beth. Je dois déjeuner avec ma fille et elle déteste me voir en retard. Salue Brant de ma part.

— Et toi, Gerald.

Après le départ d'Emily, Penny entraîna Sara Beth vers l'une des banquettes du hall.

— Emily et moi, nous siégions ensemble dans la plupart des comités de bienfaisance de Boston.

— Sa fille Lisa est ma meilleure amie.

L’intention de Sara Beth n’était pas de se vanter. Le fait qu’elle soit intime avec Lisa Armstrong lui donnerait-il davantage de crédit auprès des Bonner qui verraient ainsi qu’elle n’était pas étrangère à leur sphère ? Qu’elle avait déjà fréquenté leur monde et en connaissait les usages ?

Penny se pencha à son oreille.

— La Grèce est le nouvel endroit à la mode pour les liftings, on dirait.

Une remarque peu charitable que Sara Beth, qui avait elle aussi remarqué le changement d’apparence d’Emily, ne releva pas.

— Vous désiriez de la compagnie en attendant votre fils, madame Bonner ?

Elle ne pouvait se résoudre à appeler Penny par son prénom.

— Oui. D’autant que cela me donnera l’occasion de mieux vous connaître…

Elle ne semblait pas se rendre compte qu’elle l’avait obligée à interrompre prématurément son travail. Sans doute était-ce le propre des gens riches et oisifs de croire qu’il leur suffisait de claquer des doigts pour qu’on accoure…

— Je n’ai pas revu mon fils depuis la Saint-Valentin et, quand je l’appelle, c’est la boîte vocale qui prend le relais. On dirait qu’il cherche à m’éviter…

Son ton était légèrement accusateur. Pourtant, Sara Beth ne se sentait aucunement coupable pour l’absence de communication entre Ted et ses parents.

— Il est pris par son travail. Ses journées sont longues et il a consacré dernièrement le peu de temps libre dont il disposait à la décoration du loft.

Ce qui devrait vous faire plaisir.

— Un coup de fil, ça ne prend pas des heures. J’ai dû le contacter par e-mail pour convenir de ce déjeuner aujourd’hui. Alors, comment va-t-il ?

— Bien.

— Son logement est-il enfin présentable ?

— Il lui ressemble. Masculin, élégant, sobre.

— Elégant ? répéta Penny, sceptique.

— Mais oui ! Les meubles sont dans un style très contemporain qui met en valeur les objets d'art qu'il possède. Il m'a dit qu'il tenait de vous sa sensibilité artistique.

— Vraiment ? Etrange, ce que chacun retient de son enfance… Bon, je suppose qu'il va falloir que je lui rende visite à l'improviste pour juger de visu, puisqu'il n'a pas daigné m'inviter.

— Je crois que l'appartement vous plaira beaucoup.

A dessein, Sara Beth ne mentionna pas de pendaison de crémaillère, puisqu'elle ne savait pas si Ted suivrait sa suggestion. De toute façon, les relations de ce dernier avec Penny ne la regardaient pas.

— Vous, je parie que vous ne laissez pas votre mère sans nouvelles. Les filles sont en général plus attentionnées que les garçons envers leurs parents.

— Je suis très proche de ma mère.

Pour l'heure, c'était Grace qui ne donnait pas de ses nouvelles. Elle était partie en vacances au Mexique depuis deux semaines, et, depuis, pas un coup de fil ni une carte postale. En principe, elle devait rentrer de Cancùn le lendemain.

— Que pense-t-elle de Ted ?

— Ils ne se sont pas encore rencontrés ; maman est absente pour le moment. Ted et moi, nous préférons que notre relation ne s'ébruite pas, ajouta Sara Beth en baissant la voix, car nous travaillons dans le même établissement et cela risquerait d'être embarrassant.

— Pour vous comme pour vos collègues, en effet. Je reconnais bien là mon fils, il a toujours eu un grand respect des convenances.

Et que diriez-vous si votre fils exemplaire m'avait mise enceinte ?

Ils avaient utilisé des préservatifs, sauf une fois, lors de la visite inopinée de Ted chez elle, dimanche dernier.

On ne tombait pas enceinte suite à un seul rapport non protégé, lui avait-il dit pour la rassurer, mais tout de même, le risque existait, car Sara Beth, allergique, ne prenait pas la pilule.

La porte du hall s'ouvrit pour livrer le passage à une femme. Wilma Goodheart sourit à la nouvelle venue et quitta son guichet de réception pour la serrer dans ses bras.

— Décidément, c'est la journée des mères, murmura Sara Beth, stupéfaite. Voici la mienne.

— Quelle charmante surprise ! Nous allons avoir l'occasion de faire connaissance.

Penny se leva et attendit que Sara Beth fasse de même. Il ne manquait plus que Ted pour que la fête soit complète, songea Sara Beth qui n'appréciait guère la tournure prise par les événements.

Comme un fait exprès, il déboucha dans le hall à cet instant, un Post-it rose à la main — sans doute un message de Wilma pour lui rappeler qu'il déjeunait avec sa mère.

Puisque Sara Beth était le dénominateur commun du groupe, elle fit les présentations, non sans avoir pris soin de les entraîner loin du guichet de réception où Wilma avait repris son poste.

Dieu merci, personne ne suggéra qu'ils déjeunent tous ensemble. Dans son malheur, songea Sara Beth, elle avait de la chance.

En quittant le bâtiment au côté de Penny, Ted se retourna pour lui lancer un regard alarmé. Hélas, elle ne pouvait rien pour lui.

Enfin, elle serra à loisir sa mère contre elle.

— Tu as une mine splendide, maman. Et ce n'est pas seulement à cause du bronzage. Inutile de te demander si ces vacances t'ont fait du bien.

— Ce fut idyllique. J'y retournerais demain si je pouvais.

— Allons déjeuner, tu vas tout me raconter…

— Tu devras attendre. J'ai rendez-vous avec Wilma — elle a son après-midi libre, nous sortons faire les magasins. Aurais-tu un peu de temps à m'accorder, ce week-end ?

— Désolée. Je ne serai pas en ville.

Ted et elle avaient prévu une escapade sur la côte. Ils

y passeraient la nuit de samedi à dimanche et ne se priveraient pas de s'afficher enfin ensemble, dans un endroit où personne ne risquait de les reconnaître.

— Mardi soir ?

— Parfait, ma chérie, nous irons au restaurant. Ted et toi, êtes-vous ensemble ? murmura Grace en se penchant à l'oreille de Sara Beth.

— Nous sortons ensemble, c'est vrai, mais nous préférons que cela ne se sache pas pour l'heure. N'en parle pas à Mlle Goodheart, d'accord ?

— Tu peux compter sur ma discrétion. Mais tu m'inquiètes, Sara Beth. Une relation qu'on garde secrète n'augure rien de bon. C'est un stress supplémentaire que les deux partenaires s'infligent et qui peut déboucher sur des malentendus, des conflits. Sois prudente, s'il te plaît, ma chérie. Protège ton cœur…

Sara Beth embrassa sa mère. Elle reconnaissait le bien-fondé de sa mise en garde. Les secrets n'étaient pas sains ; ils finissaient toujours par éclater au grand jour et par compliquer considérablement la vie des personnes concernées.

— D'accord, maman. Je te promets d'être prudente.

Hélas, pour ce qui était de protéger son cœur, c'était trop tard. Il appartenait déjà à Ted, même si celui-ci ne s'en rendait pas compte.

Après une promenade dans le parc pour s'éclaircir les idées puis un passage par la cafétéria, elle remonta au laboratoire où elle trouva Ted et Chance en grande conversation scientifique. Ne comprenant rien à leur jargon, elle s'installa à son ordinateur et reprit son travail.

Un quart d'heure plus tard, elle avait fini d'informatiser les données du dernier dossier issu de la pile fournie par Ted.

Les deux chercheurs étaient toujours en train de discuter avec animation.

Sara Beth attendit patiemment un moment propice pour les interrompre. Soudain, Ted quitta la pièce.

— Attends, cria-t-elle, j'ai besoin de…

Mais la porte du sas se refermait déjà derrière lui.

Chance s'approcha.

— Il va revenir dans quelques instants. Il est en pleine effervescence, je le sens au bord d'une découverte majeure. De quoi aviez-vous besoin, Sara Beth ?

— De dossiers. Je ne peux aller les chercher moi-même car je n'ai pas l'autorisation de pénétrer dans la salle des archives.

— C'est vrai, j'avais oublié. Pourquoi ne possédez-vous pas cette autorisation ?

— Je ne sais pas. Avant, je n'avais rien à faire aux archives.

— Bon, je vais essayer d'arranger cela.

Chance décrocha son téléphone pour composer un numéro.

— Lisa, c'est Chance. Puis-je obtenir l'autorisation pour Sara Beth de descendre aux archives ? Maintenant… D'accord. Serait-il possible de lui accorder au moins un passe provisoire ? Merci.

Comme il raccrochait, son beeper se mit à sonner.

— Lisa va vous rejoindre au sous-sol pour vous ouvrir la porte, dit-il tout en regardant le numéro d'appel inscrit sur l'écran. Ce sera juste pour cette fois, alors profitez-en pour prendre le maximum de dossiers. Moi, il faut que j'aille à l'hôpital.

Quelle torture ! songea Sara Beth. Elle pourrait enfin pénétrer dans la salle des archives, mais sous la surveillance de Lisa.

Et ce serait aussi une mise à l'épreuve. Elle avait renoncé à connaître le nom de son père, c'était du moins ce qu'elle avait cru durant toutes ces semaines, mais, à présent, le besoin resurgissait, plus fort que jamais, d'obtenir l'information.

« Du calme ! », s'exhorta-t-elle. De toute façon, elle ne pourrait rien faire en présence de Lisa, alors, il ne servait à rien de se mettre dans tous ses états.

Ce fut pourtant les jambes tremblantes qu'elle descendit au sous-sol avec, sous le bras, la boîte à rabats cartonnée contenant les dossiers qu'elle avait terminés. Elle trébucha deux fois, son cœur battant si fort contre ses tympans qu'elle n'entendait même pas le bruit de ses semelles sur les marches en pierre.

Comme convenu, Lisa l'attendait en bas. Elle tapa le code d'accès, poussa la porte en acier de la salle et alluma. Une ampoule blafarde éclaira l'entrée.

— Cet endroit me donne la chair de poule.

— C'est très mal éclairé. Ceux qui veulent consulter sur place ont intérêt à apporter leur lampe de poche.

— On se croirait dans les douves d'un château. Imagine que la porte se referme et que nous restions prisonnières. On aurait beau hurler, personne ne nous entendrait…

— Toi et ton imagination !

Malgré son ton léger, Sara Beth n'en menait pas large. Quelque part, sur une étagère, reposait le dossier qui contenait une information capitale pour elle.

— Je vais reclasser ces dossiers selon leur date et prendre ceux qui suivent.

Elles franchirent l'antichambre meublée d'un vieux canapé et d'une chaise et entrèrent dans la salle des archives proprement dite. Tout était classé par ordre chronologique.

Sara Beth replaça les dossiers et s'empara de deux cartons vides pour y empiler ceux des années suivantes.

— Dépêchons-nous, dit Lisa en lui prêtant main-forte. Je n'ai aucune envie de moisir ici.

En son for intérieur, Sara Beth ne pouvait s'empêcher de déplorer l'occasion perdue. Dans la pénombre, elle ne pouvait même pas adresser un sourire rassurant à Lisa qu'elle sentait de plus en plus paniquée.

Courbées en deux, elles s'activèrent à remplir les cartons en silence.

— Besoin d'un coup de main ?

Ted entra dans la pièce.

Sans s'étonner de sa présence, Lisa se redressa.

— Vous tombez bien, docteur Bonner, vous allez me remplacer. Je ne resterai pas une minute de plus ici ! Je compte sur vous pour refermer la porte.

Elle fonça vers la sortie et ils entendirent ses pas résonner dans l'escalier.

— Enfin seuls, dit Ted en s'approchant et en enlaçant Sara Beth. Cela fait des heures que je brûle d'envie de t'embrasser.

Tout à la tempête qui couvait sous son crâne, elle ne lui rendit pas son baiser.

Oserait-elle lui demander de l'aider ? de lui servir de complice ?

Il avait signalé à Caro une erreur insignifiante sur une facture de plusieurs milliers de dollars et tenu à régler la différence en espèces, ce qui témoignait de son honnêteté. Tout en Ted respirait la droiture, l'intégrité.

Comment demander à un tel homme de violer le règlement ? Il lui dirait non, c'était obligé.

Elle fit donc la seule chose possible.

— Cela te dérangerait-il de remonter ce carton au laboratoire pendant que je finis de remplir l'autre ?

— Je suis capable de porter les deux, Sara Beth.

Un sourire malicieux aux lèvres, il gonfla les biceps.

Sara Beth réprima un soupir. Elle aurait essayé.

Restait la solution de la dernière chance.

— Puisque tu m'offres si généreusement tes muscles, je vais en profiter pour remplir quatre cartons. Ainsi, nous n'aurons plus à descendre aux archives avant un bon bout de temps.

— Et peut-être jamais. J'espère que les données fournies par tous ces dossiers nous permettront de boucler l'enquête.

Elle se hâta de remplir le second carton qu'il empila sur le premier.

Soulevant le tout, il se dirigea vers la porte.

— A tout à l'heure.

Cinq minutes, songea-t-elle. C'était le créneau dont elle disposait.

Elle n'avait pas le temps de tergiverser. Juste celui de passer à l'action.

10.

— Etes-vous sûrs ? demanda Lisa à Ted et à Chance.

Ils se trouvaient dans le bureau de Derek, en présence de ce dernier et de Paul.

— Catégoriques, répondit Ted.

— Avez-vous des preuves pour étayer vos conclusions ?

— Les chiffres contenus dans le rapport que je viens de vous remettre parlent d'eux-mêmes. Durant trois ans, l'Institut a enregistré un nombre anormalement élevé de naissances gémellaires dues à des fécondations in vitro et des inséminations artificielles. Ceux qui ont ordonné l'implantation des embryons ne semblent a priori pas avoir tenu compte des quotas imposés par l'éthique. Le problème, c'est que le même phénomène s'était déjà produit deux fois au cours des vingt dernières années — nous n'avons pas remonté plus loin pour le moment. Après étude de chaque dossier, nous sommes parvenus à la conclusion qu'il n'y avait pas eu d'irrégularités. Certaines périodes sont plus propices que d'autres aux naissances gémellaires, ce que la science sera peut-être capable d'expliquer un jour. En tout cas, il n'y a pas eu violation des règles d'éthique ni a fortiori malversations ou trafic.

— Je vous l'avais dit, déclara Derek. Il s'agit maintenant d'utiliser ce rapport pour nous blanchir complètement, mais également pour promouvoir le taux de réussite exceptionnel de l'Institut et attirer de nouveaux clients. Je vais m'assurer que les agences de presse diffusent bien l'information. Mes enfants, je sens que les affaires reprennent ! ajouta-t-il en se frottant les mains.

Ted trouvait Derek de plus en plus antipathique. Le directeur financier avait pris la fâcheuse habitude de débarquer au laboratoire chaque soir pour leur réclamer un compte rendu des expériences accomplies durant la journée, comme s'ils se la coulaient douce aux frais de l'Institut. Le fait de devoir rendre des comptes leur était insupportable car cela leur rappelait leur précédent employeur.

En accord avec Chance, Ted avait décidé de ne souffler mot à Derek de leur dernière découverte. Du moins jusqu'aux résultats des tests préliminaires.

— Ne donnez aucune garantie de résultat, l'avertit Chance. Après le pic de ces dernières années, le taux de fécondations et de naissances va sûrement redescendre, comme c'est arrivé par le passé.

Ted abonda en son sens.

— Cette crise nous aura au moins servi à informatiser nos archives, grâce au concours de Sara Beth. Désormais, tout le monde pourra les consulter par un simple clic et les accusations de rétention d'informations ne tiendront plus.

— Je vous suis très reconnaissante d'avoir bouclé ce dossier, dit Lisa aux deux chercheurs. Et décroché l'épée de Damoclès qui pendait au-dessus de nos têtes. Combien de temps vous faudra-t-il pour rédiger le protocole de bonne conduite auquel tous nos collaborateurs devront désormais adhérer ?

— Environ une semaine, répondit Ted.

Une fois le texte dans la boîte, Sara Beth retournerait à ses attributions d'infirmière en chef. Elle n'occuperait plus le même bureau que lui. Il n'entendrait plus son rire, ne la verrait plus s'étirer après des heures passées devant l'ordinateur, se masser le cou pour en chasser les courbatures, fixer le regard dans le vague comme elle le faisait souvent ces derniers temps…

Etait-elle enceinte ?

Il se posait parfois la question depuis cette nuit où ils avaient fait l'amour sans protection.

Mais le changement d'humeur chez Sara Beth était plus récent. Il datait en fait du jour où ils avaient remonté les dossiers de la salle des archives. Depuis, elle semblait inquiète.

Le week-end sur la côte n'avait pas tenu toutes ses promesses car elle s'était montrée étrangement tendue durant ces deux jours où ils avaient pourtant joui d'une liberté totale.

Elle lui cachait quelque chose. Il en aurait mis sa main au feu.

— Tu m'as l'air différente, maman, dit Sara Beth.

Elles étaient en train de déguster une portion de tarte meringuée au citron dans le petit restaurant où elles avaient leurs habitudes le mardi soir.

— Aurais-tu un homme dans ta vie ?

— Ne dis donc pas de sottises. Ce changement s'explique par le fait que je commence enfin à apprécier ma retraite — il m'a fallu plusieurs mois pour m'y faire. Maintenant, je profite pleinement de mes loisirs.

— Alors, pourquoi es-tu si nerveuse ? Veux-tu que je te parle franchement ? Je te soupçonne de ne pas tout me dire sur tes vacances au Mexique.

— Il y a si peu à dire, ma chérie. J'ai passé le plus clair de mon temps à lire, me promener, manger et dormir.

— N'as-tu pas fait d'excursions ? visité les ruines mayas, Chichen Itza ? Et où sont les photos, toi qui as coutume d'en prendre des tonnes durant tes vacances ?

— Je n'en ai pas pris, cette fois. Mais parle-moi donc du Dr Bonner.

— Il y a si peu à dire, répéta Sara Beth en se forçant à sourire.

Depuis une semaine, elle devait vivre avec le souvenir de ce qu'elle avait fait. Sans pouvoir se confier à personne.

Durant les quelques minutes où elle était restée seule dans la salle des archines, elle avait cherché le dossier de sa mère. Et l'avait trouvé. Sauf que la chemise cartonnée portant le nom de Grace O'Connell était vide. Le dossier avait disparu !

A son retour, Ted avait remarqué qu'elle semblait bouleversée. Mais elle avait nié.

Qui était son père ? La question continuerait à la hanter toute sa vie. Elle devait la poser à sa mère afin de trouver la paix.

La gorge nouée par le trac, elle se résolut à aborder le sujet.

— Pourquoi ton dosser ne se trouve-t-il pas aux archives de l'Institut ?

La mine grave, Grace observa un long silence.

— Il t'a fallu longtemps pour le découvrir. Cela fait pourtant six ans que tu travailles à temps plein à l'Institut…

Ce qui ne répondait pas à la question de Sara Beth.

— Je voulais que ce soit toi qui me le révèles.

— Te révéler quoi ?

— L'identité de mon père.

— Je ne la connais pas, je te l'ai déjà dit.

— Je sais. Il s'agissait d'un donneur anonyme, dit Sara Beth en repoussant son assiette de dessert. Dans ce cas, pourquoi n'y a-t-il aucune trace de la procédure ?

— Réfléchis. J'ai travaillé plus de trente ans à l'Institut. Or, n'importe qui risquait de mettre la main sur mon dossier.

— C'est toi qui l'as retiré de la salle des archives ?

— Tout le monde savait que j'étais tombée enceinte grâce à l'aide des spécialistes de PMA de l'Institut. Mais les détails ne regardaient personne.

— Pas même moi ?

Grace s'adossa à son siège.

— A quoi te servirait cette information ?

— J'ai besoin de savoir, de connaître mes origines. Toute ma vie, j'ai eu l'impression qu'il me manquait quelque chose. Et puis j'aimerais savoir si j'ai des demi-sœurs, des demi-frères, s'il y a des maladies génétiques du côté de mon père.

— Beaucoup de donneurs de ces années-là étaient des étudiants qui faisaient cela pour l'argent. Ils ne se considéraient pas un seul instant comme pères des enfants nés grâce à leur semence. A fortiori, des années après…

— Qu'en sais-tu ? Le mien n'a peut-être jamais eu d'autre enfant. Si j'avais ses coordonnées, je le contacterais par l'intermédiaire d'une tierce personne. Et s'il exigeait qu'on le laisse tranquille, je respecterais son souhait.

Voyant le serveur s'approcher, elles se turent. Elles payèrent l'addition puis quittèrent le restaurant.

— Veux-tu passer à la maison ? s'enquit Grace.

— Non, merci, maman, il se fait tard. Je vais prendre le bus.

— Je vais l'attendre avec toi.

Il se mit à pleuvoir comme elles arrivaient devant l'arrêt et elles ouvrirent leurs parapluies, ce qui ajouta encore à la distance entre elles.

— Rentre, maman. Tu vas prendre froid.

— Je ne suis pas en sucre.

Sara Beth rit.

— Moi non plus. Grâce à la manière dont tu m'as élevée. Merci de m'avoir donné des bases solides.

— Pas si solides, puisque tu éprouves un manque, aujourd'hui.

— Dans l'ensemble, j'ai plutôt réussi ma vie, non ?

— Malgré tous mes avertissements, tu es tombée amoureuse d'un médecin. Et, en plus, il travaille avec toi.

— Je ne suis pas…

— Bien sûr que si. Je sais lire sur ton visage, ma chérie, et deviner ce que tu ne me dis pas. Le fait que tu ne m'aies pas parlé une seule fois de lui de toute la soirée n'a fait que confirmer mes soupçons.

— Parce que je sais ce que tu penses de lui, de la situation…

— J'ai de bonnes raisons. Durant mes années à l'Institut, j'ai vu de nombreux couples médecin-infirmière se former. Et se séparer quelques mois plus tard. Cela ne marche jamais.

— Je me sens bien avec Ted, maman.

— Tes collègues vont jaser derrière ton dos. Elles te respecteront moins et c'est ton travail de surveillante qui en pâtira.

Sara Beth savait tout cela.

— Nous ne rendrons notre relation officielle que si elle devient vraiment sérieuse.

— Tu veux dire… le mariage ?

La mine consternée, Grace prit la main de Sara Beth.

— Ma chérie, tu te berces d'illusions si tu crois que le Dr Bonner va t'épouser. Non seulement il est médecin, mais il est issu d'une des plus vieilles et plus riches familles de Boston. Ses parents nourrissent des projets très ambitieux à l'égard de leur fils unique, sois-en sûre.

Le bus arriva en éclaboussant le trottoir. Elles reculèrent, trop tard. Coinçant leurs parapluies sous le bras, elles s'embrassèrent gauchement puis Sara Beth monta dans le véhicule.

Durant le trajet, elle réfléchit aux paroles de sa mère.

Celle-ci semblait parler d'expérience. Aurait-elle vécu naguère une idylle avec un médecin qui l'aurait laissée tomber après avoir profité d'elle ?

Cela expliquerait le fait que Grace ne soit jamais sortie avec personne durant toutes ces années.

Le plus simple était de le lui demander, la prochaine fois qu'elles se verraient. Mais quelque chose lui disait que Grace éluderait le sujet. Une fois de plus.

11.

Ce soir-là, c'était au tour de Ted d'aller chez Sara Beth. Sachant qu'elle sortait avec sa mère, il n'arriva qu'à 22 heures ; et la trouva en larmes.

Avait-elle fait un test de grossesse ? découvert qu'elle était enceinte ?

— Dis-moi ce qui ne va pas, demanda-t-il en la prenant par les épaules pour l'entraîner vers le canapé. Je sens que tu t'inquiètes depuis quelque temps. Tu veux bien m'en parler ?

Il n'avait jamais été à son aise devant des gens qui pleuraient.

Sonder les émotions des autres, les consoler ne lui venait pas naturellement. Mais il s'agissait de Sara Beth, qu'il aimait — il n'avait pas encore trouvé le courage de le lui dire.

— Je suis née par insémination artificielle, finit-elle par lui avouer. Je ne sais pas qui est mon père.

Dieu merci, il n'était pas question de grossesse !

Ted se sentit presque coupable du soulagement qu'il éprouva.

— Et tu voudrais le savoir ?

Elle lui lança un regard aigu.

— A ma place, tu ne voudrais pas ?

— Les donneurs sont protégés par l'anonymat, Sara Beth. Ça a été de tous temps une règle d'or. Il est impossible de la contourner, à moins d'un cas de force majeure. Les autorisations de divulguer ce genre d'informations sont accordées dans des cas de maladies graves où l'on a besoin d'établir le patrimoine génétique d'un patient ou d'un donneur compatible pour une greffe de moelle...

— Quelque chose me dit que ma mère connaît l'identité de mon géniteur.

— Et elle refuserait de te la révéler ?

Les larmes coulant de plus belle sur ses joues, Sara Beth hocha la tête.

— Elle a fait disparaître son dossier des archives.

— Comment le sais-tu ?

— Je l'ai cherché.

Elle s'obligea à le regarder droit dans les yeux.

— J'ai profité du moment où tu remontais les cartons au labo.

Ted accusa le choc.

— Pourquoi ne m'en as-tu pas parlé ?

— Parce que... je ne voulais pas t'impliquer. Mais, depuis, je n'ai pas la conscience tranquille. Voilà. Maintenant, tu sais que je ne respecte pas l'éthique comme toi. Je suis quelqu'un qui n'hésite pas à enfreindre le règlement pour parvenir à ses fins.

— A ta place, j'aurais peut-être agi de la même façon.

La révélation sur les circonstances de sa conception ne le dérangeait aucunement. Le fait qu'une personne ait été conçue par FIV n'enlevait rien à sa valeur. Ce qui le chagrinait, c'est qu'elle ne lui ait pas fait suffisamment confiance pour lui en parler.

— C'est gentil de ta part de dire cela, mais la fin justifie-t-elle les moyens ? Il me reste à espérer que je trouverai l'information que je recherche dans les affaires de ma mère, dans dix ou vingt ans. A moins qu'elle n'ait détruit tous les papiers.

Ted se sentait impuissant.

Pourtant, il y avait une chose qu'il pouvait faire pour Sara Beth, songea-t-il tandis qu'elle venait se blottir dans ses bras. Dès demain, il ferait en sorte d'obtenir l'adresse de Mme O'Connell. Puis, pour la première fois de sa vie, il s'absenterait de son travail.

Ted aurait dû appeler pour s'annoncer, ainsi que l'exigeaient les bonnes manières, mais Grace l'aurait peut-être éconduit. Il en était donc réduit à se présenter à sa porte à l'improviste.

En la voyant sur le seuil de la maisonnette, il fut frappé par ses paupières rougies.

Souffrait-elle d'allergies ou venait-elle de pleurer ?

Tenté de le lui demander, il se ravisa. De toute façon, elle ne lui répondrait pas puisqu'elle le connaissait à peine. Encore heureux qu'ils aient été présentés dans le hall de l'Institut, sinon, elle lui aurait peut-être déjà claqué la porte au nez.

— Vous tombez mal…

— Je ne vous dérangerais pas si ce n'était pas important, madame O'Connell. S'il vous plaît, je ne vous prendrai que quelques minutes de votre temps.

— D'accord, dit-elle à contrecœur.

Il la suivit dans la salle de séjour en notant que la mère et la fille avaient des goûts similaires en matière de décoration.

— Merci de me recevoir…

— Vous ne me laissez guère le choix. Asseyez-vous, dit-elle en lui désignant le canapé.

Elle s'installa sur une chaise face à lui.

— Que puis-je pour vous ?

— Votre fille et moi, nous sortons ensemble.

— Elle me l'a dit.

Tant mieux. Cela lui facilitait la tâche.

— Sara Beth m'a appris comment elle avait été conçue.

— Je vois.

— Cela la tourmente de ne pas connaître le nom de son géniteur.

— Vous ne m'apprenez rien de nouveau. Venez-en au fait, je vous prie.

— Elle souffre. Je n'aime pas la voir souffrir.

— Et moi, vous croyez que cela me plaît de la voir souffrir ? lança-t-elle sur la défensive. Pour quelle sorte de mère me prenez-vous ?

— Une mère aimante. Je le tiens de Sara Beth. Sauf que vous lui cachez une information capitale.

— J'ai les mains liées. L'anonymat des donneurs est sacré, ajouta-t-elle en légère contradiction. Ce n'est tout de même pas à vous que je vais apprendre comment cela fonctionne, docteur Bonner ?

— Appelez-moi Ted. Bien sûr que je connais le règlement. C'est pour cette raison que je vous propose de jouer les intermédiaires afin de rechercher le père de Sara Beth et de lui demander s'il consent à la rencontrer.

— Ma fille a émis la même suggestion hier soir. Ainsi, vous êtes le médiateur qu'elle a choisi ?

— Nous n'en avons pas parlé ensemble. Elle n'est pas au courant de ma visite chez vous. J'aimerais l'aider, voilà tout.

— Pourquoi ?

Parce qu'elle attend peut-être un enfant de moi.

— Je tiens à elle.

Elle eut un sourire crispé.

— Et vous croyez que le fait de connaître l'identité de son père la rendra heureuse ?

Ted ne parvenait pas à cerner cette femme dont Sara Beth chantait les louanges. Il ne la trouvait pas très chaleureuse ni maternelle.

— Je sais qu'elle est malheureuse de ne pas le savoir.

— Qu'est-ce qui vous garantit que cette information la rendra heureuse ?

— Rien. Mais elle supprimera au moins cette interrogation qui la hante depuis des années. Sara Beth pourra mettre un visage à la place d'une ombre puis tourner la page, se projeter dans l'avenir. Elle est adulte, il est inutile de continuer à la traiter comme une enfant.

Il n'aurait pas dû dire cela. Il le comprit en voyant le visage de Mme O'Connell se durcir.

— Elle sera toujours mon enfant, docteur Bonner. Quand vous aurez les vôtres, vous comprendrez le lien qui les unit à leurs parents et le besoin qu'on a de les protéger, quel que soit leur âge. Vous croyez que cela l'aidera de connaître le nom de son père ? Moi, je suis persuadée du contraire.

— Sara Beth est votre fille, madame O'Connell, et le restera toujours. Mais elle n'est plus votre enfant.

Grace se leva.

— Il est temps que vous partiez.

A la porte, Ted se retourna.

— Merci pour m'avoir écouté.

— Vous ne me demandez pas de ne pas parler de votre visite à Sara Beth ?

— Non. Car j'ai bien l'intention de lui en parler moi-même.

Ted revint au laboratoire comme Sara Beth s'apprêtait à enfiler son manteau.

— Enfin, te voilà. Où étais-tu passé ?

— J'avais à faire. Rien à signaler ?

— Rien d'important. J'ai commencé la rédaction du protocole, je te soumettrai le premier jet demain. Oh, Tricia est passée te dire au revoir. Elle retourne dans le Vermont. Tu rentres chez toi ?

— Non, je vais rester travailler ce soir pour rattraper le temps perdu.

— A demain, alors ?

— Sara Beth...

— Oui ?

— Je suis allé voir ta mère.

Laissant tomber son manteau, elle fit deux pas vers lui.

— Pourquoi ?

— Pour tenter de la convaincre de te révéler le nom de ton père. Je n'ai réussi qu'à l'agacer.

Elle hocha la tête, comme pétrifiée.

— Mon ingérence ne lui a manifestement pas plu, poursuivit-il en lui prenant la main. Désolé.

— Je te remercie d'avoir essayé.

— Tu ne m'en veux pas ? J'aurais dû t'en parler avant, mais je ne voulais pas éveiller de faux espoirs.

A défaut de pouvoir se jeter dans ses bras — n'importe qui pouvait entrer dans le laboratoire à tout moment —, elle serra fort sa main.

Il avait fait une chose merveilleuse. Pour l'aider. C'est donc qu'elle comptait un peu à ses yeux.

Reprenant son manteau, elle se dirigea vers la porte. Sur le seuil, elle se retourna.

— Sais-tu que je te trouve de plus en plus sympathique ? dit-elle sur le mode taquin.

En lieu et place du « Je t'aime » qui lui brûlait les lèvres, mais qu'il n'était pas prêt à entendre.

— Je te retourne le compliment.

La sonnerie de l'Interphone tira Sara Beth de son sommeil. Elle descendit ouvrir à Ted. Le froid glacial qui régnait dans la cage d'escalier acheva de la réveiller.

— Désolé de te tirer du lit. Je n'ai pas pu me résoudre à rentrer dormir tout seul.

— Tu as bien fait de venir, dit-elle en se haussant sur la pointe des pieds pour l'embrasser. Mais…

— Mais ?

— Demain, je te donnerai la clé.

Un silence se fit.

— Es-tu sûre ? demanda-t-il enfin.

Elle hocha la tête.

— J'en ai assez de descendre t'ouvrir dans le froid.

Ce n'était pas la vraie raison, ils le savaient tous les deux. Donner sa clé constituait une petite déclaration en soi, un pas vers un engagement sérieux.

— D'accord ? s'enquit-elle en retenant son souffle.

Il n'allait tout de même pas la refuser ?

— D'accord.

Puis il glissa le bras autour de sa taille pour remonter l'escalier et la réchauffer à sa manière.

Sans lui proposer la clé de son loft en retour.

Le lendemain matin, au laboratoire, Sara Beth finissait de rédiger l'introduction du manuel de bonne conduite quand elle reçut un appel de sa mère.

— J'ai besoin de te parler, annonça d'emblée Grace.

— D'accord. Je vais trouver un bureau vide.

— Pas au téléphone. Peux-tu passer à la maison, Sara Beth ?

— Tout de suite ?

— Oui.

Il fallait que ce soit très grave pour que sa mère lui demande de quitter son poste de travail.

— J'arrive dès que possible.

Durant le trajet en bus, l'inquiétude de Sara Beth s'accrut. La dernière fois que sa mère avait semblé si bouleversée remontait à l'époque où elle avait perdu sa propre mère, il y avait dix ans. La relation entre les deux femmes avait été chaotique et tendue tout au long de leur vie, ce qui n'avait pas empêché Grace de la pleurer pendant des semaines. Avait-elle pleuré car elle déplorait le manque de complicité, l'entente perdue, les conflits incessants ? Ou parce qu'elle aimait profondément sa mère ? Sara Beth ne le saurait jamais.

A la descente du bus, elle pressa le pas. Grace l'attendait derrière la fenêtre du salon, les bras croisés, le visage livide.

— Que se passe-t-il ? s'enquit Sara Beth en entrant et en se précipitant vers elle.

— Je ne voulais pas que tu le saches. Jamais. Hélas, maintenant, j'y suis obligée. Pardon, ma chérie, pardon…

Sara Beth entraîna sa mère vers le canapé.

— De quoi parles-tu, maman ?

— Je t'avais prévenue de la manière dont les riches se conduisent, Sara Beth. Cela fait des années que je te mets en garde : Emily Armstrong cherche à obtenir ton licenciement de l'Institut.

La première pensée de Sara Beth fut qu'on avait découvert la relation qu'elle entretenait avec Ted.

Mais c'était absurde. Le règlement ne stipulait nulle part que les liaisons entre médecins et infirmières étaient interdites.

— Pourquoi ?

Grace enfouit son visage dans ses mains.

— Parce qu'elle a appris que je venais de passer deux semaines avec Gerald, dit-elle en relevant les yeux. Il m'a appelée, le matin du jour où Ted est venu me rendre visite, pour me prévenir qu'elle était au courant. Depuis, je n'ai cessé de trembler en me demandant ce qui allait arriver. Maintenant, je le sais. Elle réclame ta tête.

— Attends, tu veux bien reprendre depuis le début ? Tu étais à Cancùn avec le Dr Armstrong ?

— Je ne suis jamais allée au Mexique. Je supervisais les soins de Gerald dans la clinique de thalassothérapie où Emily l'avait placé avant de partir en Grèce. Il a beaucoup vieilli, il ne peut plus marcher et passe ses journées dans un fauteuil roulant. Je ne l'avais pas revu depuis son départ à la retraite.

— Je ne comprends pas. Es-tu allée là-bas en tant qu'infirmière ?

— En tant qu'amie. Emily avait interdit tout contact entre nous en dehors de l'Institut, et j'avais respecté sa décision. Puis Gerald m'a appelée après le départ de sa femme pour me demander de le rejoindre…

— J'ai toujours su qu'Emily ne t'aimait pas. Mais pourquoi t'a-t-elle interdit de revoir son mari ? En quoi votre amitié la dérange-t-elle ? Et quel rapport avec moi ?

— Oh, ma chérie ! Gerald Armstrong est ton père.

Ces mots firent l'effet d'une bombe à Sara Beth.

— C'est *son* sperme qui a servi à l'insémination ?

Grace la regarda sans répondre, comme si elle la suppliait de comprendre. Et Sara Beth comprit. Soudain, tout devint très clair.

— Tu as eu une liaison avec lui…

— Oui.

— Et tu es tombée enceinte.

— Oui.

Sara Beth sentit monter la nausée. Elle avait toujours voulu savoir. Mais pas cela. Pas cela !

Elle se leva pour aller à la fenêtre et fixa la vue d'un regard vide.

— Cela signifie que Lisa est ma demi-sœur, Paul et Derek mes demi-frères… Lisa est née un mois après moi.

— Gerald et Emily s'étaient réconciliés. Nous avons dit à tout le monde que j'avais eu une insémination artificielle. Même Emily l'a cru. A mesure que tu grandissais, toutefois, ta ressemblance avec les Armstrong s'accentuait, il était évident que tu étais de leur sang. Les soupçons d'Emily se sont précisés et Gerald a fini par avouer.

— C'était l'année de mes quatorze ans. D'un seul coup, Mme Armstrong a cessé de m'inviter chez eux. Combien de temps ta liaison avec Gerald a-t-elle duré ?

— Il faut que je t'explique, ma chérie. J'étais amoureuse de lui depuis des années, sans lui en avoir jamais rien dit. Puis la mésentente s'est installée entre lui et son épouse, et il a eu besoin de moi. J'ai alors cédé à mes sentiments. Nous sommes restés ensemble un mois puis il est retourné vers sa femme. Et nous n'avons plus jamais eu de relations intimes. Juste une fois, à ta naissance.

— Il n'est jamais venu me voir ?

— Il te voyait, mais en dehors de chez lui. Emily avait proposé de te garder durant la journée et c'était la nourrice de ses enfants qui veillait sur toi. J'avais accepté car cela me permettait d'économiser, mais aussi parce que je voulais, très égoïstement, que tu côtoies tes frères et sœurs.

— Gerald t'aidait-il financièrement ?

— Il m'a aidée à acheter cette maison. En revanche,

j'ai refusé l'argent qu'il voulait me verser tous les mois. Pour ma retraite, il s'est assuré que je ne manquerais de rien. C'était sa manière de te transmettre un héritage, par mon biais.

Pour l'heure, Sara Beth préférait ne pas s'attarder sur la révélation de sa filiation. Elle n'était pas prête à l'accepter.

— Comment as-tu pu supporter cette situation, maman ? Travailler tous les jours en sa compagnie, côte à côte, l'aimer, et ne pouvoir vivre avec lui ? Ne pouvais-tu trouver un emploi ailleurs ?

— Tu es amoureuse du Dr Bonner, prétends-tu. Eh bien, dans ce cas, tu devrais savoir répondre à cette question.

Sara Beth secoua la tête. Elle aimait Ted ; mais jamais elle ne serait capable d'attendre des années qu'il lui retourne son amour, qu'il ose lui donner le bras en public.

— J'admirais et respectais ton père plus que tout, ma chérie.

— Tu m'as refusé un père, fût-ce un beau-père, pour t'accrocher à une chimère, un homme qui ne serait jamais à toi ! Je croyais que tu avais la tête sur les épaules, maman, mais je vois que je me suis lourdement trompée sur ton compte. Et maintenant, cela risque de me coûter mon emploi !

— Je crois qu'Emily ne mettra pas ses menaces à exécution. Elle veut dire à tout le monde que tu es la fille de Gerald afin de te rendre la vie impossible et de te pousser à démissionner.

— Ce n'est guère dans son intérêt de crier sur les toits que son mari lui a été infidèle. Le déteste-t-elle donc à ce point ?

— C'est surtout moi qu'elle déteste. Et toi, par conséquent. Mais je pense que ses menaces ne sont que du bluff. Elle est folle de rage que j'aie passé deux semaines avec Gerald.

— Ce qui se comprend.

— En toutes ces années, c'est la première fois que je déroge à l'interdiction de le revoir, répondit Grace, sur la défensive. Inutile de te dire qu'il n'y a plus aucune relation physique entre nous.

— Maman, mets-toi un instant à la place de Mme Armstrong. Elle s'est efforcée de pardonner à son mari, de passer l'éponge sur sa liaison avec toi, bien que j'en sois un rappel constant. Plus que l'infidélité physique, c'est à présent un autre type d'infidélité qu'elle ne supporte pas. C'est toi que Gerald a choisie pour lui tenir la main, recueillir ses confidences durant ces quinze jours, toi, son ancienne maîtresse et la mère de son enfant ! La colère d'Emily se conçoit, elle se sent bafouée, une fois de plus.

Grace fondit en larmes.

— Je sais, Sara Beth. Je sais. Je m'en veux tellement. Mon instinct me disait de refuser quand Gerald m'a suppliée de le rejoindre. J'ai mal agi envers Emily.

Le cœur gros, Sara Beth n'avait aucune envie de prendre sa mère dans ses bras ni de la consoler.

— Encore heureux que tu t'en rendes compte. Ce qui m'inquiète le plus dans l'immédiat — tu me pardonneras d'être égoïste à mon tour —, c'est mon emploi. Il faut que je voie Mme Armstrong pour lui assurer que je ne trahirai jamais notre secret, que je l'emporterai dans ma tombe.

— Elle refusera de te recevoir.

— Il faut que j'essaie. Et je veux également parler au Dr Armstrong. Il a su pendant toutes ces années qu'il était mon père, sans jamais le montrer. Comment un homme peut-il se conduire ainsi ? J'aimerais le comprendre.

— *Elle* ne te laissera pas l'approcher. Il garde le lit toute la journée et ne saura même pas que tu es venue.

— Je dois retourner au travail, maman. Laisse-moi un peu de temps. Je te rappellerai quand j'y verrai plus clair.

— Je t'aime, ma chérie, murmura Grace d'une voix désespérée.

— Je t'aime aussi, maman. Seulement, je n'aime pas beaucoup ce que tu as fait.

Et elle s'empressa de sortir.

*
* *

L'absence de Sara Beth se prolongeait, et Ted se sentait de plus en plus inquiet. Grace l'avait-elle appelée pour lui révéler l'identité de son père ?

En parlant de père, il le serait peut-être aussi dans huit mois…

Ils n'avaient jamais évoqué la possibilité que Sara Beth soit enceinte.

En lieu et place de la panique, une étrange jubilation s'emparait de lui à cette idée.

La porte s'ouvrit. Sara Beth entra, les paupières rougies, la détresse inscrite sur son visage.

Il s'approcha d'elle.

— Ça va ?

— Oui, dit-elle avec un sourire forcé. Je vais me remettre au travail.

— Oublie le travail…

Il voulait qu'elle se confie à lui, qu'elle pleure dans ses bras. Il voulait être le seul homme à avoir le droit de la consoler.

Il voulait fonder une famille avec Sara Beth. Peut-être avaient-ils déjà conçu un enfant.

— Epouse-moi, dit-il.

Elle sursauta.

— Pardon ?

— Epouse-moi.

— S'il te plaît, Ted, ce n'est pas le moment.

— Parce qu'il y a un moment pour recevoir une demande en mariage ?

— Laisse-moi tranquille. C'est tout ce que je te demande.

Chance entra à cet instant, ce qui mit un terme à leur conversation.

Mais Ted n'avait pas dit son dernier mot. Un plan avait germé dans son esprit.

Le temps de donner quelques coups de fil. Et il serait prêt à passer à l'action.

12.

La maison où Sara Beth avait vécu tant de belles journées dans son enfance lui semblait à présent froide et inhospitalière. Les jambes lourdes, elle s'obligea à monter les marches du perron et à sonner.

La porte s'ouvrit.

— Que faites-vous ici ? demanda Emily Armstrong, plus hautaine que jamais.

— J'ai besoin de vous parler. S'il vous plaît.

— Nous n'avons rien à nous dire, dit Emily en commençant à refermer le battant.

— Ne m'obligez pas à faire une scène. S'il le faut, je crierai assez fort pour que le Dr Arsmtrong m'entende !

— Du chantage ? C'est charmant…

Mais elle fit entrer Sara Beth et la conduisit dans un petit salon.

— Faites vite.

Etant donné qu'on ne l'avait pas invitée à s'asseoir, Sara Beth resta debout.

— Ma mère m'a tout dit, ce matin.

— C'est bien ce que je pensais, dit Emily en s'installant dans une grande bergère capitonnée qui ressemblait à un trône.

— Je ne demande qu'une chose, parler au Dr…, à mon père. Une seule fois. Ensuite, je ne vous importunerai plus, ni vous ni lui. En échange, vous aurez ma promesse de ne jamais dévoiler le secret de ma filiation.

— J'exige également votre démission.

— Pas question !

— Dans ce cas, je ne vous laisserai pas voir mon mari.

— Qu'espérez-vous gagner en révélant à tous que je suis la fille illégitime de votre époux, qu'il vous a trompée ?

Le visage d'Emily se durcit encore.

— Il n'a pas tenu sa promesse. Il m'avait juré de ne plus jamais revoir votre mère en tête à tête.

— Alors, c'est une vengeance ? Il a trahi votre confiance, j'en conviens ; et, à votre place, je me sentirais également furieuse, trahie. Mais crier sur les toits qu'il a eu un enfant avec une autre ne fera que blesser *vos* enfants.

Son hôtesse chassa une poussière imaginaire du pli impeccablement repassé de son pantalon.

— C'est un risque que j'assume.

Elle bluffait, Sara Beth en était à présent convaincue. Emily ne ferait rien qui puisse causer du tort à Paul, Derek, Lisa et Olivia.

— Jusqu'à l'âge de mes quatorze ans, je vous aimais comme une seconde mère. Je vous trouvais si élégante, si distinguée… Et je vous étais si reconnaissante de m'accepter dans votre belle demeure et de me laisser passer du temps avec Lisa. Puis tout s'est arrêté et je me suis demandé ce que j'avais pu faire pour vous déplaire. J'ai beaucoup pleuré.

Sara Beth s'approcha de son hôtesse.

— Merci pour tout ce que vous m'avez donné jadis. Je garderai toujours le souvenir de votre gentillesse. Mais ne comptez pas sur moi pour démissionner de l'Institut. Ce travail représente ma vie, ma passion.

Sur ce, elle se retourna pour quitter la pièce en espérant qu'Emily la suivrait, lui donnerait la permission d'aller voir le Dr Armstrong.

***

Il n'en fut rien. Personne ne la retint. A son retour chez elle, elle ne trouva pas de message d'Emily sur son répondeur disant qu'elle avait changé d'avis.

Ted, par contre, en avait laissé deux.

Ted. Il lui avait demandé de l'épouser. Comme cela. Sans crier gare.

Pourquoi ? Parce qu'il la croyait enceinte ? Elle ne l'était pas — elle avait fait un test de grossesse, ce matin, qui s'était révélé négatif.

S'il l'aimait, il le lui aurait dit…

Au lieu de le rappeler, elle alla s'étendre sur son lit et ramena l'édredon par-dessus sa tête.

Elle commençait à somnoler quand elle sentit une présence près d'elle. Rabattant l'édredon, elle aperçut Ted, assis à la tête du lit. Il était entré avec la clé qu'elle lui avait donnée.

— As-tu envie de m'en parler ? demanda-t-il d'une voix très douce.

— Non. Peut-être plus tard.

Et peut-être jamais.

— Ai-je rêvé ou m'as-tu demandée en mariage tout à l'heure ?

Il sourit.

— Nous en reparlerons plus tard. Pour l'heure, sortons nous amuser, dit-il en lui tendant la main pour l'aider à se relever.

— Voilà une proposition comme je les aime, dit-elle en s'efforçant d'adopter un ton enjoué. Où m'emmènes-tu, Ted ?

— C'est une surprise.

— D'abord une limousine, puis un jet privé ?

Par la vitre teintée de la voiture, Sara Beth observait

l'avion et la passerelle d'embarquement qui n'attendait qu'eux.

— Quand as-tu eu le temps d'organiser tout cela ? Et pourquoi ?

— Je voulais t'offrir un dîner mémorable. Au fait, l'appareil appartient à un vieil ami, Rourke Devlin, un ancien boy-scout.

— Ce M. Devlin m'est déjà fort sympathique.

Sara Beth se laissa escorter en direction de l'avion. Demain, elle retrouverait ses problèmes, mais, ce soir, elle avait bien l'intention de les mettre de côté.

— Maintenant, peux-tu me révéler notre destination ?

— New York.

A La Guardia, une autre limousine les attendait pour les emmener à Central Park où une calèche leur fit faire le tour du parc. La nuit était claire, les étoiles brillaient dans le ciel.

La calèche les arrêta au pied d'une passerelle qui menait à un antique bateau à vapeur transformé en restaurant de luxe. Un maître d'hôtel les conduisit à une table avec vue sur le lac.

Ted commanda et, quelques minutes plus tard, les plats commencèrent à arriver. Foie gras, saumon, asperges… Sara Beth avait l'estomac tellement noué qu'elle doutait de pouvoir avaler une miette.

Qu'est-ce qui lui avait pris de croire qu'elle pourrait oublier ses problèmes, oublier la liaison que sa mère avait eue avec son employeur, la vengeance que la femme de celui-ci voulait perpétrer en choisissant Sara Beth comme victime expiatoire ?

Sans oublier le fait que les parents de l'homme qu'elle aimait ne l'accepteraient jamais comme bru. Pourtant, enceinte ou pas, elle voulait épouser Ted.

— Tu as de nouveau une mine chagrine, fit remarquer Ted. Je te rappelle qu'on est là pour s'amuser.

Il s'absenta un instant puis revint avec un plateau

argenté dont il souleva le couvercle, révélant un petit bouquet de roses blanches qu'il lui offrit.

— Je t'aime, Sara Beth.

Les yeux fermés, le cœur battant une folle chamade, elle respira le parfum des fleurs. Elle devait être en train de rêver. Quand elle rouvrit les paupières, Ted était à ses pieds, un genou en terre, tenant un écrin ouvert contenant une bague où était serti un magnifique diamant entouré de saphirs.

— Je t'aime et je veux passer le restant de mes jours à tes côtés. Acceptes-tu de devenir ma femme ?

Plongeant dans son regard, elle y lut un amour sincère. Plus que tout, elle aurait voulu dire oui.

— Je ne peux pas, s'entendit-elle répondre.

13.

Abasourdi, Ted regarda Sara Beth s'enfuir. Un genou en terre, un écrin dans une main, il sentait tous les yeux braqués sur lui. Sa pose, éloquente, indiquait à tous qu'il s'agissait d'une demande en mariage. Et tous avaient bien sûr compris qu'il venait d'être éconduit.

Il s'était trompé. Sara Beth ne l'aimait pas.

Il annula le reste du dîner et rangea la bague dans sa poche. Sara Beth avait emporté le bouquet avec elle.

— Monsieur, murmura le serveur en se penchant vers lui. votre compagne a besoin de vous, je crois.

Ted se releva.

— Où est-elle ?

— Dans les toilettes, dit-il en indiquant la direction.

— M'a-t-elle demandé ?

— Non, monsieur, mais elle a… quelques difficultés.

Ted courut jusqu'à la porte en question et la poussa sans hésitation. Il trouva Sara Beth assise sur un petit sofa dans l'antichambre, en train de sangloter si violemment que son corps en était secoué. Cela lui brisa le cœur.

— Sara Beth…

— Va-t'en, dit-elle entre deux sanglots. Tu es dans les toilettes des femmes.

— Il faut une première à tout.

— Le Dr Armstrong est mon père, lâcha-t-elle tout de go. J'avais promis de ne rien dire à personne, mais tu es médecin, tenu au secret médical. Il a eu une liaison avec ma mère, ajouta-t-elle d'une voix sourde.

Il s'assit à côté d'elle pour la prendre dans ses bras tandis qu'elle lui racontait tout, y compris sa visite à Emily.

Quand elle eut terminé, il sécha ses larmes avec des baisers.

— Je n'ai qu'une question à te poser, Sara Beth. M'aimes-tu ?

— Oui, lâcha-t-elle comme si cela lui coûtait de l'admettre. Oui, je t'aime, de toute mon âme.

— Alors, pourquoi refuses-tu de m'épouser ?

— Que diront tes parents ? Ils ont d'autres ambitions pour toi. Ils veulent que tu épouses une femme de ton monde, pas une fille comme moi. Avant, je pensais être le résultat d'une opération scientifique ; maintenant je sais que je suis le fruit d'un adultère. Comme belle-fille, il y a mieux !

— Cela ne regarde pas mes parents. Tout ce qui compte, c'est nous. Epouse-moi, Sara Beth. Nous prendrons le jet de Rourke pour aller nous marier à Las Vegas.

Le silence parut interminable à Ted puis un sourire éclaira le visage de Sara Beth.

— D'accord, dit-elle enfin. Mais il nous faudra des témoins.

— On les trouvera sur place !

Ils échangèrent un tendre baiser. Et beaucoup d'autres dans la limousine qui les ramenait vers l'aéroport.

— J'ai encore une question, ma chérie…

— Tricheur, tu avais dit une seule.

— Attends-tu un heureux événement ?

— Non. J'ai fait un test de grossesse ce matin, il était négatif.

— Dans ce cas, nous allons y remédier dès ce soir ! s'exclama-t-il avant de poser sur ses lèvres un baiser langoureux.

ANNIE CLAYDON

Un amour de médecin

Traduction française de
C. DUTEIL

Blanche

HARLEQUIN

Titre original :
A DOCTOR TO HEAL HER HEART

Ce roman a déjà été publié en 2014

1.

A 6 h 30 du matin, la plage était déserte, à l'exception de quelques rares joggeurs et d'un promeneur solitaire avec son chien. Après la nuit chaude et moite, la brise marine était rafraîchissante.

— Tu as l'air d'un débris échoué sur le sable…

Luttant contre la tentation de fermer les yeux, Euan Scott se laissa choir dans le transat délavé qui lui tendait les bras.

— Je sais. Pour tout dire, je me sens…

— … pire ? demanda David Watson en se penchant vers lui, ce qui fit grincer son transat. Qu'est-ce qui t'arrive ?

— Une gamine de la clinique, Kirsty, a fait une overdose hier, répondit Euan, encore hanté par les lèvres bleues de la jeune fille.

— Comment va-t-elle ?

— Elle tient bon. Son cœur s'est arrêté trois fois et elle a eu une hémorragie intracrânienne. Ses parents sont avec elle.

— Bon sang. D'après ce que tu m'avais dit, elle progressait si bien…

Euan ne voulait pas y songer. Ni à l'état de Kirsty quand elle se réveillerait. *Si* elle se réveillait.

Il se passa la main sur le visage, comme pour chasser ces pensées. D'autres gosses avaient besoin de lui, il ne pouvait pas se permettre de craquer.

— Quel est le programme de la semaine ? demanda-t-il.

— D'abord, tu rentres chez toi et tu dors.

— Et notre réunion du lundi matin ?

Les deux directeurs du Driftwood Drugs Initiative se voyaient rarement pendant la semaine. David collectait des fonds et gérait l'institution pendant qu'Euan s'occupait des patients. La réunion du lundi matin était leur seule occasion de faire le point et discuter, loin du bureau. Quand il faisait mauvais, ils se retrouvaient au café du port ; par beau temps, ils préféraient la plage.

David haussa les épaules.

— De mon côté ça va. Mais toi, tu as besoin de dormir, dit-il d'un ton sans appel en rangeant son ordinateur portable dans sa sacoche. Autre chose ?

— Pas vraiment, répondit Euan, trop las pour réfléchir.

— Bon. Mel travaille aujourd'hui, elle réglera les éventuels problèmes. Je te revois au bureau à midi.

— Pourquoi à midi ?

— Le programmeur arrive de Londres, tu as oublié ? Pour la présentation du logiciel.

Euan aurait préféré être dispensé de cette corvée et passer une heure de plus au lit.

— Tu as besoin de moi ? C'est ton bébé, après tout.

— Moi, l'idée m'emballe, c'est toi qu'il faut convaincre.

Ce rendez-vous tombait mal. Mais Euan avait promis à David d'évaluer le logiciel en toute objectivité.

— D'accord. Je serai là à midi.

— 11 h 30. Et habille-toi correctement, dit David avec malice.

— Costume-cravate ?

— Tu as ça dans ta garde-robe ? demanda David, railleur.

— Peut-être. Quelque part.

David se leva en riant et plia son transat.

— Evite surtout le short. Je veux convaincre ce type que nous sommes un organisme sérieux, et qu'il ne trouvera pas mieux pour lancer son logiciel.

— Je peux pianoter sur un clavier en short, tu sais. Je le fais tout le temps, dit Euan en riant, s'attirant un regard noir de son ami. Bon, d'accord. 11 h 30. Douché, rasé, et sans short.

A 11 h 50, Euan était assis dans la grande pièce lumineuse qui faisait office de bureau et de salle de réunion. La porte était soigneusement fermée pour indiquer que David et lui ne voulaient pas être dérangés, et la fenêtre grande ouverte pour lutter contre la chaleur estivale.

Les deux amis avaient passé vingt minutes à revoir leurs besoins en informatique. David trompait désormais l'attente en déplaçant les chaises autour de la table tandis qu'Euan traquait une mouche récalcitrante.

— Nous sommes une organisation caritative, nous mettons l'argent dans nos missions plutôt que dans nos performances administratives, dit Euan, ramassant un journal qui traînait pour frapper l'intruse. L'informatique n'est pas mon truc, mais j'ai dit que je te soutiendrais et je n'ai qu'une parole. Si ce type ne fait pas l'affaire, nous trouverons quelqu'un d'autre.

Le téléphone sonna, et Euan décrocha.

— Oui, Maya... ?

— Sam Lockyear vous attend à la réception.

— Merci. Faites-le monter. Vous pourriez peut-être en profiter pour nous apporter du café ?

Un gloussement étouffé résonna dans le combiné, surprenant Euan. En quoi sa requête était-elle si drôle ?

— J'en monterai avec les sandwichs dans une demi-heure.

L'informatique était le domaine de David. Il allait donc passer à l'action. Pendant les deux prochaines heures, Euan n'aurait pas grand-chose à faire, sinon poser quelques questions et paraître s'intéresser aux réponses. David dirigerait comme à son habitude l'entretien avec brio, depuis l'instant où il accueillerait leur invité en haut de l'escalier jusqu'à la poignée de main finale.

*
* *

— Sam, je vous présente Euan, le codirecteur, dit David.

David était-il aussi déconcerté qu'Euan ? En tout cas, il n'en montra rien.

— Ravie de vous connaître, dit la jeune femme, tout sourire, en tendant à Euan une petite main parfaitement manucurée.

Les effluves d'un parfum de luxe parvinrent aux narines d'Euan tandis qu'il lui serrait la main, aussi douce qu'elle en avait l'air.

Il n'était pas expert en la matière, mais il aurait parié que son tailleur venait de chez un créateur. A en juger par sa couleur rouge, sa propriétaire n'aimait pas passer inaperçue.

Elle prit place à la table et, plaquant un nouveau sourire sur sa jolie bouche, elle sortit de sa sacoche un ordinateur portable et deux petites tablettes.

— Merci d'être venue, dit David avant de dérouler son boniment standard sur les activités de Driftwood.

Pour ne pas fixer ouvertement leur invitée, Euan s'absorba dans la contemplation du plafond.

— Je suis contente d'être ici, dit « Sam ». J'ai étudié votre travail avec beaucoup d'intérêt.

— Vraiment ?

— La Driftwood Drugs Initiative… Il y a une raison particulière à ce nom ?

— L'image du bois flotté — *driftwood* — peut surprendre. Mais quand nous avons commencé, tout ce que nous possédions avait été récupéré un peu partout. Nous aimions en plaisanter, et le nom est resté.

Elle hocha la tête en souriant.

— Vous avez progressé, puisque vous opérez aujourd'hui à partir de deux sites, ce bureau qui s'occupe de l'administration et de la sensibilisation du public, et la clinique où vous travaillez directement avec vos patients. Votre approche concrète, qui fournit un soutien médical et social aux drogués et leurs familles, est très appréciée des agences de médicaments et du secteur médical…

— Je doute que vous ayez appris tout cela sur notre site Web, dit David avec un petit rire.

— Non, en effet. Il y a de bonnes informations dessus, mais son manque de clarté les rend difficiles à trouver. Cela ne contribue pas à sensibiliser le public.

Elle était bien informée, intelligente, honnête. Et très belle. On aurait dit une sirène sur le rivage, appelant les marins en perdition. Euan chassa cette pensée. Il n'était ni marin, ni perdu.

— Vous avez raison, dit David. Et nous envisageons d'y remédier, n'est-ce pas, Euan ?

Euan ne l'avait jamais envisagé à proprement parler, puisque c'était du ressort de David. Son domaine à lui était surtout les soins médicaux, il n'était pas persuadé qu'un programme informatique lui apporterait grand-chose.

— Peut-être devrions-nous commencer par jeter un coup d'œil au logiciel, dit Sam Lockyear, qui contrôlait sans effort le déroulement de la réunion. Vous devez avoir des questions pour moi.

— Oui, répondit David en prenant ses notes.

— Je pense que le programme y répondra. Il parle de lui-même, dit-elle en leur tendant les tablettes avec un grand sourire.

— Nous l'espérons, dit Euan.

Il avait du mal à rester insensible au sourire de la jeune femme. Soudain, malgré lui, il chercha son regard pour capter son attention, et un grand trouble s'empara de lui.

— C'est un bon début, dit-elle.

Ses yeux gris avaient juste la bonne dose d'humour. Elle soutint un moment son regard, puis reporta son attention sur l'ordinateur. La tension se relâcha, il faillit soupirer. Elle pianota, allumant la tablette qu'il avait devant lui.

Cool. Pas de projecteur ni d'explications à grand renfort d'images sur un mur. Elle avait élevé la programmation au rang d'art. Il fit glisser un doigt hésitant sur l'écran de sa tablette et tapa. Une nouvelle page apparut.

Sam lui jeta un regard de reproche. A quoi ressemblait-elle avec les cheveux défaits, plutôt que tirés en un chignon strict ?

— Vous pourrez jouer dans un moment, dit-elle. Laissez-moi d'abord vous exposer l'essentiel.

— D'accord. Désolé, dit-il avec un sourire idiot avant de se composer une expression sévère.

Le logiciel était aussi impressionnant que sa créatrice. Elle avait pris en compte la série de besoins dont David lui avait fait part, et élaboré un programme répondant à leurs exigences. Quand Maya leur apporta les sandwichs et le café, David était conquis.

— J'aimerais voir le module de rapports, dit-il, posant devant lui l'assiette que lui tendait Maya. Nous devons faire des comptes rendus à nos donateurs sur les différents projets en cours. Beaucoup ont des questions spécifiques concernant les objectifs et les résultats, nos réponses sont déterminantes pour l'obtention des financements nécessaires.

Elle se pencha légèrement en avant, le visage radieux, comme si elle leur réservait une bonne surprise, et sourit à Maya qui lui tendait une tasse de café.

— Merci… Maya.

La secrétaire poussa l'assiette de sandwichs vers elle et sortit discrètement de la pièce.

— Ils ont l'air délicieux, dit Sam, en choisissant un avant de proposer l'assiette à David.

Réussissant brillamment à grignoter son sandwich, déguster son café, et pianoter en même temps sur son clavier, elle leur montra comment les questions et les mots clés pouvaient être entrés dans le système, et des rapports individuels créés pour chaque donateur.

— Excellent, fit David, visiblement impressionné. Euan, tu as des questions ? ajouta-t-il pour la forme.

— Oui, une ou deux…

Dans ce genre de réunion, mieux valait savoir à quoi s'attendre, et Sam s'était déjà fait une opinion sur les directeurs de Driftwood Drugs Initiative. David Watson était l'organisateur et faisait tourner la boîte. Le Dr Euan Scott était l'élément imprévisible, capable de sortir des questions pièges et autres suggestions incongrues.

Elle se força à le regarder dans les yeux.

— Je vous écoute.

Il s'adossa à sa chaise, le front plissé. Euan Scott était unique en son genre. Séduisant, sans aucun doute. Même si elle n'avait pas été favorablement impressionnée par ses qualifications et ses réalisations, elle aurait su qu'il n'était pas seulement un beau gosse au look de surfeur. Derrière ses yeux couleur caramel, elle sentait bouillonner des pensées et des émotions qu'elle ne savait pas interpréter.

Elle devait se ressaisir. L'entretien se passait bien, ce n'était pas le moment de tout gâcher.

— Ce programme n'est pas encore utilisé par d'autres ?

Son premier coup, et il avait immédiatement trouvé son talon d'Achille.

— Non, pas encore. Je cherche quelqu'un qui relèvera ce défi, dit-elle, sentant qu'Euan aimait les challenges.

— Et vous pensez que c'est nous ?

Elle se pencha légèrement en arrière, les yeux étrécis. Six ans plus tôt, Sally et elle s'étaient lancées dans la vente de leurs propres logiciels. Au début, elle avait été nerveuse, angoissée. Sal lui avait appris tous les petits trucs, toutes les techniques, quand rester sur la réserve et quand faire preuve de candeur. Elles avaient formé une équipe formidable. Mais la sagesse de Sal ne pouvait pas l'aider aujourd'hui. Imaginer Euan Scott tout nu ne ferait sûrement rien pour la calmer…

— Les nouveaux programmes sont difficiles à lancer, surtout ceux destinés au secteur à but non lucratif. Rares sont les entreprises qui acceptent d'être les premières à utiliser un logiciel qui n'a pas fait ses preuves, si bon soit-il. J'ai besoin de quelqu'un d'assez visionnaire pour tenter quelque chose de nouveau. En retour, je suis prête à travailler main dans la main avec vous pour m'assurer que le programme répond à tous vos besoins.

— C'est une situation qui comporte des risques, dit Euan en passant la main dans ses courts cheveux blonds.

— Pas plus que celle dans laquelle vous vous trouvez déjà. D'après mon enquête, vous correspondez aux clients que je recherche. Votre association est petite, novatrice, prospère, et vous voulez vous agrandir. Un bon système de programmation vous y aidera, mais je devine que vous n'avez pas beaucoup d'argent à investir dedans.

Il hocha la tête avec un lent sourire.

— J'imagine qu'il y aura quelques surprises.

— J'espère que nous pourrons apprendre les uns des autres. Et puis, on ne peut jamais tout prévoir, n'est-ce pas ? dit-elle avec un haussement d'épaules.

Elle était prête à parier qu'Euan Scott n'avait pas fini de la surprendre.

— Pourquoi faites-vous cela ? demanda-t-il.

La question, pour le moins inattendue, la prit de court.

— Vous voulez savoir pourquoi je crée des logiciels ?

— Non, vous êtes manifestement douée pour cela. Je veux savoir pourquoi vous vous impliquez autant et consacrez tant de temps à quelque chose qui ne vous apportera pas de gratification financière substantielle.

Elle avait déjà préparé la réponse.

— Comme vous avez dû le voir dans mon CV, j'ai été directrice et copropriétaire d'une société de conseil en informatique extrêmement prospère. Il y a deux ans, quand je l'ai vendue, j'avais le choix entre aller au soleil siroter des cocktails, et faire quelque chose que j'aime en me rendant utile par la même occasion.

— Vous n'aimez pas les cocktails ? Ni le soleil ?

— J'adore les deux. En vacances.

Le regard intense d'Euan Scott la sondait à la recherche de la vraie réponse. Il ne jugeait pas, n'attendait rien, il donnait l'impression de pouvoir pratiquement tout accepter et comprendre, du moment que c'était la vérité.

— Je… Je fais ça pour soutenir une cause qui me tient à cœur. J'ai… des raisons personnelles.

Il soutint encore un moment son regard, puis détourna les yeux. Etourdie, elle eut la sensation qu'elle allait glisser de sa chaise et s'affaler par terre. Puis il hocha la tête.

— Je peux comprendre cela, dit-il.

David raccompagna Sam à la porte en promettant de la rappeler pour lui faire part de leur décision. Quand il regagna le bureau, il souriait.

— Eh bien, c'était une sacrée surprise.

— Tu ne m'avais pas dit que Sam Lockyear était un homme ?

Elle n'aurait pas pu être plus femme. De son chignon impeccable à… Euan décida qu'il n'avait déjà que trop pensé à ses orteils soigneusement manucurés.

— Je le croyais. Son nom ne donnait pas d'indice, mais tu as vu ses e-mails. Aucune des femmes que je connais ne s'exprime comme ça.

Les courriers qu'elle avait envoyés étaient concis et dénués de toute amabilité, ne révélant rien du charme qu'elle dégageait en personne.

— Alors, qu'en penses-tu ?

David se laissa tomber sur une chaise en ricanant.

— N'intervertis pas les rôles. Qu'en penses-tu, *toi* ? C'est toi qu'elle va suivre pendant deux semaines, pas moi.

— Je ne crois pas qu'elle nous ait laissé le choix. Son logiciel est génial, et son offre trop belle pour être ignorée. Je ne sais pas trop comment elle s'intégrera à la clinique, mais on verra ça le moment venu.

David acquiesça pensivement.

— Quelles sont ses « raisons personnelles », à ton avis ?

— Est-ce vraiment important ? répondit Euan qui s'était posé la même question.

— Je te le demande.

Euan avait ses raisons à lui de s'être lancé dans l'aventure. L'addiction de son ex-femme, qui avait détruit leur mariage, ne regardait que lui. Mais il exigeait une parfaite honnêteté de ceux qui l'entouraient, et il se devait de donner l'exemple.

— Elle ne sera pas directement impliquée dans notre travail, elle se contentera d'observer, dit-il. Il nous suffit de savoir que son logiciel fonctionne pour nous.

— Tu commences à avoir l'air convaincu.

— Il n'y a que les imbéciles qui ne changent pas d'avis, dit Euan en se levant et en vérifiant le contenu de son portefeuille. Tu veux bien l'appeler pour lui donner notre réponse ? Je dois aller à la banque chercher du liquide. Et quelque chose à manger.

— Alors tu me conseilles de la suivre dans l'aventure ?

— Si elle est disposée à passer deux semaines avec nous pour mieux connaître notre travail, je ferai de mon mieux pour… satisfaire ses exigences.

Euan renvoya la boule de papier que David lui avait jetée à la tête et sourit lorsqu'elle atterrit dans la corbeille. Il s'occuperait le moment venu de la mystérieuse classification informatique des aspects les plus intangibles de son travail. Pour l'heure, il avait faim.

Mais il était écrit que Sam Lockyear ne disparaîtrait pas si vite.

Euan ne résista pas à l'envie de faire sa promenade préférée, même si elle lui imposait un petit détour sur le chemin de la banque.

S'il ne s'était pas accoudé pour contempler la mer au mur de pierre qui longeait la plage, il ne l'aurait pas vue. Et sans sa veste rouge vif accrochée au dossier de sa chaise, elle se serait fondue dans la foule. Elle était assise à la terrasse d'un des cafés qui fleurissaient l'été sur le front de mer, ses jambes nues offertes au soleil, le fin tissu de son chemisier flottant dans la brise.

Avait-elle envie de compagnie ? Euan décida que non. Ce qui ne l'empêchait pas de la contempler de loin. Soudain, elle redressa la tête et, plongeant la main dans son sac, elle regarda l'écran de son téléphone portable puis le porta à son oreille.

C'était probablement David. Comment aurait-il réagi s'il l'avait vue ôter les épingles de son chignon en parlant et secouer la tête pour laisser ses cheveux tomber sur ses épaules en longues mèches brillantes ?

Elle posa son téléphone sur la table et leva ses deux poings en l'air en signe de victoire.

Euan ne put s'empêcher de sourire, elle avait failli estourbir le serveur. Elle bondit sur ses pieds pour lui présenter ses excuses. Ils rirent et, acceptant une tasse de café, elle lui désigna le menu.

Fasciné, Euan la regarda déguster son café. Il sourit quand le serveur revint avec un énorme *sundae* qu'elle attaqua avec gourmandise.

Peut-être s'adapterait-elle mieux à la clinique qu'il ne l'avait pensé, tout compte fait. Ruminant cette pensée, il se redressa et se rendit à la banque par le chemin le plus direct.

2.

La seconde impression qu'Euan eut de Sam fut aussi déconcertante que la première. Quand elle frappa à la porte des bureaux de Driftwood Drugs Initiative à 8 heures tapantes le samedi suivant, il faillit ne pas la reconnaître. Malgré les nuages qui voilaient le soleil, son regard était caché derrière des lunettes de soleil et la visière d'une casquette.

Elle le salua et enleva sa casquette, qu'elle fourra dans la poche de son pantalon militaire. Avec ses chaussures plates, son visage sans fard et sa longue natte sur l'épaule, elle paraissait plus jeune, plus fragile. Son blouson en cuir kaki, ni trop râpé ni trop neuf, était usé à l'épaule, sans doute par la lanière de sa sacoche d'ordinateur.

— Je ne suis pas trop en avance, j'espère, dit-elle.

La remarque aurait pu sembler condescendante, puisqu'elle arrivait de Londres alors qu'Euan habitait à dix minutes à pied. Comment savoir ? Il ne voyait toujours pas ses yeux et son visage ne révélait rien.

— Non, répondit-il en désignant la tasse qu'il tenait à la main. Juste à temps pour le café.

Elle ramassa le sac de voyage qu'elle avait posé à ses pieds et Euan alla fermer la porte derrière elle.

— Laissez-moi vous débarrasser.

Elle hésita avant de lui confier son sac d'un air vaguement soupçonneux, comme si elle pensait qu'il allait s'enfuir avec.

— Voulez-vous voir la chambre ? Elle n'est pas grande…

— Ça ira. J'ai juste besoin d'un lit et d'une salle de bains.

Il n'y avait pas que son apparence qui avait changé. La femme d'affaires sûre d'elle avait complètement disparu. C'était comme si Sam s'était dépouillée de cette identité en ôtant son tailleur rouge.

Il lui fit signe de le suivre, veillant à ne pas la toucher en la précédant dans l'étroit vestibule. Il ouvrit la porte du petit escalier qui menait à l'appartement aménagé sous les combles. L'odeur du désinfectant flottait dans l'air, mêlé au parfum subtil du linge fraîchement lavé.

— C'est génial.

Elle regarda le débarras meublé de deux fauteuils et d'une petite table basse et se dirigea vers la partie un peu plus spacieuse, qui abritait un lit et une minuscule penderie. Euan posa son sac sur le lit et elle s'assit à côté.

— Bon matelas. C'est tout ce qu'il me faut, dit-elle avec un sourire qui semblait sincère. Ma tenue convient pour la clinique ? David m'a dit de ne pas faire de frais de toilette, je suis venue comme je suis.

— C'est comme ça que vous êtes ? demanda-t-il sans réfléchir.

— Oui, répondit-elle, ôtant enfin ses lunettes de soleil et montrant ses yeux gris, clairs et lumineux, magnifiques. Je suis une geek.

Son sourire était contagieux, Euan s'aperçut qu'il souriait aussi.

— Et c'est à ça que ressemble une geek ?

Elle haussa les épaules.

— Eh bien, le stéréotype, c'est plutôt un type avec une barbe de deux jours et une blague informatique ringarde sur son T-shirt. Mais je n'aime pas ce look.

Il soupira. Elle était comme une matriochka. Chaque fois qu'il croyait voir la vraie Sam, il y en avait une autre dessous, exquise, différente. Soudain, l'irruption, dans l'équilibre délicat de la clinique, de cette femme énigmatique ne lui parut pas une si bonne idée que cela.

D'autant qu'elle n'avait pas voulu expliciter les raisons pour lesquelles elle était là.

Il avait prévu de l'emmener sur-le-champ à la clinique, mais il venait de changer d'avis. Il avait besoin de réfléchir, ce qui semblait impossible quand elle était dans les parages. Peut-être parce qu'elle sentait si bon.

— Je dois partir dans une demi-heure, dit-il. J'ai une consultation à la clinique ce matin.

— Un samedi matin ?

— C'est souvent le week-end que nous sommes le plus occupés. Les gens qui travaillent ne peuvent venir que le soir et le week-end.

Il s'attendait à ce qu'elle soit surprise, mais ce ne fut pas le cas. Beaucoup de gens s'imaginaient que les toxicomanes dormaient par terre, portaient des vêtements sales et n'avaient pas de travail. Cela arrivait, bien sûr, mais Euan comptait aussi un agent de change et plusieurs chefs d'entreprise parmi ses patients.

— Oui, bien sûr, dit-elle en enlevant son blouson, dévoilant un haut violet coupé dans un tissu si vaporeux qu'il éprouva une irrésistible envie de le toucher. Quand pourrai-je vous rejoindre ?

A sa mimique, elle avait compris qu'il l'avait mise sur la touche. Il aurait dû se sentir coupable, elle s'était levée tôt pour venir, mais ses patients passaient avant tout.

— Si nous nous retrouvions pour déjeuner ? David sera là dans une demi-heure, il vous expliquera le fonctionnement de la clinique et vous parlera du nouveau centre d'accueil que nous projetons d'ouvrir prochainement.

Le visage de Sam s'éclaira.

— Bonne idée. Comme cela, j'aurai une vue d'ensemble avant de voir comment les choses marchent en pratique. Retrouvons-nous donc à… midi et demi, cela vous va ?

Sam entendit les pas d'Euan décroître dans l'escalier, puis la porte d'entrée claqua derrière lui. Elle se laissa choir sur le lit et regarda autour d'elle. L'appartement était petit, d'une propreté scrupuleuse, et déjà chauffé par le soleil. La lucarne au-dessus de sa tête s'ouvrait-elle pour ventiler la pièce ? Il n'y avait qu'une façon de le savoir, grimper sur quelque chose et s'en assurer.

Voilà, elle était enfin sur la bonne voie. Elle avait fait une promesse à Sal, et elle avait franchi la première étape vers sa réalisation. En deux ans de travail, elle avait eu de nombreuses déceptions, bien des gens faisant semblant de s'intéresser à ses logiciels par simple acquit de conscience.

— Nous serons en haut de l'échelle d'ici Noël !

La vieille plaisanterie lui arracha un sourire, et une larme perla au coin de ses yeux. Quels que soient la période de l'année et les aléas de leurs projets, Sally avait toujours fêté leurs avancées à coups de crème glacée en portant ce toast. Un Noël, elles avaient même vraiment grimpé en haut d'une échelle. Sal avait au moins connu ça.

Sam secoua la tête. Peu importait qu'elle soit toute seule dans ce bâtiment vide, et tant pis si elle se sentait d'autant plus rejetée que cela venait d'Euan Scott. Il pouvait être aussi beau qu'il voulait, aussi difficile qu'il en avait envie. Elle avait un objectif à atteindre, elle ne laisserait personne se mettre en travers de son chemin.

Le travail de la matinée avec David s'était déroulé tranquillement, ce qui avait apaisé Sam. Il lui avait ensuite proposé de l'accompagner à la clinique, un peu comme il aurait offert à quelqu'un de le suivre dans la cage aux lions. Elle avait décliné la proposition avec un sourire, et glissé ses clés et son portable dans sa poche. Si Euan la croyait incapable de s'intégrer, elle lui montrerait qu'elle savait se rendre invisible.

La clinique se trouvait au bout d'une enfilade de petits magasins et de bureaux, dans une rue qui partait du front de mer. Aucun panneau ne l'identifiait. L'entrée franchie, on se trouvait devant une nouvelle série de portes, comme s'il fallait passer par un sas pour pénétrer dans les lieux. Elle remarqua les discrètes caméras de surveillance. Qui l'observait de derrière son écran ?

Les portes s'ouvrirent devant elle avec un bruit sourd, lui révélant un vaste espace clair avec de confortables fauteuils et un bureau d'accueil. La décoration murale était composée d'épaves en tout genre provenant probablement d'un ratissage en règle de la plage. Au fond de la salle, Euan était en grande conversation avec un jeune homme en salopette. De derrière le bureau, une femme sourit à Sam.

— Vous devez être Sam. Je m'appelle Liz. Soyez la bienvenue.

De taille et d'âge moyens, la femme avait un sourire lumineux. En jean et tablier à fleurs, elle brandissait une clé à molette et semblait préoccupée par ce qui se passait derrière la réception.

— Merci, répondit Sam. Je viens voir Euan, mais il a l'air occupé.

— Il l'est, généralement…, dit Liz en regardant les deux hommes. Il parle à mon fils, là. Jamie est censé réparer la fuite du lavabo de la cuisine.

— Mais c'est vous qui tenez la clé à molette ?

Liz éclata de rire.

— Exactement. Jamie a une idée fixe et il a besoin d'en parler à Euan. En attendant, je contiens l'inondation.

Euan parlait avec animation. Grand et mince, les membres déliés, il possédait une grâce naturelle et semblait bien dans sa peau. Sam sentit un trouble inattendu lui picoter la nuque.

— La plomberie mise à part, que faites-vous ici normalement ? demanda-t-elle à la femme.

— Je suis bénévole. Je passe deux jours par semaine à tenir la réception et faire de petits travaux.

— Et Jamie ?

— Il est la raison de ma présence ici, répondit Liz. Cette clinique lui a sauvé la vie.

Le regard de Sam revint aux deux hommes. Elle avait

lu les statistiques, étudié de près les rapports, mais c'était différent, maintenant. Jamie était là car Euan avait réussi à changer le cours de sa vie, alors qu'elle-même avait échoué avec Sally.

Des questions se bousculaient dans sa tête, qu'elle n'osait pas formuler. Après tout, elle n'était pas là pour obtenir de l'aide, mais pour apporter la sienne.

— Je peux vous demander quelque chose ?

— N'est-ce pas pour cela que vous êtes là ? David nous a prévenus que vous auriez plein de questions à poser.

— Ça n'en est pas vraiment une. Je me demandais juste comment Jamie allait, maintenant.

Liz rit, son visage s'illumina.

— Il va bien. Il a des hauts et des bas, comme tout le monde, mais il est sur la bonne voie. Il travaille dans l'entreprise de construction de son oncle et a repris ses études pour décrocher une qualification.

— Je suis contente de l'entendre.

— Merci. C'est bon de pouvoir le dire…

Liz fut interrompue par l'Interphone de la porte d'entrée. Elle vérifia l'écran situé derrière l'accueil et appuya sur un bouton. Un petit groupe entra, que Liz semblait connaître, suivi d'un couple de quinquagénaires qui paraissaient un peu perdus.

— Excusez-moi, j'en ai pour un instant. Je crois qu'ils viennent voir Euan. Si vous alliez patienter dans le jardin ?

— J'attendrai ici, si ça ne vous ennuie pas, répondit Sam en désignant les fauteuils de la réception.

Liz se dirigea vers le couple, qu'elle invita à s'asseoir. Euan parlait toujours, mais il dut sentir le regard de Sam et se retourna. Pendant un instant délicieux, ce fut comme s'ils étaient seuls dans la pièce.

Puis il se tourna vers les nouveaux venus. Il leur adressa le sourire qui — selon Sam — aurait dû lui revenir de droit. Les priant de patienter quelques instants, il entraîna Jamie à l'écart pour terminer leur conversation en privé.

*
* *

En entendant la porte d'entrée s'ouvrir, Euan avait su qu'il s'agissait de Sam. Il allait l'accueillir quand Jamie l'avait intercepté, et Liz avait surgi de la cuisine pour faire entrer Sam. Il avait juste eu le temps de l'apercevoir avant que Jamie ne monopolise son attention.

— Qu'est-ce qui se passe, Jamie ?

— Je suis allé voir Kirsty l'autre jour, dit le jeune homme, fixant un point derrière lui, ce qui n'était pas bon signe. J'ai emmené maman avec moi pour que ses parents ne croient pas que j'avais une mauvaise influence sur elle.

— C'était ce qu'ils croyaient ? demanda Euan, essayant vainement de capter son regard.

— Non. Sa mère a pleuré et son père m'a serré la main.

— Alors, qu'est-ce que ça fait d'être bien considéré ?

Jamie balaya la question d'un haussement d'épaules, l'esprit visiblement ailleurs.

— Je n'arrête pas de réfléchir. Kirsty a toujours été prudente…

— Prendre de la cocaïne n'est jamais anodin, Jamie.

— Je sais. Mais il doit y avoir autre chose qui circule dans les rues.

C'était vrai. Il avait entendu des rumeurs, et les résultats des tests effectués par la police sur la poudre blanche trouvée sur Kirsty l'avaient confirmé. De la cocaïne au degré de pureté anormalement élevé était en circulation, une très mauvaise nouvelle. Mais mieux valait ne pas entrer dans les détails avec Jamie.

— Je connais encore des gens, dit le jeune homme. Je peux me renseigner, découvrir ce qui se passe…

— Tu trouves que c'est une bonne idée ?

— Il faut que je fasse quelque chose. Kirsty ne sera plus jamais la même, n'est-ce pas ?

— Elle a déjà récupéré beaucoup mieux que je n'espérais, et elle est encore en désintox. Si tu veux vraiment lui venir en aide, elle a besoin de tous ses amis en ce moment.

— Et quand ça se reproduira avec une autre personne, je ferai ami-ami avec elle aussi ? Eh bien, ma vie sociale va être drôlement active, fit Jamie avec colère.

— La police et les associations de lutte contre la drogue font leur travail, mon garçon. Laisse-les agir, et contente-toi d'aider Kirsty et de t'aider toi-même.

— Et s'ils ne le font pas ? demanda Jamie, les poings serrés. Je ne peux pas rester assis les bras croisés.

— Je n'ai pas les réponses, Jamie. La vie est dure. Elle fait mal, met en colère, fait passer des nuits blanches.

Le jeune homme soupira.

— Et le truc est de rester clean jour après jour.

— Tu l'as dit, répondit Euan.

Il sentit un souffle sur sa nuque. La porte d'entrée s'était ouverte. Se retournant, il plongea dans les profondeurs vertigineuses du regard lumineux de Sam.

Puis il détourna les yeux vers un couple d'âge mûr qui parlait à Liz. Si c'étaient les gens qu'il attendait, ils avaient une heure de retard, mais ils avaient fait un long voyage pour le voir. Pourrait-il les aider à retrouver leur fille ? Il devait au moins essayer. Il les salua et entraîna Jamie à l'écart du groupe qui venait pour la séance de l'après-midi.

— Appelle-moi quand tu veux, Jamie.

— Inutile. C'est de Kirsty qu'on parle, pas de moi.

— Tu en es sûr ?

Le jeune homme le fixa un moment, et haussa les épaules.

— Kirsty est une amie, et je n'ai pas vu venir le problème. Quel genre de personne suis-je donc ?

Cette question avait hanté Euan pendant des années. Il avait été aveugle, trop occupé pour se rendre compte de l'addiction de sa propre femme. Il savait ce que ce genre de culpabilité avait de destructeur.

— Un être humain, répondit-il. Tu es un bon ami pour Kirsty, mais tu n'es pas responsable de ses actes. Tu ne dois pas te reprocher ce qui lui est arrivé.

Jamie hocha la tête en silence.

— Je vais à l'hôpital tout à l'heure, dit-il. Je vous appellerai pour vous donner de ses nouvelles.

— Merci. Ça va aller toi ? demanda Euan en le scrutant.

— Oui. Allez aider quelqu'un d'autre. Je vais bien.

— Nous en reparlerons plus tard, dit Euan.

Euan trouva Sam dans la cuisine en train de préparer du thé, pendant que Liz bavardait avec M. et Mme Pearson. Sam leva vers lui un visage plein d'espoir.

— Etes-vous prêt à m'accorder un peu du temps que vous m'avez promis ?

— Je suis désolé, Sam, mais ces personnes sont là pour me voir, et c'est important.

Elle acquiesça gravement.

— Très bien. J'attendrai. Vous voulez du thé ?

— Hum, s'il en reste pour moi, répondit-il, conscient qu'il serait grossier d'accepter le thé et de la planter là.

— Largement, dit-elle en ouvrant le placard pour prendre une tasse.

— Merci, Sam. Je ferai aussi vite que possible. Vous voulez patienter dans le jardin ?

— Non, merci, je préfère me rendre utile.

Evitant son regard, elle se tourna vers Ian, l'animateur de la séance de groupe de l'après-midi, qui venait d'arriver.

— Euan, vous pouvez voir Pete ? demanda Ian. Il a de vilaines contusions, comme s'il s'était battu.

— Encore ? Quand ? Hier soir ?

— Oui. Et il ne veut toujours pas aller à l'hôpital…

— Très bien. J'arrive dans une minute, dit Euan.

Sam ne pouvait qu'écouter la conversation, aussi resta-t-il évasif.

— Votre groupe aimerait du thé ? demanda-t-elle.

— Oui, c'est une bonne idée, merci, répondit Ian.

— Sam, vous n'avez pas besoin…

— Combien de tasses ? demanda Sam.

— Six, merci… Euan, on a de l'ibuprofène en réserve ?

— Non, il n'y en a plus.

— Tant pis. J'irai en chercher à la pharmacie du coin de la rue.

Euan soupira. Sam se donnait du mal pour se rendre utile, sans doute aussi dans l'espoir de lui faire passer un message. Pour le moment, il ne pouvait que la laisser faire en espérant que Liz la surveillerait de près.

— Apportez-moi l'ibuprofène avant de le ranger, dit-il à Ian. Tous les médicaments doivent être répertoriés.

Sam consentit enfin à le regarder. Deux secondes.

— C'est une bonne chose, dit-elle avant de se détourner pour prendre d'autres tasses dans le placard.

Euan s'était retiré dans le calme de son cabinet de consultation. C'étaient souvent les familles des drogués qui le touchaient le plus. M. et Mme Pearson lui avaient donné leurs coordonnées, l'avaient remercié et étaient partis. En ce moment, ils étaient probablement assis dans leur voiture, à essayer de se réconforter mutuellement.

Euan décrocha son téléphone. Il allait passer quelques coups de fil en espérant que quelqu'un avait vu Ellie Pearson. Peut-être était-elle venue ici, mais il en doutait.

Il passa une quinzaine de minutes au téléphone, sans résultat, puis rédigea une note pour les assistantes sociales et les bénévoles de la clinique. Il était peu probable que l'un d'entre eux ait vu Ellie mais il avait assuré les Pearson que la clinique Driftwood ne laissait jamais tomber personne.

Ces paroles lui revinrent avec la force d'une gifle. N'avait-il pas laissé tomber Sam ce matin même ? On frappa discrètement à la porte, et Liz passa la tête dans le bureau.

— Je descends, Liz, dit-il.

— Très bien. Sam est dans le jardin avec Jamie. Je leur ai apporté de quoi déjeuner.

Au moins quelqu'un avait pensé que Sam devait avoir faim…

— Liz, vous êtes une perle. Merci.

— De rien. Il fallait bien que vous parliez à ces malheureux parents… Sam est en train de montrer à Jamie comment créer un blog. Vous pouvez leur laisser une vingtaine de minutes ?

Euan se leva et regarda par la fenêtre. Sam et Jamie étaient assis sur un banc à l'ombre d'un grand arbre, absorbés par leur tâche. Un moment donné, elle éclata de rire, et Euan se surprit à envier Jamie. Ridicule. Jamie avait simplement fait ce que lui-même aurait dû faire en accueillant la jeune femme et en s'intéressant à son travail.

— Alors Jamie s'est décidé ? C'est bien, dit-il. Si vous alliez les rejoindre, Liz ? Je peux descendre m'occuper de la réception.

— Non, c'est bon. Ils n'ont pas besoin de moi. Je ne comprends même pas ce qu'est un blog.

Il la regarda se diriger vers la porte en souriant. Liz et Jamie revenaient de loin, elle commençait seulement à faire de nouveau confiance à son fils.

— Je vous apporterai une tasse de thé, alors. Celui au gingembre et au miel que vous aimez, d'accord ?

Euan était assis sur les marches descendant au jardin, mais Sam avait décidé de ne pas bouger quand Jamie était parti. Si elle ne harcelait pas Euan et qu'elle se rendait utile, peut-être finirait-il par tolérer sa présence.

Lorsqu'il traversa la pelouse pour venir vers elle, elle regarda ailleurs. Et ne leva pas les yeux de son écran quand il s'assit à côté d'elle sur le banc.

— C'était gentil à vous d'aider Jamie pour le blog, dit-il.

— C'est facile quand on sait s'y prendre, répondit-elle.

Enfin. Une réaction.

— Alors, ce n'était pas gentil…

Elle releva la tête, et son sourire malicieux balaya toutes ses bonnes résolutions.

— Vous avez le temps de me parler maintenant ?

— C'est ce que je venais vous dire..., répondit-il, d'une voix hésitante.

Ses yeux marron clair reflétaient son incertitude, le rendant encore plus irrésistible.

— Si vous n'avez pas le temps, ce n'est pas grave, dit-elle. Etre ici m'en apprend beaucoup sur le fonctionnement de la clinique.

— Pouvons-nous recommencer depuis le début ? demanda-t-il en lui tendant la main.

Elle leva une main hésitante.

— Ne soyez pas aussi soupçonneuse, Sam. J'essaie seulement de m'excuser.

— Ah, c'est ça ! Généralement, « je suis désolé » marche assez bien.

Les doigts de Sam touchaient presque les siens. Presque.

— Très bien. Je suis désolé. Vous avez trouvé du temps pour nous, et je trouverai du temps pour vous désormais.

Pourquoi cette simple remarque résonnait-elle presque comme une demande en mariage ? Elle sentit ses doigts trembler.

— Vous avez des doutes concernant ce projet informatique, n'est-ce pas ? dit-elle dans un murmure.

— David a besoin de se décharger un peu de ce fardeau... Oui, j'ai des doutes, dit-il avec un sourire contrit. Mais je suis ouvert, et je ne demande qu'à être convaincu.

C'était suffisant pour le moment. Elle prit sa main et la serra, s'efforçant d'ignorer la caresse de ses doigts.

— Bonjour, je m'appelle Euan.

— Sam. Ravie de vous connaître, Euan.

3.

Sam ne pouvait pas accuser Euan de faire dans la demi-mesure. Elle avait trouvé frustrant qu'il accorde toute son attention à d'autres, et ne pouvait nier en avoir éprouvé une certaine jalousie. Mais maintenant qu'il se consacrait enfin à elle, elle se sentait toute chose.

Pendant qu'il lui faisait visiter la clinique, son enthousiasme communicatif la gagna. Les confortables salles de consultation, le jardin reposant. La grande pièce commune où un petit groupe bavardait devant un café. Des gens allaient et venaient, et Euan avait un sourire pour chacun.

Il garda pour la fin son cabinet de consultation, qui faisait également office de bureau. A présent qu'ils étaient loin des parties communes, il s'animait en parlant, appuyé à son bureau pendant qu'elle prenait des notes.

— Nous sommes dans une période de transition. Quand le nouveau centre d'accueil sera opérationnel, cela allégera nos consultations ici et nous permettra d'étendre nos services de proximité.

— C'est prévu pour quand ?

— La nouvelle année.

— Comment comptez-vous étendre vos services ?

— Nous projetons d'organiser des consultations et de constituer des groupes réservés aux utilisateurs de drogues dites « mondaines », la kétamine, l'ecstasy, la méthamphétamine, ce genre de substance… Et comme un nombre croissant de personnes viennent nous consulter pour des problèmes de dépendance aux stéroïdes, nous cherchons quelqu'un ayant de l'expérience dans ce domaine spécifique.

— Ferez-vous des choses différentes ici et au centre d'accueil ?

— Oui. Cet endroit est idéal pour les consultations et les séances de groupes, car il est central et facile d'accès. Le centre d'accueil est situé hors de la ville, donc plus indiqué pour les conférences sur le week-end et les longs séjours.

— Les gens accepteront-ils de payer pour avoir accès au centre d'accueil ?

— S'ils peuvent se le permettre, ils feront un don. Nous ne refusons personne pour des raisons financières, et tous les patients sont traités de la même façon, qu'ils paient ou pas.

— Ça semble si… si paisible ici, dit-elle.

— C'est un bon jour, répondit-il en riant. Nous essayons d'entretenir une atmosphère détendue, mais ce n'est pas toujours comme ça. Surmonter une addiction est un parcours long et difficile.

— Mais vous guidez les gens dans cette épreuve, pour les ramener à la vie.

Elle voulait l'entendre dire qu'il pouvait déplacer des montagnes à lui tout seul. Sauver le monde. Quelqu'un devait le faire puisqu'elle en était incapable.

Il s'assombrit soudain et s'assit dans un des fauteuils destinés aux patients.

— Nous n'arrivons pas à les sauver tous. La clinique a un taux de réussite très élevé, mais nous ne pouvons pas faire de miracles. Certains de nos patients arrêtent purement et simplement de prendre de la drogue, d'autres modifient leurs habitudes… et nous en perdons un certain nombre.

Elle sentit sa gorge s'assécher.

— Mais enfin… quand quelqu'un *veut* cesser de se droguer et qu'il se fait aider…

— C'est un bon début. Mais l'addiction est un puissant mécanisme. Vouloir arrêter et obtenir l'aide appropriée est la première étape essentielle d'un très long parcours.

Beaucoup de nos patients ont déjà plusieurs cures de désintoxication à leur actif.

— Comment faites-vous ? demanda-t-elle.

Même elle perçut le désespoir qui avait vibré dans sa voix. Ces deux dernières années, elle s'était persuadée que, si Sally avait parlé de sa toxicomanie, tout se serait bien passé. Cela n'avait pas été un grand réconfort, mais une sorte de bouée à laquelle elle s'accrochait dans son immense douleur. Et voilà qu'Euan la lui enlevait.

Il se pencha vers elle et la scruta comme pour la sonder.

— Je n'y arrive pas toujours, répondit-il. Et il y a des moments où il vaut mieux être incapable d'affronter les choses.

Elle réfléchirait aux implications de ces paroles. Plus tard.

— Mais vous êtes toujours là.

— Oui. Et vous aussi.

Touché. Elle avait ses propres raisons d'être là, et, à l'évidence, lui aussi.

— A quelle heure la clinique ferme-t-elle ? demanda-t-elle, passant à un sujet plus pragmatique.

— 11 heures. Mais mon service se termine dans dix minutes. Je ne suis de garde que pour les urgences… Vous aimez la cuisine chinoise ? demanda-t-il, affable.

— Ça dépend…

— Vous aimerez l'endroit où j'ai réservé une table, dit-il, souriant de sa déconfiture. Pour un dîner de travail.

— Oh ! alors je vais devoir gagner mon repas ? répondit-elle, souriant malgré elle.

— Envisagiez-vous de partir déjà ?

Non, elle ne l'envisageait pas. Travailler l'empêchait de trop réfléchir. Et si elle s'écroulait d'épuisement le soir dans son lit, elle dormait mieux. Mais il fallait quand même qu'elle mange.

— Je peux y aller comme je suis ? demanda-t-elle avec un coup d'œil à son pantalon de combat et ses tennis.

— Vous voulez vous mettre sur votre trente et un et me faire de l'ombre ? demanda-t-il en riant. Mais vous pouvez si vous voulez. Ce restaurant n'a pas de *dress code* particulier.

Il était impossible de faire de l'ombre à Euan. Il pouvait ébouriffer ses cheveux à l'envi et porter n'importe quoi, il serait toujours parfait avec son corps athlétique.

— J'ai laissé ma tiare à la maison. Je vous ferai honte une autre fois.

— Je suis impatient de voir ça, répondit-il avec malice.

En quittant la clinique, Euan prit une profonde inspiration, comme pour se libérer des soucis de la journée. Sam et lui marchèrent jusqu'au front de mer, longeant la promenade sur huit cents mètres avant de bifurquer vers le centre-ville.

— Vous passez toujours par le front de mer ? demanda-t-elle.

Elle cherchait encore ses repères, mais sentait qu'ils auraient pu gagner dix bonnes minutes par un chemin plus direct.

— En général, oui. Ce n'est pas la peine d'habiter au bord de la Manche si on ne respire pas son bon air iodé. Et puis j'aime la plage.

Il ouvrit la porte d'un restaurant aux parois vitrées et s'effaça pour la laisser entrer.

Une activité fébrile régnait à l'intérieur. Euan semblait être un habitué des lieux. La serveuse qui les accompagna à leur table l'appela par son nom et bavarda avec lui pendant que Sam consultait la carte.

Peut-être amenait-il ses petites amies ici. Personne ne semblant s'intéresser à elle, elle en conclut qu'il amenait probablement une fille différente chaque fois. Une fiancée en titre aurait attiré l'attention, et il ne semblait pas du genre à manquer de compagnie féminine…

— Vous êtes décidée ?

Elle sursauta et reporta son attention sur le menu.

— Hum… Comment est le poulet Kung Po ?

— Très bon, répondit la serveuse.

— Je vais prendre ça, avec du riz et…

L'employée nota la commande dans son carnet.

— Que voulez-vous boire ?

— De l'eau gazeuse, s'il vous plaît.

Elle ne buvait jamais quand elle travaillait, et même si cette soirée se situait entre le dîner de travail et la sortie en société, elle devait se montrer prudente avec Euan. Au cours du repas, elle se souvint qu'il était doué pour son travail, qui consistait notamment à faire parler les gens de leurs sentiments. Il aurait été facile de lui avouer ses plus noirs secrets sans même s'en apercevoir. Elle n'était pas là pour cela.

Mais lui ne semblait pas faire ce genre de distinction. Son travail était très personnel pour lui, lié au ressenti, à l'espoir, au rêve. Même lorsqu'il évoquait la santé et les procédures de sécurité, cela avait quelque chose d'intime. Penchée vers lui pour l'entendre dans le vacarme ambiant, et noyée dans la fascinante magie de son regard, elle avait presque l'impression d'être à un rendez-vous galant.

— Parlez-moi de vous, dit-il comme ils attendaient leurs cafés.

— Il n'y a pas grand-chose à dire, répondit-elle en souriant. Je suis née, j'ai fréquenté l'école, puis l'université…

— Etudes informatiques ?

Elle acquiesça.

— En faculté, ma meilleure amie et moi avons eu une idée, et après l'obtention de notre diplôme nous avons voulu la réaliser. Nous avons commencé à travailler dans la chambre d'amis des parents de Sally.

Même le terme de « meilleures amies » ne rendait pas justice à la relation qui les avait unies. Alors qu'elles avaient sept ans, Sally avait ramené Sam chez elle un jour où, trop occupée à boire en compagnie douteuse, la mère de Sam avait oublié sa fille. La mère de Sally avait aussitôt compris la situation, mais n'avait rien dit. Elle s'était contentée d'ajouter un couvert à sa table et de veiller à ce que Sam rentre chez elle ce soir-là. C'était ainsi que la famille de Sal était devenue la sienne, et Sally et elle inséparables.

— Et vous avez réussi, dit Euan, l'incitant à poursuivre.

— Oui. Sally était créative, elle avait des idées, je faisais la programmation. Nous formions une bonne équipe.

— Mais vous avez vendu votre entreprise ?

— Oui. Les situations évoluent.

Il ne posa pas de questions. Peut-être prit-il conscience qu'elle n'y répondrait pas. En tout cas il se tut.

Une sonnerie se fit entendre, et il sortit son téléphone de sa poche en la priant de l'excuser.

— Oui, Mel, que se passe-t-il ?

Son visage s'assombrit tandis qu'il écoutait sa suppléante.

— D'accord. C'est bon. Je m'en occupe. Désolé, Sam, dit-il en coupant la communication.

— Ce n'est rien. Nous devons y aller ?

— Je dois y aller, répondit-il en se levant et en déposant quelques billets sur la table. Vous n'avez pas bu votre café.

Il sortit la carte d'une compagnie de taxis de son portefeuille et la posa devant elle.

— Appelez un taxi pour rentrer chez vous et dites-leur de mettre le montant de la course sur le compte Driftwood.

— Je viens avec vous, dit-elle sans réfléchir.

— Ça ne fait pas partie de votre travail…

— Mais c'est le vôtre, n'est-ce pas ? Laissez-moi venir.

Elle dépassait les bornes, mais c'était l'opportunité pour elle d'accéder au cœur du travail d'Euan, à ce qui le faisait fonctionner.

Il demeura silencieux, hésitant.

— Donnez-moi une chance, Euan. Je ne vous gênerai pas et je ferai ce que vous me direz. Je vous le promets.

— Très bien, dit-il en tendant l'argent à la serveuse visiblement habituée à le voir partir en hâte. Nous devons nous dépêcher.

4.

Euan devait habiter tout près, car son SUV noir était garé à deux pas, dans un endroit tranquille. Essoufflée par la course, Sam n'eut pas le temps d'apprécier le charme du quartier.

Il lui ouvrit la portière et, s'installant au volant, démarra. Il se fraya un chemin dans la circulation du centre-ville pendant que Sam reprenait son souffle.

— Où allons-nous ?

— A trois kilomètres d'ici. Mel a appris que quelqu'un avait des ennuis... La clinique est une petite communauté, ses membres se serrent les coudes. En cas de problème, ils se tournent vers nous avant de faire appel aux autorités.

C'était manifestement plus grave que cela, mais il garda ses pensées pour lui.

— Ils viennent vous voir avant de prévenir la police ?

— Oui. Mais, si c'est nécessaire, nous n'hésitons pas à en parler aux autorités.

— Vous êtes sur la corde raide.

— Nous respectons la loi. Mais nous n'abandonnons pas ceux de nos patients qui ont maille à partir avec le système, dit-il en ralentissant pour sortir du périphérique. Ecoutez, Sam, je préférerais que vous restiez dans la voiture...

— Je peux peut-être vous aider.

— Si tout va bien, je n'aurai pas besoin de vos services. Sinon, ce ne sera pas un endroit pour vous.

C'était pourtant tout le contraire. Sally était morte seule, à la suite d'une overdose. Sam aurait donné n'importe quoi pour pouvoir revenir en arrière et être là pour son amie, mais c'était impossible. Peut-être, en aidant quelqu'un d'autre, pourrait-elle enfin dormir la nuit.

— Je veux aller avec vous. Je comprends ce que cela implique.

Il lui jeta un regard rapide en garant la voiture le long du trottoir. Et prit sa décision.

— Je n'en suis pas si sûr. Mais vous pouvez venir, à condition de faire ce que je vous dis.

— Marché conclu, dit-elle en sautant de voiture pour le suivre dans un sentier qui menait à une grande maison.

Leur coup de sonnette fut suivi d'un silence, puis la porte s'ouvrit.

— Bonjour, dit une grande blonde souriante en examinant Euan. Je peux vous aider ?

— Euan Scott, je suis médecin. On nous a prévenus qu'une certaine Carrie Grayson avait un malaise. A cette adresse.

— Carrie ? Elle est dans sa chambre, je crois, dit la fille en regardant derrière elle. Paul, tu as vu Carrie ?

— En haut, répondit une voix masculine. Elle est arrivée il y a une heure et est allée se coucher. Elle avait une sale mine.

— Voulez-vous aller voir si elle va bien, je vous prie ? demanda Euan d'une voix douce mais ferme. C'est important.

— D'accord, dit la fille après une hésitation. Restez ici.

Elle leur ferma la porte au nez, et ils entendirent un bruit de voix à l'intérieur de la maison.

Sentant la frustration de Sam, Euan sourit tristement.

— Laisseriez-vous deux inconnus entrer chez vous un samedi soir ? demanda-t-il en lui tendant ses clés de voiture. Ma trousse médicale est dans le coffre. Vous voulez bien aller la chercher ?

Elle courut à la voiture et sortit la lourde sacoche du coffre. La hissant à son épaule, elle vacilla sous son poids. Il pouvait avoir besoin de tout ça. Il y avait mille manières de mourir et autant de façons de sauver des vies. Elle était à mi-chemin de la maison quand la porte s'ouvrit.

— On a besoin d'aide…, dit la blonde en bredouillant, les yeux agrandis de panique.

Euan pénétra à l'intérieur sans un regard en arrière.

— Où est Carrie ? demanda-t-il.

Sam fonça vers la porte d'entrée et le suivit dans un escalier et le long d'un large couloir décoré avec goût. La blonde désigna la porte du fond à Euan.

— Je crois qu'elle est en train de mourir, dit-elle en agrippant le bras de Sam.

— On n'en sait encore rien. Le médecin va l'examiner, répondit Sam en libérant son bras. Restez ici, et veillez à ce que personne n'entre dans la chambre. D'accord ?

— Appelez si vous avez besoin de moi… Je suis Helen.

Elle était plus jeune que Sam, sans doute encore étudiante. Elle était en larmes, mais semblait forte.

Sam prit une profonde inspiration et pénétra dans la pièce.

Une jeune femme gisait tout habillée sur le lit, ses bras et ses jambes agités de convulsions. Une odeur de vomi imprégnait l'air. Refoulant la bile qui lui montait à la gorge, Sam courut vers Euan et posa la trousse à côté de lui.

— Merci, dit-il, la regardant à peine. Appelez une ambulance. Passez-moi le dispatcher quand vous l'aurez.

La situation était manifestement grave. Pendant qu'elle composait le numéro du service d'ambulances, Euan sortit un tensiomètre et enroula le brassard autour du bras de Carrie. Sam attendit qu'il ait fini de prendre la tension et approcha le téléphone de son oreille. Ainsi, il gardait les mains libres pour s'occuper de Carrie. Il engagea la discussion avec le dispatcher.

— D'accord, merci… Dix minutes. Bon…

Il jeta un bref coup d'œil à Sam.

— Pouvez-vous la tenir ? Doucement, je ne veux pas qu'elle se blesse, ni qu'elle vous fasse mal.

Sam s'avança, tremblante, et passa les bras autour de Carrie.

— Ça va aller, Carrie, dit-elle. Tout va s'arranger. Laissez le docteur faire son travail…

Elle surprit le bref sourire d'Euan occupé à faire une injection à Carrie. Même s'il la prenait pour une idiote, elle continua à parler à la patiente pour la rassurer.

— Ecartez-vous, dit-il, je veux écouter son cœur de nouveau.

Sam fit un pas de côté et souleva le chemisier froissé de Carrie pour permettre à Euan de poser le stéthoscope sur sa poitrine. Il inclina la tête.

— Bien. Restez là.

Sous son regard approbateur, les yeux de Sam s'emplirent de larmes. Elle les refoula et concentra son attention sur Carrie pendant qu'il fouillait dans sa trousse.

— Tenez le masque à oxygène sur son visage. Parfait.

Les doigts sur le poignet de Carrie, il vérifia son pouls pendant un moment qui parut interminable à Sam.

On sonna à la porte d'entrée, et Helen apparut.

— Qu'est-ce que je fais ? demanda-t-elle.

— Allez ouvrir, c'est probablement l'ambulance, répondit Euan sans lever les yeux.

La fille disparut, puis un martèlement de bottes dans l'escalier annonça l'arrivée des ambulanciers. Euan leur exposa brièvement la situation, et Sam s'effaça pour leur laisser le champ libre.

Elle ne pouvait plus rien faire mais, incapable de partir, elle s'adossa à la coiffeuse. Euan et les deux ambulanciers s'affairaient. Elle pria silencieusement pour que Carrie s'en sorte.

Enfin ce fut terminé. Euan remballa son matériel pendant qu'on attachait la malade sur une civière. Lorsque tout fut prêt, on la descendit au rez-de-chaussée. Sam suivit les ambulanciers.

Bouleversée, Helen lui prit le bras.

— J'ignorais qu'elle était malade. Elle va s'en remettre ?

— Il faut demander aux médecins, répondit Sam tandis

que, dehors, on installait Carrie dans l'ambulance. Vous voulez l'accompagner à l'hôpital ?

— C'est mon amie, répondit Helen, les joues mouillées de larmes. Je ne savais pas… C'est vrai, je vous assure. On était tous en bas, et Pete a dit que Carrie voulait se coucher tôt…

Sam lui pressa la main.

— Ça va aller, dit-elle, ne connaissant que trop ce sentiment de culpabilité. Vous ignoriez son état, mais cela ne vous empêche pas d'être là pour elle maintenant.

Elle aurait donné cher pour avoir eu cette opportunité avec Sally.

— Carrie a une seconde chance, et vous aussi, dit-elle. Vous allez avec elle ou pas ?

— J'y vais, dit Helen, prenant son sac et son manteau.

Sam l'accompagna jusqu'à l'ambulance, et l'aida à monter à l'arrière. Cherchant Euan des yeux, elle vit qu'il l'observait, adossé à sa voiture, les bras croisés.

— Quoi ? demanda-t-elle comme il la regardait approcher avec un demi-sourire.

— Vous avez quelque chose sur votre pantalon.

Elle s'apprêtait à brosser le tissu, mais il lui saisit la main.

— Non, ne faites pas ça.

Un instant, leurs yeux se rencontrèrent. Elle crut sentir l'étreinte de ses doigts s'adoucir, puis il lâcha son poignet.

— Si vous permettez…

Il enfila un gant chirurgical, attrapa une lingette et se pencha pour nettoyer une grosse tache juste au-dessus de son genou, qu'elle soupçonna être du vomi.

— Berk ! C'est parti ?

— Oui, répondit-il en jetant avec la lingette souillée. Vous voulez rentrer chez vous ?

— Hum… oui.

L'odeur de la chambre où Carrie avait failli mourir lui collait à la peau. Elle avait hâte de prendre une douche et de se changer.

— Vous croyez que Carrie va s'en remettre ?

— Je l'espère. Elle allait mal à notre arrivée, mais nous sommes intervenus à temps.

— Qu'est-ce qui se serait passé, dans le cas contraire ?

Il lui lança un regard sombre.

— Si je vous ramenais chez vous pour que vous vous changiez ? Nous pourrons prendre notre café ensuite.

— Vous ne voulez pas rentrer chez vous prendre une douche ?

— Ça va. L'envie de se récurer la peau finit par s'estomper, répondit-il en souriant. Question d'habitude.

— Dans ce cas, d'accord pour le café.

Assis dans le bureau de David, Euan fixait le mur. Sam était montée se doucher, il entendait l'eau couler. Maintenant qu'il était seul, il frissonnait, en état de choc.

L'incident avec Carrie avait dû faire remonter le souvenir de son ex-femme. La vieille culpabilité avait resurgi, le frappant de plein fouet. Comme si s'occuper de Carrie pouvait effacer le fait qu'il n'avait pas pris soin de Marie, sa propre épouse…

Ou peut-être était-il troublé par la réaction de Sam qui s'était d'emblée proposée de l'aider, comme si elle était personnellement concernée. Que de questions cela soulevait.

Un bruit l'arracha à ses pensées. Sam se tenait sur le seuil, en jean délavé et enveloppée d'un grand cardigan. Ses cheveux lisses encore humides tombaient sur ses épaules comme une cascade de larmes.

Etrangement, inhabituellement même, la tristesse et la culpabilité se dissipèrent en lui. Sam avait besoin de lui. Il lui sourit.

Elle s'assit dans le fauteuil qu'il lui désignait.

— Vous vous sentez mieux ?

— Oui. Ça va aller, n'est-ce pas ?

Il n'en avait aucune idée, mais la vérité était parfois accessoire.

— Tout le monde est en un morceau, dit-il. Et demain est un autre jour.

Elle sourit, hésitante. Ses yeux gris rencontrèrent les siens.

— Pouvez-vous me dire ce qui s'est passé avec Carrie ?

— Je ne peux pas trahir un secret. Sachez juste que l'ami d'une amie savait qu'elle allait mal.

— Je parlais de ce qui s'est passé pendant que j'étais là. Elle s'était montrée si calme, si efficace. C'était probablement la première fois qu'elle affrontait ce genre de situation, il avait failli l'oublier.

— Carrie avait pris de la cocaïne. Elle avait une tension élevée, et une fréquence cardiaque rapide et irrégulière.

— Vous lui avez donné quelque chose pour contrer les effets de la drogue ?

— Non. Il n'y a pas d'antidote fiable à la cocaïne, et ce n'est pas une substance mortelle en tant que telle. Ce sont les effets secondaires de son utilisation qui sont dangereux, nous les traitons quand ils se présentent. Je lui ai injecté un sédatif.

— Pour régulariser son rythme cardiaque ?

— Oui, dit-il en souriant. Que vous lui ayez parlé, que vous l'ayez rassurée, n'a pas fait de mal non plus.

Elle ne put s'empêcher de rougir.

— Et elle va aller bien maintenant ?

— Elle n'est pas encore tirée d'affaire. Mais on la surveillera de près à l'hôpital, jusqu'à ce que son organisme ait éliminé la drogue.

Elle inclina la tête.

— Que se serait-il passé si nous n'étions pas venus ?

— Difficile à dire. Son corps aurait pu digérer les effets de la cocaïne, elle se serait réveillée demain matin en se sentant un peu patraque. Ou elle aurait pu en mourir.

Elle l'observait intensément.

— Quelle dose croyez-vous qu'elle a prise ?

— Comment savoir ? Les drogues illicites ne sont pas répertoriées, leur pureté et leur composition varient. Il est impossible de prédire leurs effets. Pour ce qui est de la cocaïne, même de petites doses peuvent produire le genre d'effet que nous avons observé ce soir. C'était le sens de votre question ?

Les sourcils froncés, elle acquiesça en silence.

— Je me réjouis que l'amie de Carrie l'ait accompagnée à l'hôpital, dit-il. Je vous ai vue lui parler…

— Elle culpabilisait d'avoir été dans la maison et de ne pas s'être aperçue que Carrie avait besoin d'aide.

— Ça arrive. Que lui avez-vous dit ?

— Qu'elle avait une nouvelle chance d'être là pour Carrie et qu'elle devait la saisir.

Elle leva la tête et il fut frappé par son expression douloureuse.

— Vous avez très bien réagi ce soir, Sam, dit-il. Je suis content que vous ayez été là.

Ces paroles semblaient peu de chose face à l'indicible tourment de ses beaux yeux gris, mais elle sourit.

— Merci. Alors, on le boit, ce café ?

Elle l'invitait clairement à abandonner le sujet. Elle n'était pas encore prête à aborder les mystérieuses « raisons personnelles » qui l'avaient conduite ici. Mais il pouvait attendre.

5.

Sam et Euan avaient longuement discuté la veille au soir. Sans pour autant aborder la grave question qui planait entre eux.

C'était peut-être tacite, mais important. Sally était morte seule, d'une overdose de cocaïne. A l'époque, personne n'avait pris la peine d'expliquer à Sam ce que cela signifiait vraiment. Carrie, elle, avait survécu. Cela devait avoir un sens mais, une fois Euan parti, Sam avait été trop lasse pour y réfléchir.

Elle avait dormi d'un sommeil profond et s'était réveillée tard le dimanche matin. Quand elle remua la tête, une douleur fulgurante lui transperça la tempe droite.

Elle gémit et roula sur le dos, la tête dans ses mains. Devait-elle aller chercher ses comprimés dans son sac ? N'était-il pas plus prudent de courir vers la salle de bains avant que la nausée ne la prenne ?

Elle réussit à se mettre debout et tout se mit à tourner autour d'elle. Vite, la salle de bains…

Euan n'avait pas prévu d'aller au bureau en ce dimanche matin, mais il avait l'impression d'avoir laissé une affaire en suspens, la veille au soir. S'il voyait Sam, peut-être comprendrait-il de quoi il s'agissait.

A son arrivée, la bâtisse était calme. Il s'installa dans le bureau de David pour mettre sa paperasserie à jour. Sans doute Sam dormait-elle encore.

Il était 10 heures quand il entendit de l'eau couler à l'étage. Il se força à se concentrer sur le rapport qu'il avait sous les yeux. Elle descendrait quand elle le jugerait bon.

Peu après, il y eut un fracas retentissant accompagné d'un bruit de verre brisé. Il bondit sur ses pieds et courut frapper à la porte de l'escalier qui menait à l'appartement.

— Sam ? Ça va ?

Pas de réponse.

— Sam !

Il alla chercher le double des clés dans le bureau de David, ouvrit la porte et s'immobilisa au pied des marches.

— Sam, je monte !

Il entendit sa voix bredouiller quelque chose et n'attendit pas de saisir ce qu'elle disait.

Il la trouva appuyée à l'évier du coin cuisine, en chemise de nuit, pieds nus dans une flaque d'eau au milieu de débris de verre. Elle parut à peine remarquer sa présence.

Aussitôt, il éprouva un besoin primitif de la prendre dans ses bras pour la réconforter.

— Ne bougez pas…

Quand il s'approcha, les éclats de verre crissèrent sous ses pas. Groggy, elle tenta de le repousser, la main devant les yeux pour se protéger de la lumière. Le médecin qu'il était se demanda instinctivement quelles substances pouvaient produire ce genre de symptôme.

— Tout va bien…

Il la souleva doucement dans ses bras pour l'éloigner du verre brisé, et elle gémit en se tenant la tête. Il la porta dans le minuscule salon et l'assit dans un fauteuil.

— Migraine…, fit-elle avec difficulté. Mes cachets sont dans mon sac…

Bien sûr. Il faisait ce travail depuis trop longtemps. Tous les maux ne résultaient évidemment pas de la consommation de drogue.

— Je vais les chercher, dit-il.

Il la couvrit d'un plaid et se rendit dans la cuisine. Son sac était posé sur le réfrigérateur. Ecartant son portemonnaie et son trousseau de clés, il trouva un flacon de comprimés dont il vérifia l'étiquette.

Il revint près d'elle, s'agenouilla, et lui tendit deux cachets avec un verre d'eau.

— Doucement.

Elle agrippa le verre en tremblant. Quand elle but, un filet d'eau coula de sa bouche. Il l'essuya du doigt.

— Montrez-moi vos pieds.

Elle l'ignora, ne souhaitant apparemment que se blottir dans le fauteuil et y dormir. Il se pencha pour examiner ses pieds et ne trouva ni éclat de verre ni trace de sang. Il les couvrit avec le plaid qu'il borda autour d'elle.

— Merci, fit-elle dans un souffle en protégeant de la main ses yeux entrouverts. Ça ira mieux dans une minute…

— Vous devriez vous allonger.

— Ça va. Ne vous tracassez pas.

— Vous seriez plus à l'aise… Ne bougez pas.

— Je ne risque pas…, dit-elle comme il filait vers la chambre.

Au-dessus du lit défait, la lucarne laissait passer la lumière. Il devait être agréable de se réveiller baignant dans le soleil tiède du matin. Sauf bien sûr si chaque rai de lumière vous vrillait le crâne. Euan déplaça le lit et alla chercher un tabouret dans la kitchenette. Grimpant dessus, il ouvrit la lucarne pour laisser entrer la brise. Puis il punaisa deux torchons sur le cadre pour atténuer la lumière.

Il regagna le coin salon.

— J'ai couvert la lucarne, dit-il à Sam.

— Hein ? fit-elle, lui jetant un regard trouble.

— Venez avec moi.

Il essaya de la lever, mais elle refusait de bouger. Il la reprit dans ses bras et retint son souffle en la sentant se blottir contre lui.

Il la porta dans la chambre, conscient de son odeur, de la tiédeur de sa peau, de la douceur de sa chevelure qui caressait son bras.

— Euan… Il fait trop chaud…

— J'ai ouvert la fenêtre.

Il la coucha sur le lit et la couvrit du drap. Elle poussa un soupir. Il avait envie de s'allonger près d'elle, de sentir de nouveau contre lui les courbes de son corps.

— Dormez maintenant.

— Ça ira mieux dans un instant… quand les comprimés auront fait effet, dit-elle d'une voix pâteuse.

— Vous avez besoin de quelque chose ?

Il regarda autour de lui. Il pouvait monter un des fauteuils du rez-de-chaussée et veiller sur elle pendant son sommeil. Au cas où elle se réveillerait.

— Voulez-vous vous en aller, s'il vous plaît ?

Sam était encore pâle et paraissait fragile dans sa légère robe d'été mais, au moins, elle tenait sur ses pieds. Euan, après avoir balayé le verre brisé et s'être assuré qu'elle dormait, était redescendu au rez-de-chaussée, laissant la porte de l'appartement ouverte pour l'entendre si elle appelait. Il était presque déçu qu'elle ne l'ait pas fait. Deux heures plus tard, il avait entendu le bruit de la douche, puis ses pas menus dans l'escalier.

— Ça va mieux ?

— Oui. Merci.

Elle s'assit à côté du bureau de David, le tissu aérien de sa robe moulant le galbe de ses jambes.

— Je suis désolée, j'ai été un peu brusque avec vous tout à l'heure. Je ne me sentais vraiment pas bien ce matin. Je ne voulais pas me montrer impolie.

Il n'avait rien remarqué de tel, distrait par le plaisir de la tenir contre lui, ce qui était incontestablement une erreur.

— Ça ne m'a pas traversé l'esprit. Vous êtes sujette aux migraines ?

— J'en ai peut-être une tous les deux mois. Je prends les cachets, je dors un peu, et cela va mieux.

— Vous prenez toujours le même médicament ?

— Oui. Depuis des années.

— Ce n'est peut-être pas très recommandé…

Arrête. Tout de suite. Déjà, il ne pouvait pas se permettre de flirter avec une personne liée à l'association. Il ne pouvait pas plus se lancer dans une relation alors que c'était pour lui synonyme de culpabilité et de trahison. Et voilà qu'il se penchait sur son traitement médicamenteux ? C'était du suicide professionnel !

— Vous devriez peut-être aller voir votre médecin pour lui demander de revoir votre traitement, dit-il avec diplomatie. De nouveaux médicaments sortent constamment, car les origines de la migraine restent mystérieuses.

Elle pressa ses doigts contre ses tempes avec un rire sec.

— Mon médecin n'y comprend rien du tout. Tout ce que je sais, je l'ai appris par d'autres migraineux, dans des forums sur le net. Il n'est bon que pour signer des prescriptions… Pardon.

— Bien des gens souffrant d'affections chroniques en savent plus sur les traitements que les médecins eux-mêmes, répondit-il en souriant.

— Je ne voulais pas dire que tous les toubibs sont inutiles.

Il prit cela pour un compliment.

— Je sais.

Un lent sourire éclaira le visage de Sam. Un sourire magnifique.

Généralement, une migraine n'empêchait pas Sam de travailler. Dès que le médicament commençait à agir, elle était de retour devant son ordinateur, avec des lunettes noires s'il le fallait. Mais Euan semblait en avoir décidé autrement.

— Faut-il que je vous le confisque ? demanda-t-il en désignant l'ordinateur portable qu'elle avait pris en montant chercher quelque chose à manger.

— Vous pouvez toujours essayer, répondit-elle en

souriant à cette bonne plaisanterie, personne ne touchait à son *laptop*. Je vais juste faire un truc en mangeant…

— Non, répondit-il avec un sourire. Vous n'ouvrirez pas ce portable aujourd'hui, et vous ne travaillerez pas en mangeant. Ordre du médecin.

— C'est trois fois rien, ce que je veux faire…

— Raison de plus, dit-il en ouvrant un tiroir du bureau où étaient rangés des dossiers. Mettez-le là-dedans.

Si cela pouvait lui faire plaisir. Elle pourrait toujours le récupérer après.

— Voilà. Ça vous va comme ça ?

Un déclic indiqua que le bureau était verrouillé. Il avait fermé le tiroir à clé et la glissa dans sa poche.

— Vous croyez que ça va m'arrêter ?

Elle ramassa le coupe-papier posé sur le bureau et Euan lui jeta un regard méfiant, comme si elle allait le poignarder.

— J'ai déjà ouvert des tas de tiroirs fermés à clé.

— Vous n'y arriverez pas avec ça. David garde tous ses dossiers sensibles là-dedans et il y a un verrou de sécurité.

Elle examina la serrure. Il ne bluffait pas. Jetant le coupe-papier sur le bureau, elle se laissa choir dans un fauteuil et grimaça, sentant ses tempes palpiter.

— Vous n'êtes pas en état de travailler aujourd'hui. Et je ne mangerais pas ça si j'étais vous, dit-il en montrant la pauvre salade industrielle qu'elle était montée chercher chez elle.

— Et que suis-je censée faire ? Rester assise et regarder le mur toute la journée ? répondit-elle, angoissée par cette idée. J'aurai à coup sûr une nouvelle migraine, tellement je m'ennuierai.

— Vous me lancez un défi ?

— Peut-être.

Le défier pouvait s'avérer plaisant, si elle n'y prenait pas garde.

— Dans ce cas, venez avec moi.

6.

Euan avait insisté pour qu'ils déjeunent chez lui. Pour faire le court trajet à pied, Sam avait mis un chapeau et des lunettes de soleil. Ses ballerines de gymnastique n'étaient pas vraiment adaptées à sa jolie robe d'été, mais Sam donnait du style à tout ce qu'elle portait, que ce soit un jean ou un tailleur de couturier.

Quand il s'engagea dans la rue calme où il habitait et l'entraîna dans l'allée de sa maison, elle parut surprise.

— C'est ravissant, Euan !

Il s'immobilisa pour regarder la façade blanche aux volets gris perle. La porte d'entrée était d'un ton plus soutenu, assorti aux ardoises du toit. Il avait pratiquement tout fait de ses mains et en éprouvait une certaine fierté.

— La maison était en mauvais état quand je l'ai achetée.

— Vous l'avez restaurée ?

— Oui. Il y a quelques années. Je me suis installé ici après avoir fini mes études de médecine à Londres.

Il avait quitté l'appartement qu'il avait occupé avec sa femme, coupant ainsi les derniers liens qui le rattachaient à cette vie et n'emportant que quelques vêtements et ses livres de médecine.

Il fit entrer Sam, et la laissa examiner l'œuvre d'art qui ornait le vestibule, une sirène de métal, de coquillages et de galets.

— Superbe. C'est de vous ?

— Non. D'une amie artiste qui travaille le verre, et utilise les déchets rejetés par la mer.

Ancienne junkie, Juno avait été une patiente de la clinique. Son art était devenu toute sa vie.

— Vous voulez des toasts ? demanda Euan depuis la cuisine.

— Avec plaisir, merci, répondit-elle.

— Juno a un atelier en ville.

— Ça m'intéresserait de voir ce qu'elle fait.

— On peut y aller cet après-midi si vous voulez. Je ne l'ai pas vue depuis longtemps, je voulais justement y passer.

Pénétrant dans la cuisine, elle admira la serre inondée de lumière dans le prolongement de la pièce.

Il ouvrit le réfrigérateur.

— Vous avez le haut débit, ici ? demanda-t-elle innocemment.

— Aucune idée.

— Je pourrais vérifier, si j'avais mon ordinateur…

Il ricana. Il ne lui donnerait pas son portable aujourd'hui, même si elle le suppliait.

— Comment, il ne vous suffit pas de renifler l'air pour savoir si internet fonctionne comme il devrait ?

— Tout ce que je sens, c'est l'odeur des toasts.

Il se précipita vers le grille-pain, sauvant de justesse deux tranches de la carbonisation. Les posant dans une assiette, il fit signe à Sam de s'asseoir. Sur la table, il y avait du beurre, du jambon, et un assortiment de légumes à croquer.

Il mit deux autres tranches dans le toaster et alla chercher deux verres, une brique de lait et du jus de fruits.

— Ce petit déjeuner est un peu improvisé…

— C'est parfait, dit-elle avec un sourire en commençant à beurrer un toast. Alors, c'est votre sanctuaire ?

— Il est important d'avoir son propre espace.

Elle mordit dans son toast en hochant la tête.

— Oui. J'ai des bureaux, et je travaille généralement chez moi. Mais je suis en train de réviser ma position.

— Il est bon d'avoir des espaces séparés pour le travail et les loisirs.

— Travailler chez moi semblait une bonne idée à une époque. J'évitais le métro aux heures de pointe. Les six premiers mois, ça a suffi à mon bonheur. Puis l'attrait de la nouveauté s'est émoussé.

— Vous avez éprouvé le besoin de bouger ?

— Oui. Je veille à sortir tous les jours, maintenant.

— Vous allez au café ? demanda-t-il, l'imaginant savourant un thé, installée devant son ordinateur portable.

— Comment le savez-vous ?

— J'ai deviné.

Il s'assit face à elle.

— Si ça vous dit, on pourrait prendre la voiture après être allés à l'atelier de Juno. J'ai quelque chose à vous montrer…

En suivant Euan dans un dédale de ruelles pour émerger finalement derrière un alignement de boutiques, Sam avait perdu ses repères. Ils suivirent un chemin plein de nids-de-poule, et entrèrent dans une longue bâtisse de plain-pied.

A l'intérieur, il faisait sombre. Pendant un moment, Sam ne vit rien à travers ses lunettes de soleil. Les remontant sur son front, elle étouffa un cri de surprise. Le mur était couvert d'étagères. Des créations de verre filé et façonné y étaient exposées dans une explosion de couleurs et de textures.

— Euan ! s'écria une voix féminine.

Sam se retourna. Vêtue d'une salopette maculée de taches, Juno était grande, avec de courts cheveux décolorés. Elle ôta ses gants épais et attrapa la chemise d'Euan.

— Approche, étranger. Où étais-tu le jour du vernissage de mon exposition ?

Il l'embrassa sur la joue.

— Désolé. Je serais venu si j'avais pu. J'ai eu une urgence.

Juno se tourna pour examiner Sam.

— Comment lui en vouloir ? dit-elle en soupirant.

— Juno a fait sa première exposition il y a trois semaines. Il paraît que ses trucs ont eu beaucoup de succès.

— Ce ne sont pas des *trucs*, Euan, protesta Juno en riant. C'est, je cite, « une vision unique du monde à travers les yeux d'une talentueuse jeune artiste ».

— Tu as raison, Juno. Je te présente Sam. Elle a vu une de tes « uniques visions du monde » dans mon entrée…

— La sirène ? C'est une de mes œuvres préférées, avoua Juno. J'ai failli la garder pour moi… Que pensez-vous de mon travail, Sam ?

— J'adore le verre. Vous avez réalisé tout ça ?

— Oui, répondit Juno presque timidement. Merci.

— Sam va travailler avec nous quelques semaines. Si tu lui montrais les pièces que tu nous réserves ? demanda Euan.

Juno sourit et les emmena dans une petite pièce contiguë où étaient exposées quatre sculptures de galets polis, de métal et de verre. Sur une étagère, une exquise figurine de verre bleu et or miroitait dans l'ombre.

— C'est un phénix, dit Juno en prenant la pièce pour la montrer à Sam. Je trouve que c'est approprié.

— Magnifique, murmura Sam.

— N'est-ce pas ? dit Euan en souriant. Il ne nous reste plus qu'à aménager le centre d'accueil pour l'exposer.

— Depuis quand tentes-tu le sort ? demanda Juno.

— Je le fais tout le temps.

Sans doute était-ce une plaisanterie qu'eux seuls pouvaient comprendre. Sam se sentit de trop.

Juno remit le phénix sur son socle et se tourna vers elle.

— Toutes ces pièces ont été créées en remerciement. Pour tout ce que Driftwood a fait pour moi.

— Tu l'as fait pour toi, rectifia Euan.

Juno l'interrompit d'un geste.

— Si tu le croyais vraiment, tu ne passerais pas ton temps à courir partout en faisant… des trucs.

— Je ne fais pas des *trucs*.

— Eh bien, moi non plus !

Ils rirent de bon cœur. Ils avaient dû connaître bien des moments difficiles, pour partager cette complicité. Juno avait dû trébucher et tomber bien des fois avant d'être relevée par Euan.

— C'est une pièce magnifique, Juno, dit-elle, contemplant le phénix renaissant de ses cendres. Elle symbolise l'espoir, n'est-ce pas ?

— Exactement. Alors, que faites-vous à Driftwood, Sam ?

— Je conçois des logiciels pour les associations caritatives. Pour les aider à récolter des fonds, assurer leur gestion au jour le jour, ce genre de chose.

— Ils en ont assurément besoin, dit Juno avec un haussement d'épaules. David me laisse utiliser l'ordinateur de son bureau une ou deux heures par semaine, pour mes affaires. Il est noyé sous la paperasse !

— Vous n'avez pas d'ordinateur ? demanda Sam, étonnée.

— Non, c'était ça ou la camionnette, et j'avais besoin de celle-ci pour livrer mes grosses pièces. David m'a montré comment gérer mes comptes sur un tableau, j'apprends même à créer mon propre site Web.

— Mon collègue doit apporter de Londres une demi-douzaine d'ordinateurs portables dont nous faisons don à Driftwood, dit Sam. Ils sont d'occasion mais en bon état. David vous en donnera un avec plaisir.

Elle jeta un regard éloquent à Euan, le priant tacitement d'abonder dans son sens.

— Je ne sais pas..., répondit Juno, hésitante.

— Excellente idée, dit Euan, récompensé par un sourire reconnaissant de Sam. On voulait justement t'en réserver un.

— Vraiment ?

— Tu as entendu Sam. Il te faut un ordinateur pour gérer tes affaires. C'est facile. Quand ce type...

— Joe, dit Sam.

— Quand Joe doit-il venir ? demanda-t-il.

— Demain vers midi. Laissez-moi une heure pour

installer un logiciel pour votre site, Juno, et vous pourrez prendre l'ordinateur.

— Viens après 15 heures, dit Euan en souriant.

— Très bien. Je ne sais pas quoi dire… Merci…

— Tout le plaisir est pour moi.

En fait, tout le plaisir était pour Sam. Euan l'avait soutenue sans même savoir ce qui se passait.

— Ça vous intéresserait de voir quelques-unes des œuvres que j'ai en chantier ? demanda Juno.

— J'en serais ravie, répondit Sam.

— C'était bizarre, dit Euan en souriant quand ils regagnèrent la voiture.

— Vous trouvez ?

Sam avait craqué pour un presse-papiers de verre particulièrement splendide. Elle tenait contre elle le précieux paquet enveloppé de papier journal.

— Pas vous ? D'abord, j'accepte de distribuer des ordinateurs portables… ou plutôt non, je ne me rappelle pas avoir accepté.

— Vous l'auriez fait si je vous l'avais demandé.

— Vous avez probablement raison. D'où viennent ces mystérieux ordinateurs ? demanda-t-il, soupçonneux.

— Je suis en contact avec une grosse société qui achète chaque année de nouveaux ordinateurs à ses cadres. Les anciens sont donnés ou jetés. Quand le directeur du service informatique a su que je concevais des logiciels pour des associations caritatives, il me les a proposés.

— Gratuitement ?

— Oui. Ils sont nettoyés et en état de marche. Certains ont été un peu malmenés, mais la plupart sont comme neufs. Je demanderai à Joe d'en mettre un de côté pour Juno.

— D'accord. Qui est Joe ? Qu'est-ce que c'est que cette histoire de logiciel pour site Web ?

— Joe travaille pour moi. Il vient demain relever les

spécifications pour la nouvelle installation informatique. C'est entendu avec David.

— Bon. Et David sait qu'il est d'accord, cette fois ?

— Bien sûr. Quant au logiciel pour site Web, c'est un programme en ligne que j'ai écrit. Juno a simplement besoin d'un compte, que je lui ouvrirai demain. Elle pourra utiliser le système pour se créer un site Web personnel.

— Et combien cela coûte-t-il généralement ?

— C'est moi qui l'ai conçu, j'ai le droit d'en faire ce que je veux. D'autres questions ?

Il rejeta la tête en arrière et éclata d'un rire joyeux.

— Puisque vous le demandez, qu'est-ce que c'était que ce marchandage avec Juno à propos du presse-papiers ?

— On marchande quand on achète quelque chose, non ?

— On est censé faire baisser le prix. Pas le faire monter.

— A l'atelier, j'ai vu le même presse-papiers dans une couleur différente, étiqueté quarante livres. Il les vaut largement, dit-elle, serrant le paquet contre elle.

— Juno sous-estime son travail. Je le lui ai dit cent fois. Avant, elle ne voulait même pas mettre de prix sur ses œuvres… En tout cas, c'est gentil, ce que vous avez fait. Vous êtes la personne la plus contrariante que je connaisse.

— Vous savez parler aux femmes.

Etouffant un rire, il ouvrit la bouche pour répliquer mais renonça. Sam sourit intérieurement. Bonne décision.

7.

Il fallut une demi-heure pour gagner le centre d'accueil en voiture, et Euan s'absorba dans ses pensées. Juno pouvait être susceptible, surtout si elle pensait qu'on lui faisait la charité, mais Sam l'avait complètement séduite. Et il était de plus en plus fasciné par elle, lui aussi.

— Nous y sommes, dit-il en se garant au bout de l'allée pour qu'elle ait une meilleure vue de la demeure.

Elle descendit de voiture et contempla le grand manoir.

— Comme c'est charmant ! Et si paisible.

— On nous a fait don de la propriété, avec ses terres.

— Vraiment ? Alors c'est votre nouveau centre d'accueil ? Quel magnifique cadeau…

— Elle appartenait à un producteur de disques. Sa fille avait un problème de drogue. Nous avons tenté de l'aider.

— Elle va bien maintenant ?

— Non. Nous avons fait l'impossible, mais…

Le sourire de Sam s'effaça. Elle semblait personnellement affectée par tous leurs malheurs.

— Je n'oublie jamais les échecs, dit-il. Ils me rappellent chaque jour que je dois faire mieux.

Il aurait juré qu'elle était au bord des larmes. Il ne voyait pas ses yeux à travers les verres solaires, mais ses lèvres tremblaient. Elle se détourna vivement.

— Alors, ce producteur… ?

— Beaucoup de gens avaient baissé les bras avec sa fille. Nous, jamais. Il ne peut plus revenir ici, pour lui, cet endroit est à jamais associé à Kathryn. Alors le manoir a pris le nom de Kathryn House, à la mémoire de sa fille.

Il contempla la belle demeure nichée au milieu des arbres, avec ses murs de brique réchauffés par le soleil. L'endroit était parfait.

— On peut entrer ? demanda-t-elle.

— On est là pour ça. Il faut refaire la décoration et apporter des modifications, mais nous avons réuni les fonds nécessaires. Les travaux vont bientôt commencer. Comme vous allez nous aider à trouver l'argent indispensable à son fonctionnement, j'ai pensé que vous aimeriez voir ce à quoi nous travaillons.

— C'est donc là que seront exposées les sculptures de Juno.

— Oui. Les gens se sont montrés généreux au-delà de nos espérances. Nous avons des offres pour aider aux rénovations, des volontaires pour effectuer les travaux… C'est une belle leçon d'humilité.

— Et un peu terrifiant aussi, j'imagine.

— Aussi. Mais moins que de se croiser les doigts.

— C'est pour ça que j'ai créé ce logiciel, dit-elle.

Il s'engagea dans l'allée de graviers menant à la maison et elle lui emboîta le pas.

— Venez voir l'intérieur.

La demeure aurait fait beaucoup de bien à Sally. L'environnement était calme et reposant, avec ses murs aux teintes douces. La lumière entrait à flots par les grandes baies vitrées.

— C'est là que vous allez mettre le phénix ? demanda Sam quand ils regagnèrent le vaste hall d'entrée.

— On y a pensé, mais Juno a réalisé une sculpture à la mémoire de Kathryn. Elles se connaissaient. Dès que nous l'avons vue, nous avons su que sa place était ici. Ce sera la première chose qu'on verra en entrant.

Il ouvrit une porte et ils pénétrèrent dans une grande

pièce inondée de lumière. Une véranda courait sur tout l'arrière de la maison.

— Le phénix sera là. Dans la salle commune.

— Un emplacement idéal, dit-elle. Il brillera de mille feux ici. Comme l'espoir.

Il marcha jusqu'à l'une des portes vitrées donnant sous la véranda. Tournant la clé dans la serrure, il l'ouvrit.

— Le programme informatique que vous nous préparez, c'est votre phénix à vous ?

— Que voulez-vous dire ?

Il contemplait l'immense pelouse bien entretenue.

— Que vous avez une raison de faire ce que vous faites, comme Juno. Comme notre donateur.

— En effet, répondit-elle, songeant aux raisons *personnelles* qu'elle avait évoquées pendant son entretien d'embauche. Est-ce vraiment important ?

— Je crois. Il est bon d'analyser les raisons de nos actes.

— Et alors… ? demanda-t-elle, raidie.

— Nous comptons sur la générosité des gens. Mais nous serions malhonnêtes si nous les laissions croire que les cadeaux qu'ils nous font vont régler tous leurs problèmes.

Il la scrutait, comme pour sonder les replis les plus secrets de son âme. Elle revit sa colère, sa douleur, le soir où elle était allée dans le bureau de Sally. Elle avait hurlé, détruisant tout jusqu'à l'épuisement, avant de pleurer sur une agrafeuse rose…

— Eh bien, ça clarifie votre position, dit-elle sèchement.

Elle devait impérativement entretenir des rapports moins personnels avec lui.

Il attendit, se demandant visiblement si elle allait en dire plus. Mais il pouvait aller au diable.

— Très bien. Voulez-vous voir le parc ?

— Je suis un peu fatiguée. Une autre fois, peut-être.

Elle voulait quitter cet univers où il était impossible de faire taire les voix en coupant son portable, comme dans le monde virtuel. Où les vraies personnes faisaient de vraies choses, où il fallait les repousser physiquement.

— Bien sûr, dit-il en refermant les portes vitrées, qu'il verrouilla. Je vous ramène chez vous.

Sam avait demandé à Euan de laisser le store de fortune sur la lucarne de sa chambre, puis l'avait chassé. Une bonne nuit de sommeil — sans le soleil matinal sur son visage au réveil — lui avait fait le plus grand bien. Le lundi matin, elle avait retrouvé des couleurs, et son entrain habituel.

Elle était assise dans le bureau de David quand les deux amis rentrèrent de leur réunion hebdomadaire. Elle portait un jean sombre et un chemisier impeccable, sa veste bleu paon était accrochée au dossier de sa chaise.

Quand elle leva les yeux, Euan eut l'impression qu'ils étaient sans âme. Le maquillage, sans doute. Ses peintures de guerre à elle.

David se pencha pour jeter un regard perplexe aux inscriptions et aux diagrammes qu'elle avait devant elle.

— Qu'est-ce que c'est ?

— Le schéma des informations sur Kathryn House. Euan m'a emmenée la voir hier et m'a expliqué un peu ce que vous comptiez faire.

— Oui, je dois avoir une liste quelque part, dit David, fouillant dans les papiers entassés sur son bureau avant de renoncer. Je crois que je vais en faire une autre. La situation a un peu changé ces deux dernières semaines…

Euan faisait face à Sam, il pouvait difficilement agir comme si elle n'était pas là.

— Que comptez-vous faire aujourd'hui, en dehors de préparer l'ordinateur pour Juno ? lui demanda-t-il.

— J'ai beaucoup appris ce week-end, répondit-elle vivement. Si vous êtes d'accord, j'aimerais travailler sur l'installation de la base de données. J'en aurai tout le temps, même en m'occupant du logiciel de Juno.

Ils se fixaient, incapables de détourner les yeux.

— Si vous voulez, articula-t-il.

— Je ne veux pas être dans vos pattes.

Sottise. Elle avait changé d'attitude. Peut-être tenait-elle beaucoup à ce projet de programmation. Mais ce n'était pas tout. L'interrogatoire auquel il l'avait soumise la veille avait joué un rôle dans ce changement, il le sentait.

Il jeta un coup d'œil à David qui hocha la tête.

— Si aujourd'hui vous suffit pour faire tout cela, dit Euan, je pensais réunir bientôt un groupe de personnes qui ont fait une désintox chez nous. C'est l'occasion de connaître leurs impressions, cela vous permettra aussi de vous faire une idée du processus et de ce qu'il signifie pour nos patients. Demain vous irait ?

Si elle s'imaginait qu'il allait la lâcher, elle se trompait.

Elle parut réfléchir et acquiesça d'un signe de tête.

— C'est une bonne idée. Je prévoirai une liste de questions. Vous voulez que je vous l'envoie par mail pour la joindre à la vôtre ?

Euan ne préparerait pas de questions, il préférait entendre d'abord ce que chacun avait à dire, puis réagir.

— Non, c'est bon. Je suivrai le mouvement.

— Très bien. A quelle heure dois-je venir ?

— 10 heures ?

— Parfait. Vous voulez bien déverrouiller le bureau, s'il vous plaît ?

Euan réprima un juron. Il avait oublié de lui rendre son ordinateur la veille.

— Oui. Désolé… J'ai mis l'ordinateur de Sam sous clé hier, dit-il à David.

— Tu as bien fait. On n'est jamais trop prudent, dit David en sortant son trousseau de clés.

Sam sourit. D'un de ces sourires indéfinissables dont Euan était incapable de comprendre la signification.

Le quart d'heure de marche jusqu'à la clinique pouvait prendre une bonne demi-heure avec un détour pour acheter un café, surtout si on le buvait à la plage en contemplant la mer. Les galets crissèrent sous Euan quand il s'assit.

Il avait percé Sam à jour. Elle était douée, passionnée, efficace. Au-delà des apparences, il la sentait assez perdue pour croire qu'elle devait s'effacer devant les attentes des autres. Il avait eu tort d'essayer de la faire parler de choses qu'elle préférait taire. Au lieu de le remettre à sa place, elle avait carrément changé d'attitude.

Il lança un galet vers l'eau et la manqua de plusieurs mètres. Les images de Sam qui avaient hanté son sommeil la nuit précédente n'étaient que des rêves. Il n'y avait pas de place dans sa vie pour une relation amoureuse. De toute façon, il n'était pas doué pour cela.

— Je n'arrête pas de penser à elle, dit-il à une mouette qui le considérait avec méfiance, perchée sur un brise-vent.

L'oiseau se taisant, il se ressaisit. Il remua son café, l'avala d'un trait et se leva.

8.

Euan avait manqué à Sam, pendant le week-end. Elle avait eu vingt-quatre heures pour analyser ses sentiments, et travaillé comme une forcenée pour penser à autre chose.

Le lundi matin, en allant à la clinique, elle tomba sur Liz.

— Vous travaillez aujourd'hui ?

— Juste la matinée. J'ai mon club de lecture cet après-midi, répondit Liz en tapotant le sac en tissu accroché à son épaule. Mais je n'ai lu que la moitié du livre.

— Vous comprendrez peut-être mieux la fin après avoir discuté du début.

— Peut-être, dit Liz en riant. Mais je ne prendrai pas la parole. Les autres n'aiment pas beaucoup qu'on n'ait pas lu le livre quand eux sont allés jusqu'au bout.

— Vous pourriez faire semblant de l'avoir lu.

— Je ne suis pas très douée pour ça. C'est un bon bouquin. Je vous le passerai quand je l'aurai fini, si vous voulez ?

— Avec plaisir, merci.

Sam n'avait pas le temps de lire en ce moment, mais il aurait été discourtois de refuser.

Liz ouvrit la porte extérieure de la clinique avec sa clé, et s'annonça avec de petits coups secs à l'Interphone, agitant la main vers la caméra de surveillance. La porte s'ouvrit, et Sam la suivit à l'intérieur.

Penché sur le bureau de la réception, le doigt sur le bouton d'ouverture de la porte, Euan se redressa pour les accueillir. Sam déglutit, troublée, comme chaque fois qu'elle le voyait.

— Bonjour, Liz. Sam.

— Bonjour, répondit Liz. Je vais faire du thé avant le rush. Vous en voulez, Sam ?

— Oh. Oui, merci.

— Euan ?

— Merci, j'en ai déjà pris.

Liz disparut dans la cuisine, et Sam ravala la boule qui lui obstruait la gorge. Elle avait passé l'âge de rougir comme une adolescente.

— J'ai dépassé les limites dimanche, dit Euan, allant droit au but comme à son habitude.

— Non… non. C'est juste que je…

— Vous ne voulez pas en parler. J'aurais dû respecter ça.

— Merci. Nous n'allons pas encore repartir de zéro, j'espère ?

Il éclata de rire. Soudain, toutes les inquiétudes qui l'avaient tourmentée tard dans la nuit se dissipèrent.

— Sauf si vous en avez envie, dit-il. Mais, personnellement, je pense que nous avons bien progressé. Ce serait dommage de tout gâcher.

— Vous avez réussi à organiser la séance de groupe ? demanda-t-elle, préférant changer de sujet.

Le regard d'Euan s'adoucit, menaçant de faire fondre ses ultimes défenses.

— Oui, répondit-il.

— Je suis impatiente d'y assister.

Il hocha la tête, visiblement content.

— Je risque de regretter de vous avoir invitée, ils ne mâchent pas leurs mots.

— Ils ne vont pas s'en prendre à vous, quand même ?

— Ils ne se gêneront pas. Quand les patients ne m'en feront plus voir, je saurai que je dois changer de métier. Mais ça va, rassurez-vous. Tout va bien.

Il la scrutait d'un air interrogateur, comme s'il se demandait si tout allait bien entre *eux*. Mais tant qu'ils travailleraient ensemble en toute amitié, tout irait bien, elle le savait maintenant.

— Cela va m'aider pour comprendre les choses.

— Bien, dit-il en consultant sa montre. J'ai une ou deux choses à faire avant, je vous laisse avec Liz. La réunion commence à 10 h 30, dans la salle commune.

Le groupe réuni par Euan n'aurait pas pu être plus disparate. Jamie était là, ainsi qu'une jeune femme qui avait confié son bébé à Liz, un homme en complet-veston qui avait tout d'un cadre supérieur, une étudiante rousse, et un garçon aux bras couverts de tatouages. Juno arriva en retard en marmonnant des excuses.

— Alors il n'y a pas de règles ? demanda Sam en réponse à l'amusante présentation de sujets de discussion proposés par Jamie pour le groupe de parole.

Un chœur de protestations lui répondit.

— D'abord il est interdit de renverser le service à thé, dit Juno en désignant la table où étaient disposées tasses, soucoupes et bouteilles Thermos.

Jamie s'esclaffa.

— Tu étais drôlement furieuse ce jour-là, Juno…

— C'est le mot, admit-elle en souriant piteusement.

— Et de boxer les animateurs, dit Dianne, la jeune mère.

— C'est ma préférée, dit Euan. Nous avons des règles très strictes. Si on les enfreint, on est éjecté du groupe.

— Définitivement ? demanda Sam.

— Non. Nous avons tous enfreint des règles un moment ou l'autre, répondit Tim, l'homme en complet-veston qui ne semblait pas du genre à prendre les règlements à la légère. Mais on ne peut réintégrer le groupe que si on s'engage à ne pas recommencer. Il faut mériter sa place, et en cas de nouvelle transgression…

— A la troisième, on est mis dehors, dit Dianne. Mais ce n'est pas si simple…

— Comment ça ? demanda Sam.

— Quand j'ai été expulsée du groupe, Euan m'a prise en thérapie individuelle. Si vous trouvez que c'est dur en groupe, essayez de vous retrouver en tête à tête avec lui… Les trois premières fois, je suis arrivée cinq minutes avant la fin de la séance.

— Chaque séance est programmée pour une heure, dit John en faisant jouer ses bras tatoués. En cas de retard du patient, le thérapeute le confronte au problème et termine la séance à l'heure prévue.

— Je ne comprends pas, dit Sam. Quel est l'intérêt d'une séance si on ne vient pas ?

Jamie lui sourit.

— John veut dire que chacun a la responsabilité de ses actes. On peut être en retard accidentellement, mais quand on l'est tout le temps c'est un acte délibéré. Sauf quand ta colle refuse de coller, hein, Juno ?

— J'étais restée debout jusqu'à 2 heures du matin…

— Ceci n'est pas une thérapie de groupe, leur rappela Euan. Les règles ne s'appliquent pas ici.

— Tu veux dire que je peux te boxer ? demanda Dianne, moqueuse.

Euan soupira.

— Ecoutez, on est là pour savoir ce que vous avez à dire sur le processus de désintoxication, ce qui a marché pour vous, et ce qui n'a pas marché. Sam veut se faire une idée de la procédure à travers votre point de vue. Je crois qu'elle a des questions…

Sam avait apporté sa liste, mais, soudain, elle lui parut inutile.

— Je suis là pour vous écouter, dit-elle. Alors, qui veut commencer ?

— Bonne séance ? demanda Euan à la fin de la réunion.

Quelque chose avait changé chez Sam. Lors de la démonstration de son logiciel, elle avait été impressionnante, superbe, parfaitement maîtresse des opérations. A présent elle était toujours aussi belle, clairement heureuse de ne plus être aux manettes, et encore plus impressionnante.

— Oui, j'ai beaucoup appris. Je vais faire des adaptations, il y a des points auxquels je n'avais pas pensé.

— Nous ne voulons pas abuser, vous nous consacrez déjà beaucoup de votre temps…

— Je n'ai pas l'intention de me contenter du minimum. Je suis ici pour apprendre, et améliorer mon produit. Et pour vous donner quelque chose qui dépasse vos attentes. C'est ainsi que je travaille, vous n'avez pas votre mot à dire.

Pourquoi Driftwood était-il si important pour elle ? Il aurait voulu le lui demander mais décida de n'en rien faire. Il avait déjà dépassé les bornes deux fois. Cela suffisait.

— Du moment que ça vous va, répondit-il.

— Ça me va, fit-elle en se tournant vers Jamie. Alors, Jamie, vous vous débrouillez avec votre blog ?

— Oui, c'est génial. J'ai presque rédigé mon premier article. Ça s'appelle : *Et maintenant, où allons-nous ?*

— Bon début. Vous avez la réponse à cette question ?

— Non. Mais quelqu'un d'autre l'a peut-être, répondit Jamie, son regard allant de Sam à Euan. J'ai… hum… quelque chose…

— On va boire un thé ? demanda Euan.

Il était familier de cette méthode pour inciter ses patients à parler.

— On pourrait. Mais je pensais intégrer Sam.

— C'est une sorte de code ? demanda celle-ci, perplexe.

— Ça veut dire que je veux vous parler à tous les deux.

— Eh bien, parlons, dit-elle en haussant les épaules.

Jamie attendit que la salle se soit vidée et referma la porte.

— J'ai l'ordinateur de Kirsty, dit-il.

Sam lui jeta un regard hébété.

— Kirsty… ?

Euan soupira. Il devinait où Jamie voulait en venir et il aurait préféré qu'il s'abstienne.

— C'est une de nos patientes. Elle est à l'hôpital.

— Elle a pris de la drogue, dit Jamie. Mais une semaine

avant, elle m'avait prêté son vieil ordinateur car le mien ramait. J'ai utilisé sa boîte mail pour envoyer des questions à mon tuteur. Et quand j'ai voulu voir la réponse, j'ai trouvé des messages pour Kirsty. Je ne fouinais pas, ils sont juste apparus…

— Normal, si elle n'avait pas effacé ses données de l'ordinateur, dit Sam.

— Il ne s'agit pas de ça, dit Jamie. Je ne lui ai pas encore rendu l'appareil, puisqu'elle est à l'hôpital. Et, hier soir, j'ai regardé ses mails. Un message lui fixait un rendez-vous. Le samedi soir précédant son overdose.

Sam commençait à comprendre. Euan aurait aimé abréger la conversation, mais elle aurait lieu tôt ou tard, de toute façon. Jamie n'était pas du genre à renoncer.

— Et tu crois que le message vient de la personne qui lui a vendu la drogue.

Jamie hocha triomphalement la tête.

— A la télé, j'ai vu qu'on pouvait remonter à la source d'un message et trouver l'ordinateur qui l'a envoyé.

— Dans la vraie vie, ce n'est pas toujours possible, dit Sam.

— Mais parfois oui ?

— Oui.

— J'ai son ordinateur dans la camionnette, dit Jamie, se détournant pour foncer vers la porte.

— Du calme, Jamie, dit Euan. Tout d'abord, pourquoi quelqu'un utiliserait-il sa propre adresse mail pour vendre de la drogue ?

— Ils ont pu mettre une adresse bidon, répondit Sam. Mais on peut contourner le problème et identifier l'origine du message.

Euan la foudroya du regard. Elle avait peut-être raison, mais cela ne faisait pas ses affaires.

— D'accord, c'est donc possible, dit-il, conciliant. Mais la police et les associations de lutte contre la drogue s'en occupent. Tu n'as pas besoin de t'en mêler, Jamie.

— Si, rétorqua Jamie en lui lançant un regard noir.

— Alors, qu'est-ce que tu vas faire ?

— Sam peut découvrir d'où vient le mail, elle l'a dit. On trouvera ceux qui ont donné la drogue à Kirsty et on s'en chargera, au lieu de rester assis à parler de *feedback* !

— Jamie, je sais que tu es en colère…

— Vous avez foutrement raison ! Dites-moi ce que vous comptez faire, Euan, dit Jamie, la voix pleine de défi.

— Arrêtez immédiatement, tous les deux, dit Sam d'un ton tranchant qui les prit de court et leur imposa le silence. Ecoute, Jamie. On peut parfois tracer la source d'un mail d'après les données du message. Mais parfois c'est impossible, ça dépend de la façon dont il a été envoyé. Si on ne dispose que de l'adresse IP des serveurs…

— Quoi ? demanda Jamie, complètement perdu.

— D'accord. Crois-moi sur parole, il y a mille manières d'envoyer un mail, et elles ne peuvent pas toutes être tracées. Si, je dis bien *si*, il est possible de déterminer son origine, et *si* il vient de qui tu crois, tu auras juste une idée de l'endroit où était cette personne deux semaines plus tôt. Ça te suffit ?

— Non, pas vraiment, dit Jamie avec un soupir.

— Je suis désolée, Jamie, c'est comme ça, dit-elle, radoucie, avant de se tourner vers Euan. Les associations antidrogue et la police s'en occupent, n'est-ce pas ?

— En effet, répondit Euan.

Sous son regard intense, il se sentit comme un enfant pris en faute. Et aussi comme un homme désireux de se colleter avec elle, au risque de déclencher des étincelles.

— Et vous croyez que cette information suffit à quelqu'un qui a perdu une amie à cause de la drogue ?

Jamie n'avait pas perdu d'amie. C'était peut-être le cas de Sam. Mais Euan s'était promis de ne pas en parler.

— Peut-être pas, admit-il.

— Il n'y a pas de peut-être. Ça ne suffit pas, dit-elle, ses yeux gris lançant des éclairs.

— Jamie, la police a déjà interrogé Kirsty et…

— Quoi ? Elle est à l'hôpital, bon sang, dit Jamie avec rage. Ont-ils besoin de la tourmenter davantage ?

Euan leva une main apaisante.

— Ils ont envoyé une policière en civil qui a été très gentille avec elle. J'étais là. Nous en avons d'abord parlé avec ses parents, et Kirsty n'a pas voulu qu'ils soient présents pendant l'entretien.

Jamie soupira.

— Elle ne voulait probablement pas les bouleverser.

— Elle ne veut pas te bouleverser non plus.

— Elle n'a pas à se soucier de ça. Je suis passé par là, rappelez-vous.

Euan prit le temps de peser ses mots, pour Jamie, mais aussi peut-être pour Sam.

— Etre proche d'un junkie n'est pas facile, on a le droit d'avoir ses propres sentiments sur la question.

— Mais le mail…

Euan insista.

— Kirsty a autorisé la police à fouiller son ordinateur — le nouveau, qu'elle utilise maintenant. Ils auront tous ses e-mails. Ils disposent de moyens médico-légaux spécifiques. S'il y a des informations sensibles, ils les trouveront. En attendant, ils ont lancé un avertissement.

— Un avertissement ? dit Sam sans comprendre.

— Un lot de cocaïne particulièrement dangereuse circule dans les rues. Dans ce cas, la police et les agences antidrogue mettent en garde les utilisateurs potentiels.

— Je vois le genre, dit Jamie en grommelant. « Ne consommez pas de cocaïne, mais, si vous y êtes obligé, ne prenez pas *cette* cocaïne-là… »

— C'est le mieux qu'on puisse faire pour l'instant, Jamie. Nous essayons seulement de préserver des vies. Ne te mêle pas de ça, et laisse-moi m'en occuper. Je te tiendrai informé.

Euan lui tendit la main et Jamie la serra. Satisfaite, Sam leur jeta un regard qui promettait de lourdes représailles à qui s'aviserait de rompre cet accord, puis elle prit congé.

— Elle est effrayante quand elle veut, dit Jamie en la regardant s'éloigner avec une admiration non feinte.

— Je ne te le fais pas dire.

9.

Sam alla demander à Liz la clé des toilettes des femmes et s'y enferma pour s'asperger le visage d'eau froide.

Elle tremblait. Au départ, elle voulait assister à la séance en observatrice, se fondre dans le décor. Mais, à Driftwood, chacun disait ce qu'il avait sur le cœur, et c'était contagieux. Il faudrait qu'elle soit plus circonspecte, à l'avenir.

Elle se regarda dans le miroir. Ici le monde n'était ni blanc ni noir, il était fait de *si*, de *peut-être*. Et cela la perturbait.

Elle prit une serviette en papier et s'essuya le visage. Elle avait voulu venir, elle ferait tout pour que ça marche. Une touche de rouge à lèvres et elle pourrait affronter le monde, Euan compris.

— Sam ! Euan vous cherche, dit Liz quand elle alla lui rendre la clé. En vous dépêchant, vous pouvez le rattraper.

— Pourquoi ? Qu'est-ce qui se passe ?

— La police a appelé. Euan doit voir quelqu'un…

— Il travaille pour la police ?

— Occasionnellement. Quand il y a un problème de drogue. Mais ne restez pas plantée là…

Quand Sam émergea de la clinique, Euan était déjà au volant de sa voiture. Il lui ouvrit la portière côté passager.

— Vous venez ?

— Oui, répondit-elle en s'asseyant à côté de lui. Je suis désolée pour tout à l'heure. Je n'aurais pas dû intervenir.

— Cela apportait quelque chose d'utile à la discussion.

— Eh bien, ça n'arrivera plus.

— Si vous le dites.

Ils arrivèrent au commissariat quelques minutes plus tard.

— Elle est avec moi, dit Euan à l'employé de l'accueil qui hésitait à laisser entrer Sam.

Il y eut un bourdonnement, et une porte s'ouvrit devant eux. Une policière s'avança pour les accueillir.

— Merci d'être venu, Euan.

— Content de vous aider… Sam, je vous présente Lisa Burroughs. Sam travaille pour notre association.

Lisa la scruta, puis reporta son attention sur Euan.

— Ce type est nouveau dans le secteur, personne ne l'a jamais vu. Il est complètement prostré, on ne sait pas s'il est sous l'emprise de la drogue ou mentalement déficient. J'aimerais que vous l'examiniez, pour qu'on puisse lui apporter l'aide appropriée.

Lisa les entraîna dans une salle d'interrogatoire où un homme était assis à une table. Il était sale, et chaudement vêtu malgré la température estivale.

Posant sa trousse près de la porte, Euan fit signe à Sam de l'attendre et alla s'asseoir en face du prévenu.

— Bonjour.

Pas de réaction.

— Je suis médecin, mon nom est Euan Scott. Comment dois-je vous appeler ?

Silence.

— On vous a offert une tasse de thé ?

L'homme leva légèrement la tête. Une ombre passa sur son visage.

— Lisa ? demanda Euan.

— Compris. Avec un sandwich ? demanda-t-elle.

Euan acquiesça, et regarda l'homme.

— Vous avez de la chance, leurs sandwichs sont délicieux.

Il dut parlementer dix minutes pour que l'homme dise qu'il s'appelait George. Dix de plus pour qu'il l'autorise à l'examiner. Euan était patient, respectueux, lui parlant comme au plus précieux de ses patients.

— Alors, vous êtes soldat ?

Ecartant le pardessus de George, il venait de remarquer une médaille crasseuse épinglée à sa chemise écossaise.

— Quel régiment ? Quel numéro matricule ?

George se redressa et marmonna quelque chose qu'Euan nota sur un calepin.

— Sam, je peux avoir mon stéthoscope, s'il vous plaît ?

Elle fouilla dans la trousse, et lui apporta l'instrument.

Un instant, les yeux de George se fixèrent sur elle. Il n'avait pas plus d'une trentaine d'années. Devait-elle lui tendre la main ? Peut-être pas. Euan portait des gants de latex, il valait peut-être mieux ne pas toucher George.

— Merci, Sam, dit Euan. Vous pouvez me trouver des lingettes antiseptiques ?

Elle recula, à la fois soulagée et coupable. George faisait partie de ces hommes invisibles ignorés du monde. Même quand elle donnait quelque chose à un SDF, elle avait toujours peur de soutenir son regard.

Euan n'avait pas peur. Elle le voyait à sa façon de se comporter avec George. Il le traitait comme un homme, pas comme un paquet de linge sale. Terminant son examen, il fit signe aux deux femmes de le suivre dehors.

— Il est alcoolique, dit-il. Je vais appeler une association d'anciens militaires pour qu'ils le prennent en charge.

Lisa hocha la tête.

— D'accord. Je vous laisse vous en occuper ?

— Oui. Donnez-moi dix minutes.

— Quelqu'un va venir chercher George ? demanda Sam, assise dans la voiture d'Euan.

Etait-ce son imagination ou l'odeur tenace du vin rance les avait-elle suivis jusqu'ici ?

— Oui, répondit-il. On lui donnera un lit pour la nuit, et s'ils arrivent à le retenir il recevra le traitement dont il a besoin. Il semble qu'il ait un problème psychiatrique, syndrome post-traumatique ou autre chose.

Lisa et lui avaient fait tout ce qu'ils pouvaient pour George, Sam en était persuadée. Maintenant, au moins, il était en bonnes mains.

— Que va-t-il lui arriver ? demanda-t-elle.

— Honnêtement, je n'en sais rien.

La journée se poursuivit, entre les gens qui venaient chercher une aide médicale à la clinique, et ceux qui voulaient simplement parler.

Euan passait de l'un à l'autre, apparemment infatigable. En fin de journée, Sam, elle, était épuisée, mentalement et affectivement.

Les deux jours suivants se déroulèrent de la même façon. Euan lui permettait de l'accompagner sans chercher à connaître ses pensées ou ses sentiments sur l'expérience. Sans guide, elle s'efforçait de donner un sens à des choses qui ne pouvaient être ni rationalisées ni expliquées. Peut-être n'avait-elle pas assez réfléchi en se lançant tête baissée dans cette aventure ?

— Vous avez fini votre journée ? On y va ? demanda-t-il en pénétrant dans son cabinet de consultation le jeudi soir, aussi énergique et enthousiaste que le matin.

— Non, j'ai encore des changements à apporter à la base de données, répondit-elle.

Elle allait finir tard.

— Vous ne pouvez pas le faire demain ? Vous êtes libre le vendredi, c'est mon jour de repos.

Elle hésita. L'idée était tentante.

— Vous avez besoin d'une pause, dit-il en souriant. Laissez ça et venez avec moi.

Comme elle ne bougeait pas, il s'approcha et scruta l'écran par-dessus son épaule.

— A trois, je ferme votre ordinateur…

— Attendez…, protesta-t-elle en faisant une sauvegarde de son travail, troublée de le sentir si proche.

— Un…

Elle sentait l'odeur de sa peau. Un parfum de savonnette et d'autre chose, qui la faisait trembler. Qui évoquait le sexe.

— Deux…

— Attendez…

Son bras nu frôla le sien, et sa nuque la picota. Elle était sûre de sentir son souffle sur sa peau. Soudain, elle ne sut plus comment fermer sa base de données personnelles.

— Deux et demi…

— Ne me stressez pas !

Le raccourci « fermer » vint à son secours, puis trois frappes pour le mode « veille ». L'écran s'éteignit juste au moment où Euan refermait l'ordinateur.

— Trois, dit-il, attrapant les accoudoirs de son fauteuil pour la faire pivoter vers lui.

— C'est malin ! Qu'auriez-vous fait si mon PC avait planté ? demanda-t-elle.

— Je soignerais mon nez cassé, à l'heure qu'il est, j'imagine, répondit-il avec un sourire provocateur. Tout est dans le timing.

Penché vers elle, il tenait toujours les accoudoirs et l'emprisonnait, tout proche. Elle frissonna.

— Je croyais que nous allions quelque part, bredouilla-t-elle.

Il rit. Puis il se redressa et se dirigea vers la porte.

— On y va. Votre tête supporte l'altitude ?

— Oui. A quoi pensez-vous ?

— A un petit tour… Disons une balade touristique.

Ils passèrent par l'appartement de Sam pour prendre une veste chaude, le mystérieux petit tour promettait apparemment d'être frisquet. Puis ils reprirent la route et quittèrent la ville pour la campagne. Une demi-heure plus tard, ils s'engageaient en cahotant dans un champ.

Des gens bavardaient près de voitures en stationnement, mais Sam ne voyait que les six montgolfières posées au bout du pré, comme de gigantesques champignons de couleurs vives.

— On va les regarder décoller ?

— C'est moins drôle que de faire un tour dedans, dit-il.

— Il ne faut pas réserver ?

— J'ai réservé. Je connais un pilote, et je l'ai appelé cet après-midi pour lui demander s'il avait des défections. Il se trouve que oui. Nous avions besoin d'un break, tous les deux, fit-il en se garant sur le parking improvisé.

— C'est donc ça que vous faites pour décompresser ?

— Pas en temps normal. Mais il fallait que je vous arrache à votre travail, et je défie quiconque de penser à la configuration d'une base de données en étant suspendu dans un panier d'osier à trente mètres au-dessus du sol !

Elle ne put s'empêcher de sourire.

— Laquelle est la nôtre ?

— Celle-là, répondit-il, désignant une sorte de grand parachute rayé bleu et jaune étalé dans l'herbe, attendant d'être gonflé. Allons la voir.

10.

Tous les passagers de la montgolfière avaient donné un coup de main pour déplier l'enveloppe du ballon et assisté à son gonflement. Puis vint le moment de grimper dans la nacelle en osier. Euan aida Sam à gravir les marches et monta à son tour.

Enfin, ils furent prêts à partir. Agrippée au rebord, Sam sentit une petite secousse quand ils quittèrent le sol. Ils s'élevèrent lentement, les arbres et les voitures devenant de plus en plus petits à mesure qu'ils prenaient de l'altitude.

Le pilote expliquait comment volait la montgolfière, désignant des repères sous leurs pieds. Sam écoutait poliment, hochant la tête comme les autres, mais elle prenait surtout plaisir à flotter dans l'air. Le bruit du brûleur qui envoyait l'air chaud dans l'enveloppe était assourdissant, mais entre deux coups de brûleur un calme presque surnaturel régnait.

Le ciel s'étendait à perte de vue, ne laissant aucune place aux soucis ou aux inhibitions. Quand ils atteignirent leur altitude de croisière, elle avait lâché le bord de la nacelle pour se tenir à Euan.

— Vous êtes déjà monté dans une montgolfière avant ? demanda-t-elle avec l'impression qu'ils étaient seuls dans le ciel, les autres passagers admirant la vue ou bavardant entre eux.

— Oui, quand j'étais petit. Mes parents nous ont emmenés faire une balade, ma sœur et moi. Inoubliable.

— Nous n'étions pas très portés sur les sorties, dans

ma famille, dit-elle avec un haussement d'épaules. J'avais un seul parent. Nous n'étions que deux.

Et le plus souvent, elle était seule.

Il ne la questionna pas. Fidèle à sa promesse, il ne lui avait posé aucune question personnelle depuis deux jours.

— Regardez. Là-bas…

Elle suivit la direction qu'il indiquait.

— Ce sont des moutons ? On dirait une ferme miniature.

La ferme céda bientôt la place à des bois, puis ils survolèrent de nouveau des champs jaune d'or.

— Où va-t-on atterrir ?

Elle ne voulait pas atterrir, mais, tôt ou tard, le carburant alimentant l'enveloppe en air chaud finirait par manquer.

— Aucune idée. C'est ça qui est bien, dit-il en souriant.

Ils se posèrent en cahotant dans un grand champ. Quand il l'aida à quitter la nacelle, elle trouva tout naturel de sauter dans ses bras. Et d'y rester un moment, le temps de s'habituer à sentir de nouveau le plancher des vaches sous ses pieds.

— Ça vous a plu ?

— C'était merveilleux ! Merci infiniment.

— Avec plaisir.

— Comment allons-nous regagner la voiture ?

— Des véhicules suivent notre voyage. Ils ne vont pas tarder à arriver et nous ramèneront ainsi que la montgolfière.

De retour sur le site de départ, Sam et Euan attendirent pour voir décoller la dernière montgolfière, puis rentrèrent en ville. Après cette extraordinaire aventure, ils n'avaient pas envie que la soirée s'achève. Aussi, quand Euan proposa d'aller faire une promenade au bord de l'eau, Sam accepta avec joie.

Ils regardèrent le soleil se coucher sur la mer et descendirent sur la plage. Comme Euan, elle commençait à aimer le murmure des vagues qui venaient lécher le sable. La brise tiède, le clair de lune… et Euan, bien sûr. Elle glissa la main sous son bras et il l'attira contre lui.

— Je pensais…

— J'espérais que vous aviez arrêté de penser, au moins ce soir, fit-il avec malice.

— Je me demandais si je pourrais assister à une séance de groupe réservée aux amis et aux parents de junkies.

Elle le sentit se raidir contre elle.

— Pourquoi ?

Bonne question.

— Pour me faire une idée complète de la situation. Ça pourrait m'aider pour la base de données.

Il s'immobilisa.

— Est-ce la seule raison, Sam ?

Elle pouvait lui mentir. Continuer à se mentir. Mais ce soir, certains aspects du travail de Driftwood étaient devenus très importants pour elle.

— Sam ? insista-t-il avec douceur.

— Je ne crois pas que ce soit la seule raison. Je n'aurais pas dû vous le demander, excusez-moi. Je ne suis pas ici pour parler de moi…, répondit-elle, ravalant ses larmes.

— Ne faites pas ça, s'écria-t-il, la faisant sursauter. Il y a des choses qu'on doit écouter, plutôt que de les balayer. Les larmes, le rire, la joie… le chagrin.

— Comment… ?

— Asseyez-vous, dit-il d'un ton sans appel, et elle s'assit à côté de lui sur les galets encore tièdes. Ecoutez…

Elle entendit le fracas des vagues et, quelque part, loin, la voix de Sally. Le coup frappé à la porte par la police venue lui annoncer la mort de Sally. Le chagrin contenu du père et du frère de Sal, les sanglots de sa mère. Mais elle voulait effacer tout cela.

— Rien. Je n'entends rien.

— Ecoutez mieux…

Elle voulait tant que quelqu'un comprenne. Surtout Euan.

— Mon ancienne associée, Sally… Elle est morte. D'une overdose de cocaïne. Enfin, pas de l'overdose en soi…

— Dites les choses comme elles vous viennent.

— Elle a fait un arrêt cardiaque. Elle était seule. Elle est morte toute seule…

Il n'y avait aucun reproche dans les yeux d'Euan. Il ne comprenait probablement pas ce qu'elle ressentait.

— C'était ma meilleure amie depuis l'enfance. J'ai pratiquement grandi chez elle. Quand nous avons monté notre affaire, nous avons travaillé comme des forcenées pour la faire décoller. Je n'ai pas vu que c'était trop dur pour elle, et qu'elle prenait de la cocaïne pour tenir le coup…

— Sally ne vous a jamais dit qu'elle avait un problème ?

— Non. Mais j'aurais dû deviner. J'étais son amie.

— Vous croyez que ça vous rendait responsable de ses actes ?

Visiblement il ne comprenait pas. Elle allait devoir tout lui dire. S'il lui pardonnait, peut-être pourrait-elle se pardonner à elle-même.

— Ma mère était alcoolique. Quand les parents de Sal ont su quelle vie de famille j'avais, ils m'ont ouvert leur porte. Je passais mon temps chez eux. Le jour où ma mère a eu un nouveau petit ami et m'a jetée dehors, ils m'ont recueillie.

— Quel âge aviez-vous ?

— Quatorze ans. Mais ça n'a pas d'importance, dit-elle vivement, sentant sa main légère sur son épaule. Ce qui compte, c'est qu'ils m'ont accueillie, et que je les ai laissés tomber. Les parents de Sally, son frère… J'ai trahi Sally, en ne voyant pas ce qui se passait.

— Aviez-vous quelqu'un pour vous soutenir ? Des amis ? Un compagnon ?

— Sally était mon amie, sa famille était ma famille. Mon compagnon était… bah, ce n'était pas une relation sérieuse, nous étions trop pris par nos professions respectives.

Voilà. Elle avait fini par le dire, et elle était au bord des larmes. Elle remarqua à peine qu'Euan l'avait prise dans ses bras et qu'il la berçait contre lui.

— En… en parler ne sert à rien, Euan, dit-elle entre deux sanglots. Ça ne change rien…

— Pas pour Sally. Mais pour vous, peut-être ?

Et s'il avait raison ? Elle se sentait différente, peut-être même mieux.

— Ce n'est pas moi qui compte, dit-elle, prenant conscience qu'elle était pratiquement assise sur ses genoux.

Elle lâcha sa chemise qu'elle avait agrippée inconsciemment, et lissa le tissu froissé. Dessous, elle sentait sa peau. Dure et chaude.

— Si, vous comptez, dit-il avec une tendresse bouleversante. J'ai eu tort de laisser entendre que votre travail ici était votre phénix à vous.

— Que voulez-vous dire ?

— C'est plutôt votre pénitence, n'est-ce pas ?

— Je l'ignore, dit-elle, se levant pour s'éloigner de lui.

Elle entendit les graviers crisser derrière elle.

— Vous ne croyez pas que vous devriez parler de ça ? demanda-t-il. Vous autoriser à pleurer un peu là-dessus ?

Elle se retourna et lui fit face.

— Je l'ai déjà fait, non ?

— Je veux dire, avec d'autres personnes. Dans un groupe comme les nôtres.

— Je ne sais pas.

— Vous devriez peut-être y réfléchir.

Le silence retomba, seulement rompu par le fracas des vagues s'écrasant sur le rivage.

— Voulez-vous… ? Enfin, pourrais-je me joindre à un de vos groupes ? demanda-t-elle dans un murmure.

— Non. Je peux vous donner le nom d'un confrère qui dirige un groupe à Londres.

Ce refus la blessa profondément. Sans en avoir l'air, il l'avait jugée. Condamnée. Bien sûr. Ne s'était-elle pas condamnée elle-même ?

— D'accord. J'y réfléchirai, répondit-elle d'un ton sec.

Il lui prit le bras.

— Ce n'est pas ce que vous croyez. Nos groupes sont régis par des règles strictes. Je ne peux pas vous y accueillir.

— Pourquoi ? demanda-t-elle, croyant lire la réponse dans le regard intense qu'il fixait sur elle.

— A cause de ça, murmura-t-il.

Il caressa ses lèvres du doigt et elle se figea, hypnotisée. Il sourit et elle lui rendit son sourire. Il l'attira à lui, ses doigts caressèrent sa pommette, s'enfouirent dans ses cheveux.

Elle noua les bras autour de son cou. Quand les lèvres d'Euan frôlèrent sa joue, elle oublia toutes ses résolutions.

Sa bouche s'arrêta à quelques centimètres de la sienne.

— C'est le meilleur moment, chuchota-t-il.

Elle attendait, le corps brûlant.

— Vous vous demandez si vous allez m'embrasser ?

— Non, je me demande ce que j'éprouverai *quand* je vous embrasserai, dit-il contre ses lèvres.

— Ça peut durer longtemps…, dit-elle tout bas, les yeux dans les siens, plaquée contre son corps chaud et protecteur.

— Non. Je n'ai pas les nerfs assez solides.

Il l'embrassa. Il s'était trompé. L'attente n'était pas le meilleur moment.

Sam était douce, chaude, soumise. Mais au moment de l'accueillir, les yeux pleins de promesses, elle s'échappa.

Le sang pulsait dans les veines d'Euan. Ses nerfs percevaient les moindres gestes de Sam. Ses mains qui exploraient son dos, s'immobilisant sur sa ceinture en cuir. Ses pouces glissés dans les passants pour l'attirer encore plus près.

Allait-il lui faire l'amour ? Perdu dans le goût de ses lèvres, le parfum de ses cheveux, il avait l'intuition que c'était inévitable. Chacun de ses gestes semblait lui plaire, lui donner envie d'aller encore plus loin.

Non. Pas ce soir. Elle était trop vulnérable. Ni jamais. S'il la décevait, cela le détruirait.

Tendrement, lentement, il mit fin au baiser, le cœur battant de désir et de chagrin pour ce qui ne serait pas. Il la garda contre lui, caressa ses cheveux.

— Je crois…

Il finit la phrase pour elle.

— … qu'il est temps de rentrer. Il commence à faire frais.

— Oui, répondit-elle, visiblement soulagée. Je suis désolée, Euan, mais ça fait beaucoup de choses en même temps.

— Je sais. Je n'aurais pas dû…

Elle lui décocha un sourire coquin, et il sentit le désir flamber en lui.

— Je n'ai pas le souvenir de vous avoir giflé, si ?

— Non.

— Alors tout va bien.

— Dans ce cas, dit-il, de nouveau capable de penser rationnellement, voulez-vous me rendre un service ?

— Ça dépend, répondit-elle avec malice.

— Acceptez-vous d'oublier le travail, juste ce soir ?

Elle réfléchit.

— Je ne suis pas vraiment fatiguée… Et je n'ai pas grand-chose à faire.

C'était le problème. Si on lui enlevait son travail, elle était perdue, toute au chagrin qui la minait et qu'elle s'efforçait d'oublier. Il l'avait comparée à une matriochka, faite de couches successives qu'il fallait ôter les unes après les autres pour découvrir la vraie Sam. C'était d'elle qu'il risquait fort de tomber amoureux.

— Et si je vous trouve une occupation ?

— Alors marché conclu.

Main dans la main, ils marchèrent dans les rues encore animées jusqu'à une petite boutique qu'il connaissait. L'été, le magasin de souvenirs était ouvert tard. Se frayant un chemin entre les torchons et les presse-papiers, il gagna le fond où était exposé un grand choix de livres et de DVD d'occasion.

— Choisissez quelque chose.

Elle promena son doigt sur la rangée de DVD.

— Je peux lire les DVD sur mon ordinateur…

Mauvaise idée. Il prit un livre dans la pile.

— Et ça ?

— Oh ! Jane Austen…, dit-elle, ouvrant l'ouvrage et parcourant la première page, subjuguée. On dit que c'est un des plus beaux débuts de romans de la littérature anglaise…

— Alors ça fera l'affaire.

Il lui reprit le livre pour aller le régler à la caisse.

Ils regagnèrent la clinique et s'arrêtèrent à l'entrée.

— Merci pour le livre, dit-elle. Je vous promets de le lire.

Elle leva le visage vers lui, et il eut envie de l'embrasser de nouveau, pas seulement sur les lèvres.

— C'était un plaisir. Je… hum, je dois m'absenter demain.

Elle hocha la tête comme si c'était anodin. Mais elle ignorait où il allait, et il n'arrivait pas à trouver les mots pour le lui dire.

— A samedi donc. A Kathryn House, dit-elle.

Un groupe de gens s'étaient portés volontaires pour commencer à décorer la maison durant le week-end.

— Vous venez donner un coup de main ?

— Essayez de m'en empêcher, répondit-elle en souriant.

C'était cela qu'il aimait tant chez elle. Toute sa vie, elle avait été rejetée, blessée. Mais, quand elle était à terre, elle se relevait toujours.

— Je vous emmènerai. 9 heures, ça vous va ?

— C'est parfait, répondit-elle.

— D'ici là… vous avez mon numéro de portable. Appelez-moi si vous voulez parler. De n'importe quoi. Et si mon téléphone est éteint, laissez un message.

Le silence retomba. Pendant un instant, le temps parut suspendu. Puis elle se dressa sur la pointe des pieds et déposa un baiser sur sa joue.

— Entendu. A samedi matin.

11.

Euan était levé depuis 6 heures. La journée de la veille avait été pénible, et ce matin il ne pensait qu'à Sam, à son baiser, au désir qu'elle lui inspirait.

En arrivant au bureau à 8 h 30, il l'entendit qui vaquait déjà à ses occupations à l'étage. Cinq minutes plus tard, elle apparut dans l'embrasure de la porte, plus belle que jamais, mais les traits anormalement tirés.

— Bonjour. Vous êtes prête ?

Il s'avança et toucha son bras en un geste amical. Elle explosa aussitôt.

— Je vous interdis de me toucher ! s'écria-t-elle en se dégageant si brutalement qu'elle lui décocha un coup de coude dans les côtes.

— Aïe ! Sam… ?

— Comment avez-vous pu, Euan ? demanda-t-elle avec colère, au bord des larmes.

— Qu'est-ce qui se passe, Sam ?

— Vous le savez pertinemment. Je suis encore là pour une semaine et nous allons devoir travailler ensemble mais si vous posez un doigt sur moi, vous boiterez pendant un mois !

— Mais enfin, calmez-vous…

— Me calmer ! hurla-t-elle, hors d'elle. Espèce de salaud. Je sais où vous êtes allé hier !

D'accord, il ne lui avait pas dit où il allait. Il avait ses raisons. Mais même si elle l'avait découvert, rien ne justifiait une réaction aussi extrême.

— J'avais confiance en vous, Euan, dit-elle entre deux sanglots, essuyant rageusement ses larmes.

— Vous pouvez toujours me faire confiance. Dites-moi ce qu'il y a, Sam.

— Il n'y a rien à dire. Partez. Je prendrai un taxi pour me rendre à Kathryn House.

— Pas question, répondit-il, sentant la moutarde lui monter au nez. Nous allons régler cela ici, et maintenant.

— Il n'y a rien à régler, Euan. Rien de ce que vous pourrez dire n'y changera rien, autant économiser votre salive.

Elle se détourna avec brusquerie, se dirigea vers la porte et la claqua derrière elle.

Il la suivit et la trouva dans le vestibule, en train de s'acharner sur la porte menant à son appartement.

— Pour l'amour du ciel, Sam, allez-vous cesser ce petit jeu et tout me raconter ? Que se passe-t-il, bon sang ?

Elle se retourna, glaciale.

— Hier, Maya m'a demandé si je venais à la clinique. J'ai dit que non, parce que c'était votre jour de repos.

— Et alors ?

— Alors, elle me l'a dit.

— Elle vous a dit quoi ? demanda-t-il, agacé.

— Elle a dit : « Ah, c'est vrai ! Il est allé voir sa femme. » Je suppose que vous aviez oublié de me dire que vous aviez une épouse ?

Elle se détourna avec dégoût.

— Attendez. Maya ne vous a pas dit…

— Ça suffit, Euan. Il n'y a rien à ajouter.

Elle ouvrit la porte et la lui aurait probablement claquée à la figure s'il ne l'avait refermée avant qu'elle la franchisse. Il s'y adossa, lui bloquant le passage.

— C'est mon *ex*-femme, Sam. Il y a quatorze ans que nous ne vivons plus ensemble. Nous avons divorcé il y a dix ans.

— Alors pourquoi Maya a-t-elle parlé de votre femme ? Je doute que ce soit une erreur.

— Elle voulait probablement se montrer diplomate, et n'a pas donné de précisions pour ne pas s'appesantir sur le sujet.

— Pourquoi ne voudrait-elle pas s'attarder sur le sujet ?

— Parce que mon ex-femme est en prison. C'est là que je suis allé hier.

Elle le regarda fixement et son visage s'empourpra.

— Mais Maya…

— Je sais ce qu'a dit Maya. Voulez-vous écouter les faits ?

Elle acquiesça en silence.

— Très bien. J'ai épousé Marie quand j'avais vingt et un ans. J'étais encore à l'école de médecine, elle préparait un doctorat aux Beaux-Arts. Notre histoire n'a pas duré un an.

La vieille culpabilité serra le cœur d'Euan. Puis il regarda Sam dans les yeux. Si elle pouvait affronter ses démons, il le pouvait aussi.

— C'était une junkie. Elle me l'a caché jusqu'à ce que je découvre qu'elle avait vidé notre compte bancaire pour s'acheter sa drogue. Et elle avait d'autres façons de s'en procurer…

Elle posa la main sur son bras.

— Vous voulez dire…

— Oui. Quand elle n'avait pas d'argent pour s'offrir ses doses, elle vendait ses charmes. Je me suis senti humilié, blessé, nous nous sommes disputés, et elle est partie…

Vidé de ses forces, il recula pour s'appuyer contre le mur.

— Et ensuite ? demanda-t-elle avec compassion.

— Je n'ai pas essayé de la retrouver. Je vous ai dit que nous ne laissions jamais tomber personne à Driftwood, n'est-ce pas ? Eh bien, c'est moi qui ai imposé cette règle, car je sais mieux que quiconque combien il est facile de capituler avec les toxicomanes. J'ai terminé mes études et obtenu le divorce. J'ai tenté de tourner la page, vainement, et j'ai fini dans un groupe de parole. En vous suggérant de parler de votre problème, je parlais d'expérience…

— Mais vous avez renoué avec elle…

— Oui. Il y a deux ans, elle a appelé ses parents. J'avais gardé le contact avec eux, ils m'ont téléphoné. Elle avait été arrêtée pour vol et escroquerie.

— Elle était coupable ?

— Oui. Sa toxicomanie lui coûtait cher. Elle a fait de la prison, et a été libérée hier. Ses parents lui ont trouvé un appartement près de chez eux, dans le Northumberland. Je suis allé la chercher à la prison pour l'y conduire. Nous avons pris un thé tous ensemble, puis je suis rentré.

— Ça va aller pour elle ?

— Je l'espère. Elle a vu un thérapeute pendant son incarcération, elle est clean maintenant. On lui a prévu un soutien thérapeutique, et elle a trouvé un emploi bénévole à temps partiel dans une ferme de la région.

Il secoua la tête. C'était encore trop peu, et cela arrivait un peu tard. Il avait laissé tomber Marie, trop aveugle pour voir ce qui aurait crevé les yeux de n'importe quel mari. Il était nul pour les relations amoureuses, il aurait dû s'en souvenir avant d'embrasser Sam.

Comme si le fardeau était trop lourd pour lui, il se laissa glisser le long du mur et heurta durement le sol. Il mit un moment à s'apercevoir que Sam était encore là, assise par terre à côté de lui.

— Vous… vous l'aimez toujours ?

— Non, répondit-il sans hésiter. Je ferai tout pour l'aider à aller bien et trouver le bonheur. Mais je ne l'aime plus.

Ce n'était pas Marie qui se dressait entre Sam et lui, mais ses propres carences.

Elle se laissa aller contre lui, plus détendue.

— Je n'aurais pas dû vous traiter de salaud.

— Ce n'était qu'un malentendu.

— Je n'ai pas laissé Maya s'expliquer. Quand elle a prononcé le mot « femme », j'ai vu rouge et me suis enfuie. Pardon pour le coup que je vous ai asséné dans les côtes…

— On est maladroit quand on est fatigué.

— Hé, je ne suis pas maladroite ! C'est vous qui ne vous êtes pas écarté assez vite.

Il rit doucement.

— A quelle heure vous êtes-vous couchée hier soir ?

— Vers 2, 3 heures.

— Vous avez travaillé ?

Elle acquiesça. C'était bien ce qu'il pensait. Elle travaillait pour oublier.

— Si vous ne faisiez rien aujourd'hui ? Si vous vous reposiez ?

— J'ai envie d'aller à Kathryn House. D'ailleurs, il est temps de partir, non ?

— Je vous emmène d'abord prendre un petit déjeuner.

— Mais nous allons être en retard…

— C'est samedi, on a le droit. Alors, on est encore amis ?

— Oui, contre toute attente.

Il se leva et lui tendit la main pour l'aider à se redresser.

— Alors, allons-y.

Euan et Sam avaient pris leur petit déjeuner sous un parasol, à la terrasse d'un café du front de mer. C'était une belle matinée, douce et lumineuse, la brise marine semblait avoir chassé les soucis de Sam. Ils se parlaient, c'était déjà un petit miracle.

A en juger par le nombre de voitures stationnées devant Kathryn House, de nombreux bénévoles étaient au rendez-vous. Euan se gara à côté du vieux van de Juno, qui était en train d'ouvrir le coffre.

— Un coup de main ?

— Ah, tu tombes à pic ! J'ai eu un mal fou à mettre tout ça dans ma camionnette, et maintenant il faut le décharger.

— Pourquoi ne m'as-tu pas appelé ?

— Je l'ai fait, hier après-midi. Ton portable était éteint.

— Ah, désolé. J'étais de repos.

— Tu as fait quelque chose d'intéressant ?

Il fronça les sourcils.

— J'ai fait sortir une de mes amies de prison.

Juno ne cilla pas.

— Original. Et ça s'est bien passé ?

— Oui, répondit-il en souriant. Je crois.

Le secret qu'il avait si jalousement gardé était devenu un sujet banal dont il pouvait parler. Avait-il voulu prouver à Sam que c'était possible ? Ou l'avait-il fait pour lui ?

Mais, déjà, il aidait Juno à sortir du coffre une sculpture massive enveloppée de plastique.

— Attention en franchissant la porte.

Ignorant cordialement ses instructions, il souleva la lourde pièce tout seul, faisant saillir les muscles de ses épaules et de ses bras, pour le grand plaisir de Sam qui l'observait.

Elle prit une caisse et Juno une statue soigneusement enveloppée, et elles se dirigèrent à leur tour vers l'intérieur.

— C'est le phénix, n'est-ce pas ? demanda Sam en désignant le paquet que portait Juno.

— Exact. Ouvrez-moi le chemin, répondit Juno en riant.

Une activité fébrile régnait dans la maison. David dirigeait les opérations, un bloc-notes à la main.

— Par ici, dit-il à Euan en désignant une porte au fond de l'entrée. Nous allons entreposer les sculptures dans le bureau pour ne pas risquer de les endommager.

Repartant vers la camionnette, Euan s'arrêta en voyant les deux jeunes femmes.

— Ah, le phénix est enfin arrivé chez lui !

Juno suivit Sam dans le grand bureau lumineux où étaient entreposés du mobilier en kit et du matériel informatique.

— Où veux-tu qu'on mette ça ? demanda Euan, les rejoignant avec une deuxième statue.

— A côté de la première, répondit Juno en déchirant un long morceau d'un rouleau adhésif marqué FRAGILE avant de tendre le rouleau à Sam. Collez-en sur les pièces.

— Vous arrive-t-il de réaliser des commandes, Juno ? demanda Sam.

— On vient parfois me voir avec des dessins en me demandant de les reproduire, et généralement je refuse.

Mais s'il s'agit de traduire une couleur ou une émotion, ce genre de chose, je fais des croquis et je réalise la pièce.

— Vous pourriez en faire une pour moi ? Ne prenez pas cet air surpris. Vous devriez répondre oui et sortir votre agenda en prétendant être surbookée !

— Je n'ai même pas d'agenda, Sam.

— Alors prenez un carnet et inscrivez-y mon nom.

— Vous serez la première de la liste, dit Juno en riant. Je vous ferai un prix…

— Pas de prix d'ami. Puis-je venir vous en parler la semaine prochaine ? Cette pièce est destinée à la famille d'une amie décédée. Je voudrais quelque chose de pétillant pour l'évoquer, elle adorait la couleur.

— Venez à l'atelier, nous trouverons un modèle pour lui rendre justice.

— Génial, répondit Sam.

Elle prit une profonde inspiration. Quelque part au fond de son cœur, Sally souriait en signe d'approbation.

12.

Il y avait une cinquantaine de bénévoles. Tous ceux qui pouvaient manier un grattoir avaient intégré une des équipes constituées par David, préparant les murs des pièces avant la pose des papiers peints, prévue plus tard dans la journée. Les enfants jouaient sous haute surveillance dans un coin du jardin ; dans la cuisine, les femmes plus âgées assuraient l'intendance.

— Quelle formidable organisation ! dit Sam à l'adresse de David, qui traversait le hall d'entrée en hâte.

— N'est-ce pas ? Je ne croyais pas que tout le monde viendrait… Euan !

— Que m'as-tu réservé ? demanda Euan.

— Tu sais te rendre utile tout seul. En fomentant des révoltes, par exemple, dit David avec un clin d'œil à Sam. Je crois que tout le monde doit faire ce pour quoi il est doué.

— Merci bien. Sam ne fait rien…

— Sam s'occupe de la photographie.

— Oui, j'ai une idée pour votre site Web. Un endroit où on pourrait mettre des photos et des vidéos en continu… Je vous montrerai quand j'aurai fini, fit-elle devant l'air ahuri d'Euan. Ça vous plaira.

— Je n'en doute pas, dit-il avec dans les yeux une lueur qui rappela à Sam le moment où il l'avait embrassée.

David consultait une nouvelle liste.

— Sam, quand vous en aurez besoin, les appareils photos sont dans le sac bleu, dans le bureau. Je dois aller aider Sandra à préparer le thé, il est temps que tout le monde fasse une pause, dit-il, partant en quête de sa femme.

— Vous croyez qu'il a besoin d'aide ? demanda Sam.

— Il se débrouillera. C'est le genre de chose qu'il fait le mieux. Je reste à l'écart de son chemin et m'efforce de ne pas lui mettre des bâtons dans les roues quand il est dans cet état.

— Ça vaut mieux, dit-elle, consciente qu'Euan était un esprit libre et que son approche des problèmes ne tenait pas dans un bloc-notes. Vous avez la clé du bureau ?

Mais Euan regardait vers l'entrée où Jamie guidait deux hommes chargés de caisses volumineuses.

— Hé, Jamie, il y a un chariot là-bas ! On peut transporter ces cartons en passant par le côté de la maison…

Il sortit un trousseau de clés de sa poche, les posa dans la main de Sam et alla rejoindre Jamie. Laquelle des clés pouvait bien être celle du bureau ?

Deux jours. Grâce à l'appareil photo, Sam avait tout immortalisé, les bénévoles au travail, la distribution régulière de vivres en provenance de la cuisine, les sourires, et même les catastrophes. A la fin de chaque journée, elle avait fait une photo de groupe, et le dimanche après-midi elle avait immortalisé les pièces terminées. Enfin, elle filma le moment où Juno plaça son phénix de verre dans l'alcôve qui lui était destinée, sous un tonnerre d'applaudissements. Tout le monde s'était rassemblé dans la salle commune pour assister à l'événement.

Après le départ des bénévoles, Euan rejoignit Sam dans la véranda.

— Vous avez visité le pavillon d'été ? lui demanda-t-il.

— Pas encore. J'ai photographié les travaux, mais je n'ai pas vu l'intérieur fini. Merci, Euan, il y a longtemps que je ne m'étais pas autant amusée, dit-elle, les yeux brillant d'excitation.

— C'est à nous de vous remercier, Sam.

Il glissa un bras autour de sa taille et se pencha pour l'embrasser sur la joue, s'attardant un peu trop.

— Vous voulez prendre des photos maintenant que c'est terminé ? Je dois faire le tour pour m'assurer que tout est fermé, il y a eu une vague de cambriolages dans la région.

— Bonne idée.

Ils prirent la direction du pavillon d'été, parlant de la journée en riant, leurs mains se frôlant au passage.

— Il paraît plus grand maintenant qu'il est fini, dit-elle.

— C'est vrai. On a fait l'isolation, et on peut l'utiliser au printemps et en automne, voire même l'hiver avec un chauffage d'appoint. On nous en a fait don.

— Vraiment ? Quelle générosité…

— Il appartenait à un fabricant de la région. Il est de conception ancienne et le bois n'avait pas été traité. Mais David m'assure que quelques pots de xylophène et un bon pinceau suffiront.

— Mais comment fait-il pour savoir autant de choses ? fit-elle, admirative.

— Dieu seul le sait, répondit-il en riant. Sans lui, l'association irait droit dans le mur.

— Sans vous deux. Vous formez une super équipe.

Des marches de bois menaient à une petite terrasse, d'où des portes vitrées coulissantes donnaient accès au pavillon.

— C'est très classe. Je vais prendre des photos…

Euan s'assit sur les marches, et offrit son visage au soleil de fin d'après-midi, détendu comme un gros chat.

Elle déplaça une glacière qui se trouvait dans le champ de la photo.

— C'est à David ?

— Je crois. On la rapportera au bureau… Oh ! regardez ce que j'y ai trouvé, dit-il, exhibant deux bouteilles de bière. Vous en voulez une ?

— Ce serait dommage de les perdre, dit-elle en s'asseyant à côté de lui.

Il décapsula les bouteilles en les cognant habilement sur la rambarde.

— Comment faites-vous ça ?

— Il suffit de taper au bon endroit. Pas trop fort, mais fermement. Et en dévissant le bouchon ici, vous ne vous coupez pas. En principe…, dit-il en regardant sa main où perlait une goutte de sang.

— Approchez, dit-elle.

Elle sortit un mouchoir de sa poche et le plia, puis l'enroula bien serré autour de son doigt.

— Vous vous désinfecterez une fois chez vous.

Il leva son doigt bandé en souriant.

— Vous devez être la dernière personne au monde à avoir des mouchoirs en tissu !

— Heureusement que j'étais là, hein ?

— Qui sait ce qui se serait passé ? dit-il, moqueur, testant la fraîcheur de la bière contre sa joue avant de la lui tendre.

— Elle est encore froide, dit-elle.

Il lui sourit et elle se mit à trembler sous son regard.

Il prit l'autre bouteille et la garda dans la main, songeur.

— Nous avons beaucoup progressé ce week-end.

— Enormément. Je ne pensais pas qu'on pouvait en faire autant en si peu de temps.

— Quand un nombre suffisant de personnes travaillent ensemble, on peut déplacer des montagnes.

— C'est un jeu d'enfant. Mais remettre des vies humaines sur pied comme vous le faites est un vrai travail de super-héros !

Il appréciait ce que faisaient les autres, mais semblait oublier sa propre contribution à leurs réalisations.

— Les super-héros sauvent le monde, dit-il en la regardant. Ça fait partie de leurs attributions.

Marie. Le fantôme de la femme qu'il n'avait pas sauvée s'insinua entre eux pour les séparer.

Sam soupira. Marie était comme une photo floue, vacillante. Il était difficile d'affronter quelque chose d'impalpable.

Elle but une gorgée de bière pour humecter sa gorge

sèche, et défit machinalement la natte qui tombait sur son épaule, glissant les doigts dans ses cheveux dénoués.

Il retint son souffle. Levant les yeux vers lui, elle sentit qu'il allait l'embrasser. Puis il secoua la tête.

— Je ne fais pas de miracle. J'ai déjà échoué, et même si j'essaie de ne pas recommencer, je ne suis jamais sûr de rien.

— Marie ?

Il hocha la tête.

— Oui. J'aurais peut-être pu l'aider, mais je ne l'ai pas fait. Je ne sais pas pourquoi.

— Vous étiez peut-être trop proche d'elle.

Il prit une longue gorgée de bière.

— Justement, n'étais-je pas tout désigné pour lui venir en aide ?

— Toute la semaine, vous m'avez répété que les familles et les amis apportaient un certain soutien. Mais qu'une désintoxication réussie impliquait à la fois un engagement personnel de l'individu, et un soutien professionnel structuré.

— Vous croyez que ça me dédouane ?

— Je trouve injuste que quelqu'un qui a autant donné de soi, amélioré la vie de tant de gens, se sente aussi coupable.

— Mais…

— Il n'y a pas de mais. Je n'ai peut-être pas votre expérience dans ce domaine, mais vous n'avez pas le monopole de la vérité. Dans une relation, il y a deux individus. Nul n'est l'unique responsable de ce qui arrive, et vous n'avez pas à porter ce fardeau tout seul.

Elle s'interrompit pour reprendre son souffle et leva la main pour prévenir toute interruption.

— Vous êtes l'homme le plus honorable que je connaisse. Vous êtes dévoué, loyal envers ceux avec qui vous travaillez, et vous êtes pour moi un excellent ami. Alors… soyez un peu indulgent envers vous-même.

Elle s'attendait à une réplique cinglante, mais il se contenta de fixer le sol en silence.

— Eh bien, qu'avez-vous à répondre à ça ?

Il leva les yeux.

— Merci.

Elle s'attendait à tout sauf à cela.

— C'est tout ?

— Je crois, répondit-il en glissant son bras autour d'elle. Ça signifie beaucoup pour moi, Sam. Merci.

— Rien d'autre ?

— Je pourrais ajouter que je me réjouis que vous soyez de mon côté car vous faites peur, parfois, dit-il avec malice.

— Gardez ça pour vous, je vous en dispense.

— Bien, madame.

— Pour changer de sujet, que diriez-vous de commander de quoi manger pour le dîner ? C'est moi qui invite, j'ai une faim de loup…

Il rit doucement et, l'aidant à se lever, sortit son trousseau de clés pour fermer le pavillon d'été. Comme ils traversaient la pelouse en tournant le dos au soleil, un jeu de lumière donna l'illusion que leurs ombres se touchaient…

Juste à cet instant, l'alarme de la maison se déclencha.

— Quelqu'un a dû revenir, dit-il, scrutant les fenêtres de la demeure. Restez ici, je vais voir.

Elle le suivit, courant pour le rattraper.

— S'il y a quelqu'un, je préfère être avec vous.

— Et, moi, je préfère que vous soyez en sécurité.

— Je serai en sécurité avec vous.

Il leva les yeux au ciel avec résignation.

— Très bien. Mais restez avec moi.

Scrutant les fenêtres, il longea la véranda et déverrouilla les portes ouvrant sur la salle commune. Il tapa un code sur le boîtier fixé au mur et l'alarme se tut.

— C'est probablement quelqu'un qui avait oublié quelque chose et qui est revenu le chercher, dit-elle en récupérant son ordinateur où elle l'avait laissé.

Méfiant, Euan était à l'écoute du moindre bruit. Il se dirigea vers la porte donnant sur le vestibule et l'ouvrit. Il tendit la main vers Sam, lui intimant de rester où elle était.

— C'est bon, les gars. La sortie est là, dit-il calmement.

Franchissant la porte, il la referma derrière lui.

Frustrée, Sam colla l'oreille à la porte pour écouter ce qui se passait. Pourquoi fallait-il qu'il soit aussi protecteur ? Elle distingua sa voix mais ne comprit pas ce qu'il disait. Il y eut un bruit de bagarre, un coup sourd, puis la porte d'entrée claqua.

L'alarme se déclencha de nouveau. Dans la maison, le hurlement strident était presque insoutenable. Indécise, Sam se tourna vers le boîtier dont elle ignorait le code.

Quelqu'un se tenait dans l'embrasure de la porte de la véranda. Sans doute un adolescent à en juger par sa carrure, la capuche de son blouson dissimulait son visage. Peut-être avait-il aussi peur qu'elle, mais alors, pourquoi ne s'enfuyait-il pas ? L'alarme se tut, et il fit un pas en avant.

— Donnez-moi l'ordinateur, dit-il.

Soudain, elle prit conscience qu'elle serrait son PC contre sa poitrine comme un bouclier.

— D'accord, répondit-elle d'une voix chevrotante qu'elle ne reconnut pas. Prenez-le et partez…

Le jeune homme lui fit signe d'une main. L'autre passa derrière son dos et reparut, tenant un couteau. Sam posa l'ordinateur par terre et commença à reculer.

— Prenez-le…

— *Approchez !* cria-t-il avec colère. Ramassez-le et apportez-le ici. Et qu'est-ce que vous avez autour du cou ?

Machinalement la main de Sam toucha son médaillon en or. L'ordinateur était assuré. Si on essayait d'y entrer sans le mot de passe, le disque dur serait effacé. Mais le médaillon était irremplaçable.

— Rien…

— Donnez-le-moi ! hurla le jeune homme, ignorant manifestement la présence d'Euan dans la maison.

Elle entendit un bruit de course derrière elle et, folle de terreur, se jeta en arrière. Puis elle s'aperçut avec un soulagement indicible qu'il s'agissait d'Euan.

— Un couteau ! Il a un couteau ! cria-t-elle.

Mais Euan avait déjà foncé sur le garçon. Il y eut un échange des coups, puis l'intrus s'enfuit en courant.

— C'était le dernier, dit-il en se tournant vers Sam en souriant. J'ai fait le tour de la maison, il y avait trois motos.

— Euan…

— Tout va bien, Sam. Ils sont partis.

— Euan !

Cette fois, il baissa les yeux sur sa chemise déchirée où une tache de sang s'élargissait à vue d'œil.

13.

Euan la regarda fixement, jura entre ses dents, et tomba à genoux.

— Ça va aller, ça va aller, dit Sam.

Agrippant sa chemise, il essayait de l'écarter de sa blessure, et elle repoussa ses mains pour déchirer le tissu.

— Restez tranquille. Asseyez-vous et laissez-moi voir.

— Je ne crois pas que des organes vitaux soient touchés.

— Comment le savez-vous ? demanda-t-elle, se sentant soudain très seule, sans connaissance médicale.

— Ça saignerait plus si une artère était touchée. Mon rein est plus bas, et mon foie plus loin.

— Très bien.

Elle examina la plaie qu'il avait au côté. Elle semblait plus large que profonde, et malgré ce qu'il prétendait elle avait l'air de saigner beaucoup.

— Les poumons ? demanda-t-elle.

Il prit une inspiration profonde, grimaça de douleur.

— Non, je ne crois pas qu'un poumon ait été perforé.

Il était risqué de laisser un patient s'auto-diagnostiquer, mais elle n'avait pas le choix.

— On va stopper l'hémorragie et appeler une ambulance.

— Il y a un hôpital avec un service d'urgence à quelques minutes d'ici, dit-il. On ira plus vite en prenant la voiture.

— D'accord. Attendez-moi, je vais chercher votre trousse médicale, dit-elle en glissant deux doigts dans sa poche pour en sortir ses clés. Restez avec moi, Euan.

Il eut un sourire forcé.

— Je dis ça aux patients mal en point. Si vous ne voulez pas m'énerver, dites-moi juste que vous revenez vite.

— Très bien. Je reviens très vite.

Elle courut à la voiture et sortit la lourde mallette du coffre. Quand elle revint, Euan essayait de se lever.

— Restez assis ! dit-elle d'un ton sans appel. Vous êtes un patient difficile, Euan.

— Vous pouvez me soigner quand vous voudrez…

— Fermez-la, grommela-t-elle, fouillant dans la trousse dont elle sortit un épais tampon de gaze. Ça ira, ça ?

— Ça fera l'affaire. Enfilez une paire de gants de latex, et appliquez la gaze. Appuyez aussi fort que vous pouvez.

Il grimaça quand elle fit ce qu'il demandait.

— Et maintenant, fixez la compresse avec de l'adhésif.

Elle sortit de la mallette un rouleau de sparadrap.

— Prenez un rouleau plus large. Celui-là, oui.

Elle fixa fermement la compresse, remarquant avec satisfaction que le saignement semblait diminuer.

— Je vais vous aider à vous lever, et nous allons nous mettre en route.

— Pas d'antalgique ?

— Non, j'ignore quoi vous donner. Et je ne compte pas sur vous pour me le dire, vous êtes probablement en état de choc. Il faudra patienter.

Comme elle se penchait pour l'aider, il l'attira à lui.

— Juste un sourire, alors…

— Arrêtez vos simagrées ou je vous achève moi-même, fit-elle, souriant malgré elle.

— Ça ira. Je me sens déjà mieux.

— Vous pouvez vous lever ?

Elle lui tint le bras pendant qu'il se mettait sur ses pieds.

— Nous allons marcher jusqu'à la voiture. Prenez votre temps.

Il marcha lentement mais d'un pas assuré, grimaçant lorsqu'elle l'assit sur le siège passager.

— Votre ordinateur… et il faut remettre l'alarme, prévenir la police…

— Les portes sont verrouillées, et David est à un quart d'heure d'ici. Je vais l'appeler pour lui demander de s'en charger.

Elle se pencha pour lui attacher sa ceinture puis, s'installant au volant, tourna la clé de contact.

Euan commençait à se sentir nauséeux, pris de vertiges. Le choc, supposa-t-il. Car sa blessure n'était pas grave, et il n'avait pas perdu beaucoup de sang.

Sam lui avait pris son portable pour le glisser dans le support du kit mains libres et appeler David tout en conduisant. Elle roula sans encombre jusqu'aux urgences de l'hôpital. A son appel de phares, l'équipe d'ambulanciers qui les attendaient accourut.

— Voyons ça, dit un auxiliaire médical, s'accroupissant pour regarder la blessure d'Euan. Belle compression…

Euan sourit. Sam avait bien travaillé et méritait des louanges. Elle descendit de voiture et suivit le fauteuil roulant qui l'emportait aux urgences.

La bousculade du samedi soir n'avait pas encore commencé. On conduisit Euan en salle de soins, où une infirmière l'aida à s'allonger sur une civière.

— Comment ça va ? demanda anxieusement Sam qui ne l'avait pas quitté un instant.

— Bien, répondit-il.

Il prit sa main sans trop savoir si c'était pour la rassurer, quêter son réconfort, ou simplement parce qu'il aimait ça.

— Euan ?

Reconnaissant une voix familière, il voulut se redresser, mais la main du Dr Rob Ames le força à rester couché. Euan, en habitué des urgences, connaissait presque tout le personnel, mais n'y avait jamais reçu de soins.

— Qu'est-ce qui se passe ?

Euan ouvrit la bouche, mais Sam le devança et raconta toute l'histoire, faisant un récit clair et concis en s'en tenant aux faits, sans détails superflus. Rob l'écouta avec attention.

— Bien. Examinons cette blessure, dit-il en aidant Euan à se tourner sur le côté, lui arrachant une grimace.

— Vous ne pouvez pas lui administrer un antalgique ? demanda Sam avec un regard implorant à Rob.

— Laissez, il sait ce qu'il fait, dit Euan.

— Je vais ôter le pansement, annonça Rob.

L'enlèvement du pansement fut douloureux, mais pas autant que les larmes de Sam à la vue de la blessure. Pas autant que l'impuissance qu'il ressentit.

— Ça n'a pas l'air trop profond, dit Rob, prenant son temps pour examiner la plaie. Avez-vous une perte de sensation dans la jambe ?

— Non, répondit Euan.

Il avait du mal à refréner son impatience. Tout le monde semblait oublier que Sam aussi venait de vivre une expérience traumatisante. Elle s'était trouvée nez à nez avec un cambrioleur, menacée d'un couteau. Puis elle avait dû panser sa blessure et l'amener ici.

— Bon, fit Rob en ôtant ses gants qu'il jeta dans la poubelle. Nous allons irriguer la plaie, et s'il n'y a pas trace d'autres lésions je la recoudrai. Je reviens dans une minute.

— Merci, Rob. Je vous suis reconnaissant.

— Ça fait partie du service, dit Rob avec un sourire en quittant le box.

— Où va-t-il ? chuchota Sam.

— Demander à une infirmière de nettoyer la blessure pour enlever les éventuelles impuretés avant de recoudre.

Elle regarda autour d'elle.

— Ils semblent plutôt bons ici.

— Ils sont très bons, fit-il, les sourcils froncés.

— Qu'y a-t-il ? Vous voulez que j'appelle quelqu'un ?

— Non, ça va.

En fait, rien n'allait. Il avait failli à Sam, la laissant affronter seule un gosse armé d'un couteau, et il n'arrivait même pas à la réconforter.

— C'est pour vous que je m'inquiète.

Elle leva les yeux au ciel.

— Vous est-il donc si difficile de laisser quelqu'un prendre soin de vous, Euan ? Vous pourriez même y prendre plaisir !

— Peut-être pas.

— Essayez, il y a toujours la chance du débutant…

Elle arrivait à le faire rire, avec son humour décalé. Quand il ne riait pas, elle le faisait sourire de mille façons différentes. Il tendit la main vers la sienne. Dès qu'il sortirait d'ici, il prendrait beaucoup mieux soin d'elle.

Euan avait l'impression d'être à l'hôpital depuis une éternité. Pourtant, quand il consulta sa montre, deux heures à peine s'étaient écoulées. Un policier était venu prendre sa déposition et celle de Sam, puis Rob l'avait déclaré apte à rentrer chez lui, le confiant à Sam. Euan n'avait émis aucune objection, Rob ne l'aurait jamais laissé rentrer seul.

Il eut besoin de l'aide de Sam pour descendre de voiture, mais il arrivait plutôt bien à marcher, à condition qu'on ne lui demande pas de piquer un sprint.

— J'appelle David et Sandra, dit-il quand ils furent chez lui. Vous devriez coucher chez eux cette nuit.

Elle lui prit le téléphone des mains et raccrocha.

— Vous êtes censé vous reposer. Et le médecin a dit que vous ne deviez pas rester seul cette nuit.

— Ne faites pas tant d'histoires, dit-il d'un ton mordant.

Elle rougit.

— Sam, j'apprécie tout ce que vous avez fait, sincèrement… Mais, s'il vous plaît, faites ce que je vous dis. Je peux me débrouiller seul.

— Non, vous ne pouvez pas. Vous venez d'être poignardé. Alors arrêtez de jouer les machos bornés, et asseyez-vous !

— Inutile de crier.

— Que puis-je faire d'autre ? Vous refusez de vous asseoir et de vous reposer. Vous pouvez recommencer à saigner, il pourrait y avoir des complications… Ne vous avisez pas de mourir, je ne vous laisserai pas faire ! dit-elle en tremblant, les joues ruisselant de larmes.

Les choses ne se passaient pas comme il l'avait prévu. Il fit un pas vers elle et, s'avançant pour le stabiliser, elle se retrouva dans ses bras. Il la serra contre lui, et ils se dirigèrent vers le canapé où il s'assit, la faisant venir près de lui.

— Qu'est-ce qui se passe, Euan ? Vous ne voulez pas que je reste ? demanda-t-elle, plus calme.

— Bien sûr que si. Mais vous en avez assez enduré comme ça. Je n'aurais jamais dû vous mettre en danger.

— Ce n'est pas votre faute. D'ailleurs, vous êtes venu à mon secours.

— Je suis arrivé trop tard, Sam.

Il était intervenu trop tard pour aider Marie, et voilà qu'il avait refait la même erreur. L'histoire se répétait.

— Vous serez mieux chez Sandra et David cette nuit.

— Vous ne comprenez donc pas ? dit-elle en lui prenant la main. Je ne veux pas être ailleurs. Vous êtes revenu me sauver. Savez-vous combien de personnes ont fait ça pour moi ? Combien ça compte pour moi ?

— Non, je… Je suis désolé, Sam.

— Ne le soyez pas. Je n'ai pas besoin de votre pitié.

— Bien. Car vous ne l'aurez pas.

Elle sourit. Un sourire lumineux dans le crépuscule qui envahissait la pièce.

— Je ne dis pas que je n'ai pas eu peur en voyant le sang.

— Moi aussi, admit-il.

— Alors c'était de la frime, votre « ce-n'est-qu'une-égratignure ».

— Je ne crois pas avoir dit ça, si ?

— Non. Cela aurait été stupide.

— D'accord, dit-il en riant. Si vous me lâchiez un peu ?

— A condition que vous vous teniez tranquille, répondit-elle en se levant. Je vais appeler David pour lui dire que vous êtes rentré, et que je reste avec vous ce soir.

— Merci, Sam, murmura-t-il.

Poussant un soupir, il se laissa aller contre les coussins et ferma les yeux.

Euan avait demandé de l'eau et, visiblement assoiffé, bu deux verres pleins. A cause de la chaleur ambiante, sans doute, ou des antalgiques, ou de la perte de sang. Sam préférait ne pas y penser.

Les bras de sa chemise maculés de sang, il essayait maladroitement de trouver une position en protégeant son flanc blessé. Il avait besoin de se nettoyer, d'être confortablement installé, et de manger quelque chose. Elle pouvait l'envoyer dans la salle de bains pendant qu'elle préparait le repas, mais s'il avait un vertige et perdait l'équilibre ? Ne valait-il pas mieux l'accompagner ?

— Suivez-moi au premier, dit-elle. Vous avez besoin de vous laver. Mais je ne veux pas que vous vous brisiez le crâne en glissant sur le carrelage de la salle de bains. J'ai assez vu l'hôpital pour aujourd'hui.

— Je peux me débrouiller seul.

— Je vais juste m'en assurer.

Il se leva péniblement et se dirigea vers l'escalier.

Le temps qu'il atteigne le palier du premier, l'épuisement marquait son visage. Il ne protesta pas quand elle lui prit le bras pour le soutenir jusqu'à la salle de bains, ni lorsqu'elle alla chercher un tabouret pour l'asseoir devant le lavabo.

Il ne dit rien quand elle lui ôta sa chemise, appliquant du film alimentaire sur son pansement pour le protéger des éclaboussures. Il la regarda remplir le lavabo d'eau tiède.

Elle se savonna les mains et prit celle d'Euan qu'elle massa doucement, de la paume aux doigts. Après quoi, elle s'occupa de l'autre.

Elle nettoya ensuite ses bras. Elle s'efforçait de ne pas trop penser à sa peau dorée par le soleil, fraîche au toucher. Les muscles durs de ses épaules se détendaient sous ses doigts. Avec un gant de toilette, elle nettoya méthodiquement son dos et son torse dans un silence paisible.

— Alors ? demanda-t-elle, lui tendant la serviette pour qu'il s'essuie le visage.

— Ça va mieux.

Il l'attira entre ses jambes, noua ses bras autour de sa taille, et nicha la tête contre sa poitrine. Par pur confort, tenta-t-elle de se persuader.

Se dégageant doucement, elle l'entraîna dans la chambre.

— Vous devriez aller prendre une douche, dit-il, assis sur le lit, la regardant fermer les rideaux et lui chercher des vêtements propres dans la commode.

— Je peux vous laisser un moment ?

— Tout ira bien, dit-il, ses yeux la suppliant de rester tandis que sa main lui montrait la sortie. Allez vous laver. Je peux m'habiller seul.

Sam resta longtemps dans la salle de bains. S'était-elle endormie ? Euan avait fait quelques étirements pour tester sa force et sa souplesse, puis il avait mis le pantalon de jogging et le T-shirt qu'elle lui avait sortis. Enfin, il s'était adossé aux oreillers qu'elle avait empilés à la tête de son lit.

Il sentait encore ses doigts sur sa peau. La caresse de ses cheveux quand elle s'était penchée pour lui sécher le dos. Une sensation toute douce, toute chaude, après le froid de la lame contre ses côtes. Apaisante.

Non. C'était plus proche du sexe. Quand on donnait quelque chose de soi, et qu'on recevait encore plus en retour. Le genre de relation qu'il évitait depuis le départ de Marie.

Du calme ! Sam n'était pas comme les femmes qui avaient croisé sa vie au fil des ans, lui laissant le sentiment que quelque chose en lui était irrémédiablement brisé. Elle était vulnérable, meurtrie, et pourtant forte. Il avait pris sa décision et devait s'y tenir. Amitié, et rien d'autre.

Un mouvement capta son attention. Sam se tenait dans l'embrasure de la porte, noyée dans un de ses survêtements. Elle avait retroussé les manches et les jambes de pantalon, ses joues étaient roses de la douche. Elle était tel un ange nu-pieds.

— Je vais préparer quelque chose de chaud. Que voulez-vous ?

Un ange nu-pieds plutôt maladroit, et magnifique.

— Du thé sera parfait.

— Non. Vous avez besoin de vous requinquer. Je pensais à de la soupe ou du lait chaud. Vous avez du chocolat ?

Il sourit. Un ange nu-pieds au caractère affirmé.

— Je crois. Faites ce que vous voudrez.

Elle inclina la tête et disparut.

Sam regagna la chambre d'un air dégagé, comme s'il importait peu que ce soit celle d'Euan et qu'ils soient seuls. Elle posa deux tasses de chocolat chaud sur la table de nuit, et il se redressa contre ses oreillers.

— Vous n'allez pas vous asseoir ?

Elle s'assit au bord du lit, gardant un pied par terre.

— J'aime ce que vous avez fait ici, dit-elle.

Quelle réflexion stupide. Elle se mordit la lèvre. Elle parlait comme quelqu'un qui passait prendre le thé. Mais la pièce était agréable, avec son parquet en chêne et ses murs pastel. Sur les draps ivoire, la couette repliée aux rayures bleues évoquait la mer, comme la pendule de marin accrochée au mur.

Il lui lança un regard perplexe.

— On est en train de nous filmer ou quoi ?

— Comment cela ?

Elle jeta un coup d'œil vers la fenêtre, scrutant les rideaux avant de se rendre compte qu'il plaisantait.

— Dans les vieux films, la censure autorisait que deux personnes soient dans la même chambre, à condition que l'une d'elles ait tout le temps un pied par terre, dit-il. Quand vous voudrez vous reposer, je vous remplacerai…

Elle ne put s'empêcher de rire.

— Ça va. Imaginons que je suis médecin.

— C'est *moi* le docteur.

— L'un de nous doit être le médecin et l'autre le patient. Nous avons déjà établi qui était qui.

Il rit.

— Un point pour vous. Dans ce cas, il y a des oreillers supplémentaires dans la malle…

L'adrénaline avait mis du temps à s'évacuer de l'organisme d'Euan, mais il avait fini par s'endormir. Sam et lui s'étaient chamaillés pour la télécommande de la télévision, qu'il s'était résigné à la lui remettre. Ils avaient regardé une émission sur des fouilles archéologiques qui avaient lieu dans la région, et s'étaient promis d'aller visiter le site. Ils avaient parlé. Encore parlé. Ils avaient perdu le fil du vieux film que Sam avait voulu regarder et, vaincu par l'épuisement, Euan s'était endormi sur son lit, une main posée sur son flanc blessé.

Sam éteignit la télévision et remonta les draps sur lui. Elle allait rester encore quelques minutes pour s'assurer qu'il dormait bien, puis elle se glisserait dans la chambre d'amis. Elle s'allongea à côté de lui, attentive au bruit de sa respiration…

14.

— Petit déjeuner ?

Sam ouvrit des yeux égarés. Avait-elle… ? Avaient-*ils*… ? Non, bien sûr. Euan n'était pas en état la veille au soir. Oscillant entre le soulagement et la déception, elle huma avec plaisir la bonne odeur de café.

— Vous avez préparé du café ?

— Oui, répondit-il avec un sourire, grimaçant quand il se pencha pour poser le plateau.

— Merveilleux. Merci.

Toujours vêtue du survêtement qu'il lui avait prêté, elle s'assit dans le lit.

— Vous avez bien dormi, dit-il sur le ton du constat.

— Oui…, répondit-elle en bredouillant, prenant conscience qu'elle avait passé la nuit à côté de lui sans se réveiller une seule fois. Je ne vous ai pas dérangé, j'espère ?

— Pas du tout. Vous avez dormi comme un bébé.

Comment le savait-il ? L'avait-il observée ?

— Vous vous êtes réveillé ?

— Une ou deux fois, admit-il en souriant, sa main effleurant machinalement sa blessure. Mais je me suis rendormi. Nous étions morts au monde, tous les deux.

Elle ne s'était pas tournée et retournée, n'avait pas boxé les oreillers, ne s'était pas réveillée en pleurant, n'avait pas fait de cauchemars. C'était la première fois qu'elle passait une aussi bonne nuit depuis la mort de Sally. Elle en remercia silencieusement le ciel.

— Alors comment vous sentez-vous ce matin ? demanda-t-elle.

— Bien. Un peu raide, mais le pansement est propre.

— Je suppose que c'est bon signe, dit-elle en portant sa tasse de café à ses lèvres.

— Oui. Ça veut dire que la plaie n'a pas saigné.

— Je n'avais pas besoin de rester, finalement.

— Je me réjouis que vous l'ayez fait, répondit-il, soutenant son regard.

— J'espère que vous ne comptez pas aller travailler aujourd'hui.

L'expression d'Euan confirma ses soupçons.

— Je pensais...

— Vous pouvez oublier. Nous allons prendre un petit déjeuner...

— Je croyais que vous ne preniez jamais de petit déjeuner, dit-il avec malice.

— Ce n'est pas une règle immuable. Je peux y déroger. Nous allons donc déjeuner, puis nous aviserons. David a demandé à Mel de vous remplacer à la clinique, ils n'ont pas besoin de vous.

— C'est dur...

— Mais vrai. Vous n'êtes irremplaçable qu'en pleine forme, dit-elle en se levant. Je vais prendre une douche, profitez-en pour ne rien faire pendant dix minutes.

Un lundi matin à lézarder n'était pas si angoissant que Sam l'aurait cru. Euan et elle prirent tout leur temps pour déjeuner, puis se partagèrent le journal du dimanche. Ils se disputèrent pour les mots croisés, et elle l'emporta, remplissant les cases pendant qu'il se reposait sur le canapé.

— Qu'est-ce que vous faites ? demanda-t-il.

— Je plie le papier pour faire un pétale, répondit-elle en lui montrant le résultat. Puis on réunit les pétales pour former une fleur, et les fleurs pour faire un bouquet. Mais c'est moins joli avec du papier journal.

— Ce sera mieux avec le supplément en couleurs, dit-il en lui tendant le magazine.

— Ah, oui… Vous avez de la colle ?

— Dans le tiroir de la cuisine.

Il la regarda paresseusement découper et plier le papier qu'elle colla pour fabriquer la première fleur.

— C'est joli. Combien vous en faut-il pour un bouquet ?

— Douze, dit-elle en posant la fleur près d'elle. Sally et moi en faisions tout le temps quand nous étions petites.

Il demeura silencieux, attendant qu'elle parle.

— On les suspendait au plafond. Le père de Sal nous avait apporté du papier fluorescent, les fleurs luisaient dans le noir comme d'étranges planètes.

— C'est un beau souvenir.

Oui. Elle n'y avait pas pensé depuis longtemps. Soudain, ce fut trop douloureux, et elle écrasa la fleur dans sa main.

— Pour l'instant, les bons souvenirs ne peuvent pas effacer les mauvais, mais ça viendra, dit-il doucement.

— Vous voulez dire que le temps guérit tout ? répondit-elle, narquoise.

— Non. Il équilibre les choses.

— Si cet équilibre existait, c'est moi qui serais morte, dit-elle avec résignation.

— Vous ne le croyez pas vraiment, j'espère ?

— Non. Je ne peux pas changer ma vie. Mais Sal avait beaucoup plus de personnes pour la pleurer que moi. Je ne pense pas que ma mère se serait souciée de ma disparition, je ne l'ai pas vue depuis si longtemps…

— Je crois que, moi, je m'en serais soucié.

— Vous ne m'auriez pas connue. Je ne serais même pas là aujourd'hui si…

— Si, vous seriez là. Et je vous apercevrais de loin en loin.

— Vous dites n'importe quoi, dit-elle en se tournant vers lui. On ne peut pas savoir les milliards de choses qui auraient pu se produire si les événements avaient pris une tournure différente !

— Arrêtez de vous torturer. Ne pouvez-vous accepter un compliment quand on vous l'offre ?

— Dans ce cas…, bafouilla-t-elle, troublée. Merci de penser que j'aurais pu être là pour vous si je n'avais pas existé.

Il rit doucement.

— Etre là, non. Votre absence m'aurait fait souffrir.

Une soudaine chaleur envahit Sam. Il y avait toujours eu un grand vide dans son cœur, et voilà qu'elle aurait pu manquer à quelqu'un ? Elle en eut le vertige.

— Nous devrions appeler David, dit-elle, changeant de sujet pour pouvoir y réfléchir à tête reposée. Il a dit qu'il viendrait à l'heure du déjeuner.

— Oui. Je pensais que nous pourrions aller au bureau. Histoire de montrer notre…

— Je ne crois pas que ce soit une bonne idée. Si vous allez là-bas, vous trouverez quelque chose à faire et vous déciderez d'aller à la clinique. Avant de comprendre ce qui se passe, je me retrouverai aux urgences avec vous, à expliquer au docteur pourquoi je ne vous ai pas forcé à respecter ses consignes.

Il lui décocha un regard provocant mais plein d'humour.

— D'accord. Supposons que je promette d'être prudent. Nous pouvons aller là-bas, je trouverai un siège confortable dans le bureau de David, et je vous regarderai travailler tous les deux.

— Et vous ne bougerez pas. Pas un seul muscle !

— Je boirai peut-être une tasse de thé, si quelqu'un est assez aimable pour m'en offrir, prodiguant un conseil utile ici et là, si c'est autorisé…

Elle lui sourit.

— Va pour le thé. Mais je me passerai de vos conseils.

Il se leva lentement.

— Dommage. Vous n'imaginez pas combien je peux me montrer obligeant quand je veux.

*
* *

Quand Sam et Euan arrivèrent au bureau, David gronda Euan avant de se résigner. Sam monta à son appartement pour se changer et mettre son chemisier taché de sang dans le lave-linge, puis elle redescendit.

— J'ai une bonne nouvelle pour vous, lui annonça David avec le sourire d'un magicien qui vient de sortir un lapin de son chapeau. A une conférence en ligne l'autre jour, j'ai parlé du travail que vous effectuez pour nous. Le délégué d'une petite association caritative londonienne de lutte contre la drogue m'a demandé vos coordonnées. Je lui ai donné votre numéro.

— Merci. C'est gentil à vous.

C'était peut-être le début d'une belle carrière pour elle. Un premier client lui en présentait un second, lui-même en garantissant un troisième. Gagnée par l'excitation, elle se retint de demander le nom de l'association en question.

— Son président m'a appelé ce matin pour me dire qu'il avait vainement tenté de vous joindre. Il voulait s'assurer que je lui avais donné le bon numéro.

— Mon téléphone ! Il doit être…

Elle se rappelait l'avoir eu en main la veille au soir, quand elle avait lu ses mails. Après quoi, elle l'avait posé à côté d'elle… Il devait être resté sur le lit d'Euan !

— Je crois l'avoir vu dans la cuisine, dit celui-ci d'un air amusé, volant à son secours.

— Ah, oui. A côté du grille-pain.

Avait-il seulement un grille-pain ? Sûrement, puisqu'elle avait fait griller des toasts ce matin.

— C'est ça, dit Euan.

Elle lui adressa un sourire reconnaissant, le visage en feu.

— Je… hum, je les appellerai d'ici, si ça ne vous gêne pas.

— Mais bien sûr. Le type a laissé un message. Je ne sais pas si vous connaissez son association, *Le Centre.*

Ils doivent rencontrer d'autres programmeurs jeudi, ils aimeraient que vous soyez là si vous êtes libre.

— Cette semaine ? dit-elle, déçue mais consciente qu'elle ne pouvait pas lâcher un client pour essayer d'en décrocher un autre. C'est un peu court. Je crains de devoir y renoncer.

— Sam…, dit Euan derrière elle.

Elle l'ignora.

— J'ai beaucoup à faire ici. Une chose à la fois.

— Ne soyez pas ridicule, Sam, insista Euan. Il faut que vous alliez les voir cette semaine.

— Je me suis engagée ici pour toute la semaine. S'ils peuvent me voir la semaine prochaine, ce sera merveilleux. Mais je ne reviendrai pas sur mes engagements. Je ne travaille pas comme ça.

Le regard d'Euan sur elle la faisait trembler. Brûlant, sexy, sans complaisance.

— Dis-lui, David.

— Me dire quoi ? demanda-t-elle.

— Je suis occupé jeudi. Je n'aurai pas de temps à vous consacrer, dit David en souriant.

— Et moi, je me reposerai. Ordre du médecin.

— Exactement, dit David. Si vous allez à ce rendez-vous jeudi, Euan peut peut-être vous accompagner, s'il se sent d'attaque. Cette institution a un programme consacré à l'utilisation abusive de stéroïdes. Je leur ai dit que nous voulions en créer un nous-mêmes, ils m'ont proposé de partager leur expérience avec nous.

— Eh bien, on dirait que c'est réglé, dit Euan avec satisfaction en s'adossant à son fauteuil.

— Je… je suppose que je n'ai pas le choix, alors.

— On le dirait bien, répondit Euan. Et, bien sûr, si nous utilisons la même base de données qu'eux, j'imagine qu'il serait facile de partager aussi nos informations, dit-il d'un air innocent.

Tous trois éclatèrent de rire en chœur.

L'après-midi fut aussi détendu que la matinée. Euan

et David s'absentèrent un moment pour leur réunion hebdomadaire du lundi, et Sam s'occupa de leur site Web.

A 5 heures tapantes, David les emmena chez lui où ils passèrent la soirée. Puis, déposant Euan en chemin, il raccompagna Sam à son petit appartement dans les locaux de l'association.

Il était encore tôt, mais elle se sentait épuisée. Elle n'avait qu'une envie, dormir. Elle ne remarqua pas tout de suite le paquet posé dans l'escalier, attaché avec du raphia et portant le label d'une boutique tendance de la ville. Il n'y avait pas de message, mais elle sut de qui il venait. C'était du papier japonais aux couleurs vives et aux motifs exquis. Le genre de papier qu'on utilisait pour réaliser des fleurs en origami…

15.

Euan contemplait Sam en silence. Il était aux anges.

Ils avaient pris la route de Londres tôt le matin. Elle avait insisté pour conduire et il avait cédé de bonne grâce, même s'il se sentait beaucoup mieux.

L'appartement de Sam était confortable, et d'une élégance discrète. Elle s'était éclipsée une demi-heure pour se préparer pour son entretien, le laissant devant un café avec le journal.

Quand elle revint, elle était coiffée d'un chignon impeccable, son maquillage était parfait, et le bleu de son élégant tailleur donnait à ses yeux gris des reflets de nacre.

— Vous êtes magnifique…

— Merci.

Même son sourire était différent. Calme, professionnel, mais laissant deviner la femme derrière l'apparence austère. Euan était sous le charme.

Il la regarda glisser son ordinateur dans sa sacoche en cuir, s'immobiliser pour vérifier qu'elle n'avait rien oublié.

— Je me sens un peu nerveuse…

Cela ne se voyait pas, mais sa voix tremblait légèrement.

— Ce rendez-vous compte beaucoup pour vous, hein ?

— Oui, admit-elle.

— C'est dur d'y aller seule ? demanda-t-il.

Malgré son apparence sûre d'elle, elle avait dû se sentir très seule pendant l'entretien qu'elle avait eu avec David et lui.

Elle pinça les lèvres.

— Ça se voit tant que ça ?

— Non. Avec David, nous avons été très impressionnés par vous pendant notre entretien. Vous ne ferez qu'une bouchée de ces types.

— Alors mon secret est en sécurité avec vous ?

— Absolument. Je vais vous attendre dans la voiture, d'accord ?

— Inutile. J'ai déjà mon porte-bonheur, dit-elle en sortant de son col un petit médaillon en or. Les parents de Sally nous ont offert les mêmes quand nous avons lancé notre affaire. Nous les mettions toujours pour nous porter chance lors de rendez-vous importants.

— Vous êtes superbe, vous avez un excellent produit, vous pouvez y aller en toute confiance.

— On n'a rien à craindre en slip de soie, dit-elle impulsivement. Pardon… Sally et moi disions toujours ça…

— Une bonne pensée, ma foi.

Une pensée indissociable d'une image belle et sensuelle, troublante. Qui risquait de ruiner tous leurs projets de la journée s'il ne se décidait pas à bouger. Il regarda sa montre pour se donner une contenance.

— Nous ferions mieux d'y aller.

Il prit ses clés de voiture et les lui tendit sans oser la regarder en face.

Sam rayonnait. Assise au volant de la voiture d'Euan, elle le regarda sortir des consultations du Centre et venir s'asseoir à côté d'elle.

— Désolé de vous avoir fait attendre, dit-il.

— Pas de problème. Comment ça s'est passé ? demanda-t-elle, ses lèvres rouges souriant, sensuelles.

— Très bien. Ils m'ont donné des tuyaux intéressants pour la mise en place de nouveaux groupes à Driftwood.

Elle hocha la tête. Elle attendait qu'il l'interroge mais il n'en avait pas besoin. Il boucla sa ceinture pendant qu'elle démarrait, se frayant un chemin dans le flot de la circulation.

Ils roulèrent en silence.

— Bon, questionnez-moi ! dit-elle soudain.

— Je sais déjà comment ça s'est passé. C'était gagné d'avance.

— Je veux que vous m'interrogiez ! dit-elle, s'arrêtant brusquement au milieu de la chaussée.

— Nous bloquons la route…

— Nous n'irons nulle part tant que vous ne m'aurez pas demandé comment s'est passé mon entretien.

Il soupira. La situation était à la limite du tolérable. La jupe de Sam avait remonté sur ses cuisses en un spectacle charmant, et sa ceinture plaquait le tissu léger de son chemisier sur ses seins ronds.

— Bon, d'accord. Dans l'intérêt de la sécurité routière, je vous le demande. Comment ça a marché ?

Elle sourit, et une vague de désir le fit frissonner.

— Magnifiquement bien. J'ai répondu à leurs questions, et ils ont adoré mon logiciel. Il paraît que David m'a fourni d'excellentes références…

— Evidemment.

— Ça a été déterminant. Je crois qu'ils vont prendre mon programme, dit-elle, tout excitée.

Il ne pouvait plus se retenir. Il fallait qu'il l'embrasse. Ils sursautèrent en chœur en entendant klaxonner derrière eux.

— Avancez.

Il ne pensait plus qu'à l'avoir pour lui tout seul. Chez elle. Ensuite… Dieu seul savait ce qui se passerait.

Elle éclata de rire et redémarra.

Sous le regard d'Euan, Sam descendit gracieusement de voiture, gravit d'un pas léger les marches du perron et s'engouffra dans la cuisine.

— Nous pourrions peut-être nous offrir une glace, dit-elle avec un grand sourire.

— De la glace ? C'est une tradition post-entretien ? Après votre rendez-vous avec David et moi, je vous ai vue manger une glace à la terrasse d'un café.

Elle sourit.

— Avec Sally, on fêtait les événements avec de la glace et tout ce qui va avec. J'ai de la sauce chocolat et des gaufrettes. Ou de la sauce caramel si vous préférez. Ou les deux…

Elle ouvrit un tiroir et en sortit deux cuillères à long manche et un ustensile en acier.

— J'ai une bonne cuillère à glace. C'est essentiel.

Il lui prit la cuillère et, la posant sur le comptoir, il s'approcha au point de presque la toucher.

— Ne croyez pas que je sois insensible à l'honneur que vous me faites en me demandant de partager une glace avec vous, mais il y a une chose dont je veux vous parler…

Le fragile accord, fait de petites familiarités et de délicieux fantasmes, qu'ils avaient tacitement accepté pendant qu'Euan se remettait de sa blessure était devenu caduque maintenant qu'il avait repris des forces.

— Parler ? murmura-t-elle, nouant les bras autour de son cou. Vous voulez parler ?

— En fait non. Mais nous devrions.

— Certaines choses ne s'organisent pas à l'avance.

Une telle audace le fit rire.

— Qui êtes-vous ? Qu'avez-vous fait de Sam ?

Elle leva ses beaux yeux vers lui.

— Elle va bien. Mais elle a l'impression de perdre son temps, là…

— Vous trouvez ?

— Oui. Il faut parfois savoir avancer à l'aveuglette.

— Je ne suis pas doué en amour, Sam, dit-il.

— Vraiment ? murmura-t-elle en posant un doigt sur son torse, embrasant sa peau à travers le tissu de sa chemise. Sur le plan affectif ou physique ?

Il l'embrassa fougueusement, jusqu'à ce que son corps crie grâce et que celui de Sam s'amollisse entre ses bras.

— Vous me rendez fou, dit-il d'une voix rauque.

Les yeux gris brillèrent de passion.

— Je sais. Vous me croyez incapable d'affronter ça ?

— Vous êtes une femme forte, Sam, mais…

— Je sais qui vous êtes, qui je suis. Et je sais ce que je veux, chuchota-t-elle en se fondant contre lui avec sensualité. Et, apparemment, vous le voulez aussi.

Il la plaqua contre le réfrigérateur, l'emprisonnant entre ses bras.

— Pas de règles, Sam. Pas de promesses. Allons-y lentement. Allons-y doucement.

— Ça me va.

Elle attrapa sa main pour la poser sur sa poitrine et il caressa voluptueusement ses seins, lui arrachant un gémissement de plaisir.

— Voulez-vous… ?

Elle le fit taire d'un baiser. A cet instant, il eut la réponse à toutes ses questions. Un gros, un beau « oui ».

Euan commença à déshabiller Sam, défaisant soigneusement chaque bouton de son chemisier, qu'il fit glisser sur ses épaules. Ses mains froissèrent la soie et la dentelle de son soutien-gorge avant de s'attaquer à sa jupe.

— Hé, protesta-t-elle. Toi aussi.

Il se débarrassa de sa chemise et, débouclant sa ceinture, elle défit la fermeture de son pantalon qui rejoignit la chemise sur le sol de la chambre.

Glissant la main sous sa jupe, il sentit le haut de ses bas.

— Je me demandais ce que tu portais dessous…

Son regard tendre brûlait de désir et de malice. De sa main libre, il dégrafa sa jupe, et l'aida à la retirer.

Mais déjà, ses mains s'affairaient dans ses cheveux pour en retirer les épingles, et glisser les doigts dans sa longue chevelure, qu'il laissa retomber sur ses épaules.

Ses lèvres explorèrent la peau tendre de son cou pendant que ses mains caressaient ses hanches. Il n'avait jamais rien senti de si doux. Il l'allongea sur le lit et lui ôta ses bas, effleurant ses jambes, embrassant ses pieds menus.

— Fais attention, murmura-t-elle, désignant sa cicatrice.

— Je vais bien, dit-il en se redressant pour ôter son caleçon.

Il était beau, vigoureux, athlétique. Si elle avait douté du désir qu'elle lui inspirait, la vision de son corps l'aurait rassurée. Il s'étendit contre elle.

Elle sentait la sueur couler sur ses reins. Peau contre peau, leurs corps se lancèrent dans une lente danse érotique. Les mains douces et insistantes d'Euan sur elle, la chaleur de son corps lui firent tout oublier.

Il ralentit quand elle se cambra sous ses caresses.

— Serre-moi…

Aussitôt elle fut dans ses bras, au chaud, en sécurité. Il écarta tendrement les cheveux de son visage, baisa son front.

— Je ne te lâche plus.

Il l'embrassa, tandis que le rythme lent et doux de leur étreinte devenait plus fiévreux, plus brûlant.

Disparue la femme qui organisait tout et pesait soigneusement chacun de ses actes. Il n'y avait plus qu'Euan faisant l'amour à une femme que Sam ne connaissait pas. Une femme qui s'abandonnait totalement à l'instant présent.

Au plus fort du plaisir, elle poussa un cri et plongea avec lui dans un tourbillon de sensations brûlantes où ils s'anéantirent.

16.

Etroitement enlacés, Euan et Sam laissèrent les minutes s'étirer dans un silence seulement perturbé par le bruit de leurs respirations, qui s'apaisaient peu à peu. Il remua légèrement et elle l'entendit retenir son souffle.

Elle se dégagea et s'assit pour examiner sa blessure.

— Tu vas bien ?

— Mieux que bien, répondit-il.

Il l'attira à lui pour l'embrasser, mais elle résista.

— Arrête. Laisse-moi voir.

Il poussa un soupir résigné et roula sur le côté.

— Là. Ça a l'air d'aller ?

— Oui, je crois.

— Est-ce que ça saigne ?

— Non.

— Alors tout baigne, dit-il en l'embrassant sans lui laisser le temps de protester. Il n'y a pas de quoi s'inquiéter.

— Je ne devrais pas m'inquiéter pour toi ?

— Juste un peu alors, dit-il en riant. Tapote quelques oreillers si ça peut te faire plaisir.

Levant les yeux au ciel, elle le redressa pour arranger ses oreillers.

— Voilà. Tu es mieux installé ?

— Beaucoup mieux. Et tu pourrais m'embrasser. Là, dit-il, un doigt sur sa mâchoire.

Elle posa les lèvres à l'endroit désigné.

— Un peu plus haut.

Elle obtempéra.

— A gauche peut-être.

Elle baisa sa joue, titilla son oreille.

— Mmm, c'est bon. Approche, dit-il, l'attirant dans ses bras où elle se blottit.

— Autre chose ?

— Je prépare mentalement une liste, en travaillant sur les priorités multiples et leur interdépendance, dit-il avec humour.

— Ah, tu écoutais donc l'autre jour, quand nous avons récapitulé comment organiser un emploi du temps…

Elle promena un doigt sur son torse, descendant lentement vers son ventre plat et dur.

— J'écoute toujours…, dit-il.

— Mais, ensuite, tu agis à ta guise.

— Ce n'est pas vrai, répondit-il, caressant ses seins puis y posant les lèvres, lui arrachant un gémissement de plaisir. J'écoute, puis je modifie mon approche…

Elle caressa son sexe et il retint son souffle.

Il aimait qu'elle prenne des libertés avec son corps, c'était nouveau pour lui. L'urgence était passée, mais pas le désir. Ils parlaient, s'embrassaient. Et l'après-midi s'écoulait.

— Tu as la peau si douce…

Sa main glissa paresseusement le long de sa colonne vertébrale, épousant la courbe de sa hanche. Il roula sur le dos et la hissa sur lui pour qu'elle le chevauche.

— Je croyais que tu aimais contrôler la situation, dit-elle.

— J'*adore* ça, répondit-il avec malice. Et toi aussi.

— Alors, voilà pour toi.

Elle l'embrassa à pleine bouche. Elle voulait lui donner du plaisir. Le sentir de nouveau en elle, le faire crier de volupté.

— Je veux te regarder mener la danse, lui chuchota-t-il à l'oreille. Te voir bouger…

L'idée qu'il l'observe pendant qu'elle prenait son plaisir était d'une intimité presque insoutenable. S'il n'avait pas été aussi tendre, elle n'aurait pas pu. Elle tendit la main pour prendre un préservatif sur la table de nuit et il voulut s'en emparer.

— C'est moi qui ai le contrôle, ne l'oublie pas, dit-elle en ouvrant le petit paquet.

— Comme tu voudras, murmura-t-il, les yeux assombris par le désir pendant qu'elle lui mettait le préservatif d'un air concentré.

Les mains sur sa taille, il attendit qu'elle prenne l'initiative.

Elle sentit son courage la déserter. Elle pouvait le décevoir de mille façons.

Il lui assena une petite tape.

— Arrête de réfléchir…

C'était plus facile à dire qu'à faire. Elle plongea son regard dans le sien. Ses yeux étaient tendres et aimants, l'acceptant pour ce qu'elle était. N'exigeant rien. Elle commença lentement à bouger, et il l'encouragea avec des mots, des caresses. Son corps se faisait plus dur, plus chaud, elle comprit qu'elle pouvait le satisfaire.

Quand l'orgasme la saisit, pulsant dans chaque fibre de son corps en feu, ce fut Euan qui gémit, les mains crispées sur sa taille. Enfonçant ses ongles dans les muscles de ses épaules, elle se cambra sous les assauts du plaisir.

Il était tard quand Euan et Sam quittèrent Londres et prirent le chemin du retour. La mer scintillait à la clarté laiteuse de la lune tandis qu'ils longeaient le front de mer.

— Je ne veux pas que tu le prennes mal, mais…

Comment aborder le sujet qui la préoccupait ? Elle se le demandait vainement depuis plusieurs kilomètres.

— Je le prendrai comme tu voudras que je le prenne. Qu'est-ce qu'il y a ?

— Ça t'ennuie si je rentre à l'appartement ce soir ?

Il la scruta, et elle garda les yeux fixés sur la route.

— Oui, ça m'ennuie. Mais je serais encore plus contrarié que tu ne me dises pas le fond de ta pensée.

— Je…

Elle avait du mal à s'expliquer. Elle se sentait à nu, comme s'il avait arraché la carapace qui la protégeait. Elle se sentait vulnérable.

— Tu as besoin d'espace ? C'est d'accord.

— Oui… Merci.

Quand ils arrivèrent à destination, il descendit de voiture et vint lui ouvrir la portière. Il l'accompagna jusqu'à la porte et l'embrassa.

— Je regrette…, fit-elle.

Il posa un doigt sur ses lèvres pour lui imposer le silence.

— Ne regrette jamais ce que nous avons fait aujourd'hui.

— Je ne regrette rien. Ça t'irait si je rêvais de toi ?

Il rit doucement.

— J'insiste pour que tu le fasses. Je veux un rapport complet demain matin.

Il attendit qu'elle soit entrée. Plantée devant la fenêtre, elle le regarda regagner sa voiture. Il incarnait tout ce qu'elle désirait. L'amour, l'acceptation. Il fallait simplement qu'elle se débarrasse de l'impression tenace qu'elle ne le méritait pas.

Sam avait vraiment cru qu'elle rêverait d'Euan cette nuit-là, mais ce ne fut pas le cas. Quoi qu'il se soit passé durant la journée, cela n'avait pas effacé son sentiment de culpabilité, qui était toujours présent à son réveil. Comment Sally avait-elle pu se tourner vers la drogue pour tenir le coup alors que Sam était là ? La réponse était toujours la même. Elle avait été là, mais complètement absorbée par son travail. Et, aujourd'hui, elle négligeait ce travail pour ce dont Sally et elle avaient rêvé, mais dont son amie avait été privée. Trouver l'homme de sa vie. Tomber amoureuse.

Peut-être était-ce la culpabilité du survivant. Qu'importait le nom qu'on lui donnait ? Elle savait d'expérience que, dès qu'elle aurait pris sa douche et se serait habillée, les angoisses de la nuit se seraient dissipées et qu'elle serait prête à affronter la journée.

Euan avait le dos un peu raide mais la petite marche jusqu'au bureau lui ferait du bien. Son corps avait gardé le souvenir des plaisirs de la veille, mais il s'était réveillé seul. Il consulta son portable pour le cas où Sam aurait appelé, prit ses clés et se dirigea vers la porte, saisi d'une angoisse diffuse. Il avait laissé à Sam l'espace dont elle avait besoin, mais si elle le quittait sans un mot, comme Marie ?

Il la trouva devant chez lui. Toute de blanc vêtue, elle portait un haut en dentelle et un pantalon en lin qui laissaient voir les courbes de son corps, la peau douce qu'il n'était plus certain d'avoir le droit de toucher.

Elle sourit.

— J'allais au bureau, j'ai eu envie de passer te prendre.

— Ça t'a fait faire un détour.

Hochant la tête, elle fit un pas vers lui. Il attendit. Elle se haussa sur la pointe des pieds pour l'embrasser sur les lèvres, et il la prit dans ses bras.

— Mais ça en valait la peine, dit-elle. Bonjour, mon cœur.

— Belle façon de commencer la journée, dit-il, sentant ses doutes s'envoler.

Ils se mirent en route. Tout naturellement, il passa le bras autour de ses épaules et elle glissa la main dans sa ceinture.

— Quel est le programme aujourd'hui ?

— J'ai encore du travail sur votre site Web. Je pensais m'en occuper aujourd'hui, et rester jusqu'à la semaine prochaine pour finir de configurer la base de données.

Il sourit. Londres n'était qu'à quatre-vingt-dix minutes de route. Mais il voulait qu'elle soit ici, au moins quelques jours, pour voir où ils allaient. Quoique, après le message qu'il avait trouvé sur sa boîte mail en se réveillant…

— Tu as lu tes e-mails aujourd'hui ? Non ? Tu es venue me chercher sans même avoir consulté tes messages ? demanda-t-il, incrédule.

Comme elle évitait son regard, il s'immobilisa.

— Réponds-moi.

— Bon, d'accord. Je voulais te voir et je n'ai pas lu mes mails. Il n'y a pas de quoi en faire une histoire.

Oh ! que si. Elle n'allait jamais nulle part sans consulter sa messagerie. Il réprima un cri de triomphe.

— Tu devrais peut-être les lire avant qu'on discute du programme du week-end.

Elle glissa un doigt dans la boucle de sa ceinture et il sentit immédiatement son corps réagir. Elle avait ce pouvoir.

— Donne-moi ton téléphone, dit-elle.

— Tu veux dire que tu as *aussi* oublié ton téléphone ? fit-il en riant.

— Il est au bureau... Donne-le-moi, allez, demanda-t-elle, tendue vers lui.

Combien de temps allait-il pouvoir endurer cette délicieuse torture ?

— Pourquoi ?

— Pour que j'aille sur internet lire mon courrier, répondit-elle, subtilisant son portable dans sa poche revolver. Tu devrais utiliser un mot de passe, tu sais. N'importe qui pourrait accéder au contenu de ton téléphone.

Il rit doucement. Elle pianotait sur l'écran, pressée contre lui, et il aimait un peu trop cela...

— Ça n'aurait pas grande importance. Je ne m'en sers que pour téléphoner.

Elle leva les yeux au ciel et, reprenant son examen de l'écran, elle retint son souffle.

— *Yes !* Le Centre veut mon logiciel, dit-elle, les yeux brillants. Tu le savais, avoue ?

Il haussa les épaules.

— Le mail que j'ai reçu le laissait entendre.

— Pourquoi ne me l'as-tu pas dit ?

— Je voulais que tu l'apprennes d'eux. Je suppose que tu dois être rentrée à Londres lundi…

— Non. Je leur ai dit que je n'étais pas libre avant quinze jours. A moins que tu veuilles que j'y aille… ?

— Non, répondit-il, resserrant son étreinte autour d'elle.

— Alors, je reste. Que dirais-tu de fêter la bonne nouvelle devant une glace ?

La vision de Sam au lit avec un bol de crème glacée flotta devant ses yeux, refusant de se dissiper. Il lui attrapa la main et reprit la direction de chez lui.

— Hé, où va-t-on ? dit-elle en riant, courant pour le suivre. Le café est par là…

— Il est 7 h 30. J'ai de la crème glacée au congélateur. Et si nous faisons ce que je pense à la terrasse d'un café, on risque fort de nous arrêter pour attentat à la pudeur…

17.

Le samedi matin, Sam se leva tôt.

La veille, Euan et elle avaient travaillé ensemble, mangé ensemble, fait l'amour ensemble. Comme le soir précédent, il avait paru accepter qu'elle rentre dormir à l'appartement.

Elle prit la clé qu'il avait laissée sur la commode et, la fourrant dans sa poche, elle courut chez lui. Il dormait encore, elle se déshabilla donc et se glissa dans son lit.

— Mmm… Tu as les mains froides, dit-il.

— Tu veux que je les retire ?

— Tu n'as pas intérêt, répondit-il en plaquant son corps dur contre le sien. Je croyais que tu avais besoin d'espace…

Elle l'embrassa, sentant sa barbe naissante irriter sa peau.

— Oui. Mais maintenant je suis là.

Il parcourut son cou de baisers, promena ses lèvres sur la peau douce et sensible de ses seins, éveillant déjà son désir.

— Qu'as-tu en tête ?

— Tu veux un dessin ?

Il rit et se hissa sur elle, lui immobilisant les poignets au-dessus de la tête.

Il abattit ses défenses l'une après l'autre en lui murmurant des mots à l'oreille, caressant ses sens comme il caressait son corps captif sous le sien. Quand il fut prêt à lui faire l'amour, elle le désirait tant qu'elle était prête à le supplier.

Elle n'avait jamais montré sa vulnérabilité à quiconque. N'avait jamais avoué son désir, et encore moins imposé ses aspirations. Mais elle se sentait bien avec lui. Comme si elle avait trouvé un foyer, qu'elle était enfin chez elle.

Elle en avait toujours rêvé. Les parents de Sally lui avaient donné ce qui ressemblait le plus à un foyer, mais elle savait que c'était éphémère. Quand Sally et elle avaient créé leur propre entreprise, elle avait éprouvé quelque chose de comparable. Hélas, ça n'avait pas duré.

— Cet après-midi, je dois voir Ann et Paul, les parents de Sally, dit-elle.

— A quelle heure ?

— Vers 2 heures. Ils vont chez Josh, le frère de Sally, et sa femme, ils veulent me voir en passant.

Oserait-elle lui demander de les rencontrer ? Peut-être jugerait-il qu'il était trop tôt, ou qu'elle était collante. Ou présomptueuse. Voire les deux.

— C'est un problème ? demanda-t-il, la sentant troublée.

— Non, pas du tout.

— S'ils sont intéressés par la visite de Kathryn House, je pourrais t'y conduire. Ou une autre fois si tu préfères.

— Qu'est-ce qui est le mieux pour toi, Euan ?

Il la prit contre lui, la forçant à le regarder en face.

— Que tu me dises ce que tu veux. Si tu as envie de les voir seule, pas de problème. Je trouverai à m'occuper cet après-midi. Mais si tu veux leur montrer Kathryn House, ça me va.

— Va pour Kathryn House. Si ça ne te dérange pas trop, j'aimerais que tu leur fasses visiter les lieux.

— J'en serai honoré. En attendant, que veux-tu faire ce matin ? Il y a le marché, ou on peut emporter les mots croisés à la plage. C'est une belle journée.

— Faisons les deux !

— Très bien, dit-il en riant. Et puisque tu as hâte de te mettre en action, je te laisse te doucher la première.

Sam portait une nouvelle robe de son inépuisable collection de jolies tenues estivales. Euan était fier de l'avoir à son bras. Il avait beau ne pas se soucier de l'opinion des autres, il appréciait qu'on l'envie.

Au marché, il s'était douté que le stand des chapeaux lui plairait, et il ne s'était pas trompé. Ils en essayèrent des dizaines, et elle eut le coup de foudre pour un chapeau de paille orné d'un ruban violet assorti aux fleurs de sa robe. Il voulut le lui offrir mais elle refusa, arguant qu'elle n'en avait pas vraiment besoin. Elle capitula quand deux clientes déclarèrent que le chapeau lui allait à merveille.

Elle avait envoyé un texto à Ann et Paul pour leur expliquer comment se rendre à Kathryn House, où ils devaient se retrouver. Euan alla s'entretenir avec les plombiers aux prises avec la tuyauterie de la cuisine, laissant Sam patienter dans le hall. Entendant un crissement de pneus sur les graviers, il alla à la porte et la vit se jeter dans les bras d'une femme qui descendait de voiture.

Blonde et petite, Ann ne ressemblait pas à Sam. Mais la tendresse qui les unissait ne faisait aucun doute. Sam prit la main d'Ann et l'entraîna vers la maison en courant.

— Ann, viens, que je te présente Euan…

Reprenant son souffle, Ann tourna son regard vers Euan. Elle lui tendit la main avec l'attention féroce d'une maman ours protégeant son rejeton.

— Ravie de vous connaître, Euan. J'exige de savoir tout ce que Sam ne m'a pas dit sur votre compte !

La plaisanterie subtilement mêlée de menace le fit sourire. Cette brave femme aimait Sam, elle ne reculerait devant rien pour la protéger.

— Ne le prends pas au premier degré, dit Sam en rougissant.

Mais il était prêt à tous les examens auxquels Ann jugerait bon de le soumettre.

A cet instant, un homme blond fit son apparition, et Sam courut se jeter à son cou.

— J'ai quelque chose pour toi !

— Ah ? dit Paul, ravi. Qu'est-ce que c'est ?

Sam alla chercher la boîte qu'elle avait posée sur la desserte du hall.

— Je… j'espère que ça te plaira. C'est moi qui l'ai fait.

Souriant, Paul sortit un ravissant bouquet de fleurs en papier de la boîte.

— Regarde, Ann !

Il leva le bouquet dans la lumière pour montrer à sa femme les perles de verre chatoyantes à la base des fleurs. Euan reconnut des créations de Juno.

Ann contempla la délicate réalisation de papier.

— C'est magnifique, Sam. Comme ce que tu faisais avec Sally quand vous étiez petites. Le papier est très joli.

— Euan me l'a offert.

Les yeux bleu pâle de Paul se fixèrent sur Euan et il inclina imperceptiblement la tête d'un air approbateur.

— J'ai fait ce bouquet pour égayer ton bureau, Paul.

— Ce sera parfait, dit-il.

Il remit le bouquet dans la boîte et l'emporta dans sa voiture. Revenant peu après, il s'approcha d'Euan.

— Ann et moi nous intéressons beaucoup à votre travail ici, dit-il. Merci d'accepter de nous faire visiter vos installations.

— Avec plaisir. C'est grâce à des personnes comme Sam que nous existons.

Sam rougit de plaisir et Paul hocha la tête tandis qu'Euan commençait la visite par la salle commune refaite à neuf.

— Il te plaît ? demanda Sam.

Assises sous la véranda, Ann et elle bavardaient pendant qu'Euan et Paul inspectaient le pavillon d'été, observant la charpente comme si elle risquait de s'effondrer.

— Ce n'est pas à moi qu'il doit plaire. C'est à toi que ces irrésistibles sourires sont destinés.

— Je n'ai pas…

Sam baissa la tête, embarrassée.

— Oh ! je t'en prie. Bon, d'accord… Il semble être un bon médecin et il fait manifestement du très bon travail ici. Je pense qu'il sera un excellent premier client pour toi.

— Ce n'est pas ce que je voulais dire…

— Tu n'as rien dit. Ce qui signifie généralement que tu attends mon approbation avant de me parler… de lui ?

Sam balaya cette idée d'un geste.

— Mais peut-être veux-tu que je t'approuve, toi, dit Ann. Tu t'es trouvé un séduisant médecin, et tu veux que je te dise que tout est pour le mieux dans le meilleur des mondes.

— Tu le trouves séduisant ?

— Je suis mariée depuis trente-cinq ans, mais je ne suis pas aveugle. Tu ne le trouves pas beau ?

— Je le trouve magnifique, répondit Sam avec effort.

— Et tu es bien avec lui ?

— Oui.

— Alors quel est le problème ? Tu n'as pas besoin de ma permission pour vivre ta vie.

Sam sentit ses yeux s'emplir de larmes.

— Qu'ai-je fait pour vous mériter, Paul et toi ?

Ann poussa un soupir.

— Quand tu étais petite, tu étais une enfant adorable. Tu rangeais les jouets de Josh et Sally, tu ne criais jamais dans la maison, tu ne renversais jamais rien. Dès que tu as été assez grande, tu étais la première à te lever de table après les repas pour aller faire la vaisselle.

— Je… Je pensais que si je me rendais utile dans la maison, vous me laisseriez rester avec vous.

— Nous avions de l'affection pour toi, Sam. Et nous en sommes venus à t'aimer comme notre fille. Nous voulions te garder, dit Ann avec émotion.

Sam lui prit la main.

— Tu veux dire que j'ai fait toute cette vaisselle pour rien ?

— Je ne dirai pas ça. J'ai beaucoup apprécié… Dis-moi, murmura Ann, lui tapotant la main, est-il le bon ?

— Peut-être, je ne sais pas encore.

Mais ce n'était pas tout à fait vrai. Euan était exceptionnel à ses yeux. Un peu trop, sans doute.

— Laisse faire le temps, dit Ann, regardant Euan

et Paul tenter d'ouvrir une fenêtre récalcitrante. Ah, les hommes et leurs cabanes…

— C'est un pavillon d'été, pas une cabane !

— Question d'échelle, dit Ann en souriant.

Ann et Paul avaient plu à Euan. Paul avait dissimulé sous un humour pince-sans-rire un intérêt sincère pour le travail d'Euan et le rôle que jouerait le logiciel de Sam dans le fonctionnement de l'institution. Euan avait répondu avec franchise à ses questions directes. Paul avait perdu une fille et tenait à protéger l'autre, ce qu'Euan comprenait très bien.

— Quel est le problème avec la fenêtre du pavillon d'été ? demanda Sam, étendue sur le canapé d'Euan, quand Ann et Paul furent partis.

— Le cadre a un peu gonflé sous l'effet de l'humidité. Il faudra la raboter et repasser du xylophène.

Elle bâilla et remua entre ses bras.

— Merci pour cette journée. J'ai passé un très bon moment.

— Bon. Tu veux que je te raccompagne à l'appartement à pied ? proposa-t-il pour la mettre à l'aise.

— Pas encore…

Elle se blottit contre lui et il réprima un sourire. Peut-être dormirait-elle avec lui cette nuit. Cela le rendrait si heureux.

Elle lui tapota le torse pour capter son attention.

— Tu trouves que je me conduis trop bien ?

— Beaucoup trop bien. Sachant que tu peux être aussi très vilaine…

Elle lui assena un coup dans les côtes en gloussant.

— Je ne parlais pas de ça. Ann m'a dit que j'étais trop sage quand j'étais petite. Je me demandais ce que tu en pensais.

Il déposa un baiser sur son front.

— Nous recherchons tous l'approbation de nos proches.

Certains enfants rejetés redoublent d'efforts pour être d'une sagesse exemplaire.

Elle se nicha contre lui.

— Je vais y réfléchir.

— C'est ça. Et à propos de mauvais comportement, je ne te reprocherai pas de ronfler, tu sais.

— Je ne ronfle pas.

— Ni de faire des bruits intempestifs au lit, de te débattre dans ton sommeil, ou de te transformer en créature de la nuit et d'essayer de me mordre. Ça peut même être intéressant…

Elle riait de bon cœur à présent.

— Tu veux bien rester cette nuit, Sam ?

Sam avait cru qu'elle dormirait enfin paisiblement. Mais elle se réveilla en sueur, la poitrine oppressée par l'angoisse diffuse d'un rêve.

Euan dormait, un bras tendu vers elle. Elle aurait aimé se blottir contre lui et se rendormir. Mais la panique était encore trop réelle. Elle avait peur de le contaminer.

Elle enfila le peignoir d'Euan et, descendant dans la cuisine sur la pointe des pieds, but un verre d'eau froide. La lune dessinait des carrés de lumière sur le sol de la serre, et Sam alla s'asseoir dans un confortable fauteuil de jardin.

— Tu n'arrives pas à dormir ?

Combien de temps était-elle restée à contempler les étoiles à travers la paroi de verre avant que la voix d'Euan la fasse sursauter ?

— Je suis descendue boire un verre d'eau fraîche.

— Je peux me joindre à toi ?

— Bien sûr.

Il s'assit en face d'elle. Il avait enfilé rapidement un short et un T-shirt froissés.

— Un sou pour tes pensées, dit-il.

— Elles n'en valent pas la peine.

— Bien sûr que si.

Elle eut un sourire las.

— Personne n'a envie de payer pour la même chose encore et encore.

Quoi qu'elle fasse, elle revenait toujours au point de départ. La mort de Sally.

— Tu veux rentrer à l'appartement ? demanda-t-il.

— Il est 3 heures du matin… Je veux être ici. Avec toi.

— Alors retourne te coucher, dit-il, le visage indéchiffrable. Je te rejoins dans une minute.

— D'accord. Ne traîne pas trop.

Comme elle se levait, il lui prit la main et la baisa.

— Ça s'arrangera, Sam.

Elle n'en était pas si sûre. Mais partager ses craintes avec lui n'y changerait rien.

Elle le serra contre elle et remonta se coucher.

Les yeux fixés sur le ciel nocturne, Euan contempla longuement les étoiles sans obtenir de réponses à ses questions. Une chose était sûre. Il exigeait trop de Sam depuis le début. Il avait partagé avec elle les aspects les plus durs de son travail, l'avait pratiquement forcée à affronter ses souvenirs les plus douloureux. Maintenant, il lui prenait tout son temps.

Il ne lui avait rien promis, et elle lui avait tout donné. Il lui avait demandé de rester, et elle l'avait fait. Qu'avait-il cru ? Que l'aimer suffirait à chasser ses cauchemars ?

Il devait lui laisser plus d'espace. Entre autres choses. Mais c'était un début. Ramassant le plaid posé dans un fauteuil, il gagna le salon, arrangea les coussins du canapé et s'allongea. Demain, il agirait en conséquence.

18.

Sam voulait embrasser Euan avant de se rendormir, mais elle était trop fatiguée. Quand elle s'éveilla le lendemain matin, elle était seule.

Elle le trouva affalé sur le canapé du salon, profondément endormi. Il ne se réveilla pas quand elle effleura sa main, mais ses doigts se refermèrent sur les siens en un geste machinal.

Elle prépara du café et réchauffa les croissants qu'il avait achetés la veille. Elle mit le tout sur un plateau qu'elle emporta dans le salon, puis le réveilla.

— Qu'est-ce que tu fais là ? murmura-t-elle avec douceur.

— Hein… ? Je me suis endormi…

— Tu n'aurais pas pu le faire là-haut ? Avec moi ?

Il ne parut pas vouloir en discuter. Il se frotta les yeux.

— Chouette petit déjeuner. Merci.

Elle s'installa dans un fauteuil.

— Tu travailles aujourd'hui ?

— Oui. Je suis de garde à la clinique jusqu'à 16 heures. Pourquoi ne restes-tu pas ici ?

Quelque chose clochait. Mais s'il n'était pas disposé à lui en parler, elle n'allait pas rester là à contempler les murs en se posant des questions.

— Non, Je viens avec toi. Je prendrai mon PC et je trouverai un coin tranquille. J'ai encore beaucoup à faire.

— Je serai occupé.

— Je ne te distrairai pas.

— Tu me distrais toujours, dit-il nonchalamment. Je débarrasserai mon cabinet, tu pourras t'y installer.

Le travail parut apaiser Euan. Il passa la matinée confronté aux problèmes des autres, et le sourire que lui adressait Sam chaque fois qu'il venait chercher quelque chose à son cabinet arriva presque à le convaincre que ses doutes n'étaient que de banales angoisses nocturnes. Il avait déjà réussi à lui cacher deux urgences mineures et un début de crise, il se sentait plutôt content de lui.

— Je vais chercher de quoi déjeuner, dit-elle alors qu'il traversait la réception. Qu'aimerais-tu manger ?

Elle tenait une liste à la main, visiblement désireuse de se rendre utile. Elle ne semblait toujours pas comprendre qu'on pouvait l'aimer pour elle.

— Ça va, merci. Je prendrai quelque chose plus tard.

Elle lui sourit, planta un baiser sur sa joue, et s'en alla.

Quand son téléphone vibra dans sa poche un peu plus tard, Euan était en grande conversation avec Ian au sujet de la prochaine séance de thérapie, et il faillit ne pas répondre. Il accepta l'appel en voyant s'afficher le nom de Sam.

— Viens tout de suite, dit-elle. J'ai besoin de toi.

Il la trouva devant l'entrée, soutenant le corps d'un homme apathique.

— Ils l'ont jeté. Je les ai vus…

— Laisse-moi voir, dit Euan, s'approchant de l'homme effondré sur le sol.

— Regarde ses lèvres, Euan, elles sont bleues. Je crois qu'il ne respire plus, dit-elle d'une voix étonnamment calme.

L'homme avait à peine dépassé l'adolescence, et Euan reconnut un garçon nommé Damien. Abandonné par ses soi-disant amis quand il avait des problèmes. Un cas de figure relativement fréquent, mais qui le choquait toujours.

A l'intérieur, dans un tohu-bohu indescriptible, Ian empêchait les gens de s'approcher. Damien s'efforçait de respirer en émettant des gargouillis. Euan le mit sur le côté pour dégager ses voies respiratoires.

— Tu le connais ? demanda Sam.

— Oui, il est accro à la cocaïne. Va me chercher ma trousse médicale, elle est sous clé dans mon cabinet.

Elle lui prit ses clés et détala.

Il venait de commencer la réanimation quand elle revint avec la sacoche. Elle l'ouvrit et lui tendit le stéthoscope.

— Merci.

Il examina rapidement le patient, trouva la réserve de *nalaxone* qu'il transportait toujours avec lui et prépara la seringue. Il donna la dose à voix haute par habitude, et vit du coin de l'œil que Sam avait sorti un stylo et prenait des notes sur sa main.

Il piqua le deltoïde du garçon. Les secondes passèrent. Rien. Il allait devoir remettre ça. Il répéta la procédure et attendit. Il avait trente secondes pour empêcher le jeune homme de mourir sous les yeux de Sam.

L'effet fut presque immédiat. Une grande aspiration, et Damien se redressa en position assise, les yeux fous.

— Tout va bien. Vous êtes à la clinique Driftwood. Vous avez fait une overdose, dit Euan.

— Que… ?

Damien se débattit, et Euan, au lieu de protéger son visage, tendit instinctivement la main pour défendre Sam. Il prit un uppercut dans la mâchoire.

— Vous êtes à la clinique Driftwood. Vous avez fait une overdose, répéta Sam en tenant le bras de Damien pour l'immobiliser. Tout va bien. On va vous conduire à l'intérieur.

Euan et Ian relevèrent Damien tandis que Sam s'efforçait de tenir les badauds à l'écart. Mais Damien les vit et les insulta violemment.

— Assez, Damien ! dit Euan, interrompant le flot d'injures.

— Vous auriez dû le laisser mourir, fit quelqu'un.

Euan l'ignora. Damien recommença à se débattre et Ian

le poussa sans ménagement à l'intérieur pendant qu'Euan ramassait sa trousse.

Il entendit la voix de Sam derrière lui, froide de colère.

— Quand vous irez mal, remerciez le ciel que des gens vous aident sans se soucier de ce que vous avez pu faire !

Euan réprima un sourire. Elle était passionnée, dévouée, compatissante.

Elle le suivit à l'intérieur et referma la porte derrière eux. Agité et agressif, Damien fut traîné par Ian dans une salle de soins, permettant enfin à Euan de souffler un peu.

— Ça va aller pour lui ? demanda Sam.

— Nous allons le surveiller de près. La *nalaxone* que je lui ai injectée a neutralisé les effets des drogues qu'il a prises, et l'a mis en état de manque. Il souffre beaucoup…

— Et toi ? dit-elle, lui caressant furtivement la joue.

— Ça va.

— Qu'est-ce que tu vas faire maintenant ?

— Nous allons le garder aussi longtemps que nous pourrons. La *nalaxone* agit environ une heure ; quand l'effet se dissipera, il peut de nouveau avoir des symptômes d'overdose. Et il faut l'empêcher de prendre autre chose…

Les cris outragés de Damien leur parvinrent du premier.

— Je ferais mieux d'aller voir si Ian a besoin de moi.

— Te faut-il autre chose dans ta trousse médicale ?

— Non. Tout ce dont Damien a besoin maintenant, c'est d'une bonne dose de raison.

Elle rit nerveusement. Son stress commençait à se voir. Il aurait voulu l'emmener loin d'ici pour qu'elle se détende un peu. Mais c'était impossible pour l'instant.

— Fais-toi du thé. Va te promener… Où est Liz ?

— Rentrée chez elle déjeuner, dit-elle. Je vais chercher les sandwichs que j'ai laissés tomber dans la ruc quand j'ai trouvé ce garçon. J'irai peut-être voir Juno cet après-midi.

— Tu es sûre ? demanda-t-il.

Il se méfiait du caractère caustique de Juno.

Elle le fit taire d'un geste. Contrairement à ce qu'il pensait, elle ne voulait pas pleurer sur une épaule.

— Elle doit me faire un travail, tu te rappelles ? Je vais lui expliquer ce que je veux. Je serai rentrée vers 16 heures.

Il capitula et déposa un baiser sur ses lèvres. Ça, au moins, il pouvait le faire.

Réfléchir n'avait mené Euan nulle part. Mais calmer Damien et prendre des dispositions pour la suite de son traitement lui avait éclairci les idées. Rentrant chez lui avec Sam, il garda le silence. A présent, il savait ce qu'il devait faire.

Elle posa son ordinateur sur la table de la cuisine.

— Tu veux boire quelque chose ?

— Non, Sam. Viens ici, tu veux ?

Il s'assit et lui approcha une chaise. Pas trop près.

— Qu'est-ce qu'il y a ? demanda-t-elle en s'asseyant.

— Je veux que tu rentres à Londres. Ce soir.

Elle accusa le choc. Puis elle rougit, détourna les yeux.

— Pourquoi ? demanda-t-elle d'une petite voix qui faillit le faire flancher.

— Tu as des choses à faire là-bas, avec l'installation de ton logiciel au Centre… En fait, je pense qu'il vaut mieux que nous prenions un peu de distance l'un vis-à-vis de l'autre.

— Tu… tu me renvoies, dit-elle d'un ton où se mêlaient colère et résignation.

Comment lui expliquer que cela n'avait rien à voir avec le rejet dont elle avait souffert de la part de sa mère, ni même avec la perte de Sally ? Il agissait ainsi dans son intérêt. Fragile sous son apparente assurance, elle ne pouvait pas continuer ainsi si elle n'affrontait pas ouvertement ses démons.

— Sam, ces deux dernières semaines ont été… les plus belles de ma vie… fantastiques. Mais tu as une occasion inespérée d'avancer, et tu dois la saisir.

Elle se frotta les yeux et rencontra son regard. Elle s'était ressaisie et son visage avait repris son impassibilité.

— Tu es en train de me dire que je dois penser à ma carrière. Jolie volte-face, tu ne trouves pas ?

Il l'avait mérité. Et plus encore.

— Venir ici a réactivé des troubles profonds chez toi ; si tu ne les résous pas, ils finiront par nous séparer.

Une lueur de colère passa dans le regard de Sam.

— Alors, c'est donc ça ? Je ne suis qu'un de tes projets parmi d'autres ? La fille mal dans sa peau…

Elle était si éloignée de la vérité qu'il faillit rire. Mais il valait mieux qu'elle s'en prenne à lui plutôt qu'à elle-même.

— Je sais que c'était une erreur, Sam. Je regrette.

Les lèvres pincées, elle se leva lentement et, récupérant son ordinateur, elle le serra contre elle comme un bouclier.

— Moi aussi, dit-elle.

Tournant les talons, elle sortit en claquant la porte derrière elle.

Bouillant de colère, Sam regagna son petit studio, jeta toutes ses affaires dans son sac de voyage, et fonça à la gare. Après une heure à foudroyer du regard le coucher de soleil à travers la fenêtre du train, puis une demi-heure de métro, elle était de retour dans son appartement londonien.

Comment osait-il ? Un de ses projets, hein ? Euan pouvait parler ! Lui aussi souffrait de problèmes psychologiques, comme ce désir pathologique de protection qui lui venait de sa relation avec son ex-femme.

Elle se figea soudain. Il n'était pas le genre d'homme à manipuler une femme pour se glisser dans son lit. Il était honnête, sensible. Euan…

Il l'avait laissée croire le pire de lui sans la contredire.

L'aimait-il ? Elle vida le contenu de son sac à main sur le lit, attrapa son téléphone. Et s'immobilisa. Qu'importait pourquoi il avait voulu qu'elle parte. Il l'avait souhaité.

Elle jeta le téléphone sur le lit. Elle le connaissait assez pour savoir que, quand il avait pris une décision, il ne revenait pas dessus. Se laissant choir sur le lit, elle fondit en larmes.

Il avait agi ainsi parce que c'était un homme d'honneur et qu'il se souciait des problèmes de Sam. Deux raisons parmi d'autres pour lesquelles elle était tombée amoureuse de lui.

Gagnant son bureau dans le crépuscule, Euan leva les yeux vers l'appartement que Sam avait occupé. Il entra et prit les clés qu'elle avait laissées dans la boîte aux lettres.

A l'étage, son parfum flottait encore dans l'air, cruel rappel de ce qu'il avait perdu. Un silence pesant régnait.

Il contempla le lit, résistant à l'envie d'enfouir son visage dans un oreiller en imaginant qu'elle était encore là. Mais désormais il n'y avait que le vide.

Il se détourna, descendit l'escalier, et sortit dans la nuit.

19.

Sam avait garé sa voiture sur le petit parking devant la salle paroissiale. Les mains crispées sur le volant, elle n'arrivait pas à bouger.

Entre, ou retourne chez toi. C'était plus facile à dire qu'à faire. Elle avait eu du mal à affronter sa première séance de groupe, mais cela avait été encore plus dur la deuxième fois. Et la troisième semblait carrément impossible.

Juno l'a fait. Jamie aussi. Mais ils avaient eu Euan pour les soutenir. Alors que son parrain était un quinquagénaire qui se contentait d'écouter tout le monde en hochant la tête.

Pourtant, Euan le lui avait recommandé. Elle avait fait deux séances. Elle n'arriverait sûrement pas à en supporter deux de plus sans rien casser, mais elle devait essayer.

On frappa à la vitre et elle sursauta. C'était Will, l'animateur du groupe.

— Vous êtes en avance. Vous voulez entrer et aider à préparer le thé ?

Non. Elle ne voulait pas boire de thé ni le préparer, ni être ici, ni parler à Will ou à qui que ce soit. Elle voulait rentrer chez elle.

Mais elle avait promis à Euan d'essayer cette thérapie. Elle sourit donc à Will, descendit de sa voiture, et le suivit dans la salle paroissiale.

Il y avait trois mois que Sam était entrée pour la première fois dans les bureaux de Driftwood Drugs Initiative. Depuis, les événements s'étaient précipités. Joe l'avait remplacée à Driftwood, et, d'après David, c'était une réussite. Le Centre utilisait aussi son programme, ainsi que six autres fondations de lutte contre la drogue. Sept autres se montraient intéressées, et un quotidien avait contacté Sam pour lui demander une interview.

Elle jeta un coup d'œil à son bureau londonien. Tout était parfait, bien rangé, il n'y avait plus de traces de doigts sur la table basse autour de laquelle trônaient les quatre fauteuils de couleurs vives. De l'autre côté de la vitre séparant son bureau de la grande salle, aucun fouillis n'encombrait pour une fois l'espace de Joe. Elle espérait que les deux bureaux voisins seraient occupés avant la fin de la journée. Mais, avant de commencer les entretiens d'embauche, elle devait recevoir un client.

L'Interphone bourdonna et la voix du vigile résonna dans le petit haut-parleur.

— Un visiteur d'une œuvre caritative. Il monte.

— Merci, Frank.

Elle prit une profonde inspiration, lissa sa robe et alla accueillir David.

Sam portait une robe rouge foncé à la coupe élégante, qui mettait discrètement ses formes en valeur.

Euan trouva qu'elle avait changé. Ses cheveux étaient attachés en un chignon lâche d'où s'échappaient quelques mèches folles, et son maquillage était plus naturel. Comme si la jolie femme qu'elle était s'assumait pleinement maintenant.

— Euan, murmura-t-elle comme si elle voyait un fantôme.

Il crut qu'elle allait s'évanouir, mais elle était plus solide que cela. Elle se redressa de toute sa taille.

— J'attendais David…

Elle jeta un regard affolé autour d'elle et il remarqua qu'elle tremblait. Il fit un pas vers elle, et elle recula.

— Sam, je… Je regrette de t'avoir causé un choc, mais je voulais te parler. S'il te plaît.

Elle inclina imperceptiblement la tête.

— Viens dans mon bureau.

Il la suivit en gardant ses distances. Au moins, elle ne l'avait pas fait jeter dehors.

Elle ne se réfugia pas derrière son bureau mais lui fit signe de s'asseoir dans un fauteuil et prit place en face de lui.

— J'ai quelque chose à te dire, dit-il.

— Moi aussi.

Leurs yeux se rencontrèrent et la gorge d'Euan se contracta douloureusement. Il s'était promis de dire ce qu'il avait à dire et de s'en aller, mais il n'était plus sûr du tout de pouvoir renoncer à elle.

— Toi d'abord, murmura-t-elle d'une voix étranglée.

— J'ai dit n'importe quoi quand je t'ai renvoyée.

Elle soupira avec impatience.

— Je sais. Je l'ai compris dès que je n'ai plus eu envie de te tordre le cou. Mais tu avais raison sur un point. Nous nous déchirions et nous allions droit dans le mur.

Une déception amère serra le cœur d'Euan.

— Comment puis-je te convaincre que les choses peuvent être différentes entre nous maintenant ?

Elle réfléchit.

— Les mots ne sont que du vent, contrairement aux actes.

— Je suis ici, non ? J'ai d'abord voulu t'envoyer un message, mais c'est ce qu'on fait quand on veut une réponse sans tout risquer. Or, je ne suis plus comme ça.

Hochant la tête, elle le regarda avec gravité.

Le long discours qu'il avait préparé n'était plus de mise. Finalement, tout se réduisait à une seule chose.

— Je t'aime, Sam.

— Mais… ?

— Il n'y a pas de mais. Ni doute, ni réserve. Je t'aime.

Elle le dévisagea comme si elle s'attendait à tout sauf à cela.

— Je suis venu te dire que je ne cesserai jamais de

t'aimer. Si tu n'as pas envie de l'entendre, je m'en irai, mais je t'attendrai toute ma vie, car je sais que je peux te mériter.

— Je n'en ai jamais douté, murmura-t-elle, tandis que la vérité lui apparaissait peu à peu.

— Ta confiance en moi m'a ouvert les yeux.

Se penchant pour se lever, elle perdit l'équilibre et il l'attrapa, la prit dans ses bras. Il l'assit sur ses genoux, la serra contre son torse. Il inspira longuement, comme s'il retenait sa respiration depuis deux longs mois.

— Je peux t'embrasser ? demanda-t-il timidement.

Les yeux de Sam brillèrent comme du vif-argent.

— As-tu vraiment besoin de poser la question ?

Pour Sam, tout prit sens. Elle s'accrocha à Euan, de peur d'être arrachée à lui par le vertige qui lui tournait la tête.

— Est-ce que je rêve ?

— Je ne crois pas, répondit-il en riant. Tu peux me pincer.

— C'est toi qui es censé me pincer…

— Pas question, dit-il en la berçant contre lui. Tu avais quelque chose à me dire ?

— Oui. J'ai appelé le numéro que tu m'avais donné, j'ai pris contact avec le type qui anime un groupe de parole.

— Et tu es allée aux réunions ?

— Oui. J'ai écouté les histoires des autres. Raconté la mienne. J'ai pas mal pleuré.

— Et ça t'a fait du bien ?

— Oui. Je ne le croyais pas au début, et je détestais ça. Puis j'ai commencé à me sentir revivre, comme quand Sal et moi avons lancé notre affaire, et que j'avais hâte de me lever le matin pour attaquer la journée.

Il sourit, de ce sourire craquant qu'elle aimait tant.

— Il faut beaucoup de courage pour affronter son passé.

— C'était plus du désespoir. Je t'aimais et je devais trouver le chemin qui me ramène à toi. Alors j'ai parlé de tout. De la mort de Sally. De ma mère. De l'amour que je m'efforçais de gagner, de ma peur de ne pas trouver ma place…

Il l'embrassa tendrement sur la joue.

— Je n'ai jamais cessé de t'aimer, Sam. Grâce à toi, j'ai compris que je pouvais enfin accepter le passé, et toi aussi. Nous avions simplement besoin d'un peu de temps pour y parvenir.

— Je serais venue vers toi, si tu ne m'avais pas coiffée au poteau en prenant l'initiative.

— Ah oui ? Quand ?

— Je pensais à Noël. Ou au nouvel an…

— Noël ! C'est dans deux mois !

— Ou au week-end prochain. Je t'imaginais assis dans un de ces affreux vieux transats…

— Hé ! Ce sont les sièges de nos réunions du lundi matin ! Une tradition Driftwood.

— Très bien. Assis dans un de vos transats traditionnels, donc, les yeux clos. Je venais m'asseoir. Tu grommelais quelque chose, puis tu ouvrais les yeux et tu voyais que c'était moi, pas David.

— Pas mal. Mais je suis content que tu ne l'aies pas fait.

— Ça n'aurait pas été bon pour ton ego ?

— Au contraire. Mais c'était à moi de revenir, moi qui ne le fais jamais. Nous pouvons repartir sur de nouvelles bases à présent, tourner le dos au passé.

Elle commençait à savourer pleinement la beauté de ce moment quand un bruit la fit sursauter. Le temps que Joe apparaisse de l'autre côté de la vitre, elle s'était éloignée d'Euan.

— Qu'est-ce que tu fais là, Joe ? Le voyage à Manchester a été annulé ?

— Non, j'ai oublié quelque chose, répondit-il en sortant un DVD de son bureau. Salut, Euan. Comment ça va ?

— Bien. Je disais justement à Sam combien nous sommes contents de votre travail.

Joe sourit sans paraître remarquer que Sam n'avait qu'une chaussure.

— Il faut que j'y aille, ou je vais manquer mon train.

La porte claqua derrière lui, et Sam se débarrassa de sa seconde chaussure.

— Et maintenant ?

— Tu pourrais fermer la porte à clé…

— J'aimerais bien, mais je reçois le premier de six postulants dans une demi-heure. On a deux postes à pourvoir.

— Dans ce cas j'attendrai, dit-il avec un sourire. Je peux me rendre utile, préparer du thé, répondre au téléphone…

— Dis-moi que tu n'as rien de prévu pour ce soir.

— J'ai toute la semaine de libre.

Elle l'étreignit, l'embrassa encore et encore.

— Tu étais sûr de toi, hein ?

— Non. Je croyais que tu allais me jeter dehors et que je devrais passer le reste de la semaine à mettre au point un plan B. T'envoyer des fleurs, ce genre de choses.

— Alors je n'aurai pas de fleurs ?

— Peut-être que si. J'aime l'idée de te faire la cour, et je crois que je vais le faire. Mais il faut que nous dressions des plans. Tu viens juste de t'installer ici et…

Elle posa un doigt sur ses lèvres pour lui imposer silence.

— Ça marchera. Nous ferons tout pour ça.

Pour toute réponse, il lui donna un long baiser langoureux.

20.

Le mariage avait été organisé en trois semaines et s'était déroulé dans une ambiance joyeuse et détendue. Anna avait aidé Sam à enfiler sa robe de soie ornée de dentelle et lui avait prêté la jarretière bleue qu'elle avait portée à ses propres noces. Paul l'avait conduite à l'autel. Pendant l'échange des consentements, dont Euan et elle avaient rédigé le texte eux-mêmes, il ne l'avait pas quittée des yeux. Lorsqu'elle l'avait vu devant l'autel, elle avait failli renverser une demoiselle d'honneur dans sa hâte à le rejoindre. David avait dû assener un coup de coude à Euan pour calmer son fou rire.

Kathryn House ouvrirait officiellement ses portes au nouvel an, un gigantesque chapiteau avait donc été dressé dans le parc pour accueillir les invités de la réception. Ann et Paul, le frère de Sally et sa femme, les parents d'Euan, leurs amis de Londres, et toutes leurs connaissances de Driftwood. Jamie était là avec Kirsty. Les cheveux teints en violet pour l'occasion, Juno offrit à Sam une ravissante statue de verre filé entrelacé de métal qui brillait de mille feux à la lumière des lanternes suspendues sous la véranda.

— C'est magnifique ! dit Sam en l'étreignant.

Juno sourit à Euan venu quêter un baiser de son épouse.

— Où partez-vous en voyage de noces ? demanda Liz, rejoignant le petit groupe.

— On a loué une maison sur la plage, dans un endroit ensoleillé, répondit laconiquement Euan.

— Pas d'internet. Pas de téléphones, dit Sam pour qui une telle situation aurait été impensable six mois plus tôt.

— Génial, dit Liz. Oh ! le bel objet, Juno. Je peux le voir ?

Seuls au monde parmi la foule, Sam et Euan s'enlacèrent.

— Heureuse ?

— Oui. Et toi ?

— Ça pourrait aller mieux…

— Comment ça ?

— Je veux encore un baiser, puis danser avec ma ravissante épouse. Alors seulement, tout sera parfait…

Retrouvez en mars 2020,
dans votre collection

Blanche

La belle du Vietman, de Scarlet Wilson - N°1476

SÉRIE : MÉDECINS DU VIETNAM - 1/2

Le Vietnam. C'est là que Joe compte prendre un nouveau départ avec son fils, Regan... Alors qu'il est bien loin de son Écosse natale, il trouve immédiatement sa place, au May Màn Hospital de Hanoi. Est-ce parce qu'il s'y sent utile, ou en raison du lien qui se crée naturellement entre le Dr Lien et lui ? Belle et mystérieuse, la jeune femme aurait-elle le pouvoir de lui offrir le bonheur auquel il croyait devoir renoncer pour toujours ?

Mariage au May Màn Hospital, de Scarlet Wilson

SÉRIE : MÉDECINS DU VIETNAM - 2/2

Vivienne ferait n'importe quoi pour le Dr Duc Nguyen, son meilleur ami. Aussi, quand il déclare avoir besoin de son aide à l'hôpital vietnamien dont il vient d'hériter, elle accepte sans hésiter de devenir sage-femme à Hanoi. Arrivée au May Màn Hospital, Vivienne apprend avec plaisir une nouvelle langue, les coutumes et maladies locales. Mais elle découvre surtout Duc sous un nouveau jour. Bientôt, elle se surprend même à éprouver auprès de lui des émotions nouvelles... Se pourrait-il qu'elle soit tombée amoureuse ?

Réunis sous la neige, d'Amalie Berlin - N°1477

SÉRIE : MÉDECINS SOUS LES ÉTOILES - 2/2

Le Dr Lia Monterrosa a fait un long voyage pour gagner la station Fletcher. Là, en Antarctique, elle va relever un défi scientifique passionnant, au côté de médecins d'exception. Mais c'est un objectif bien plus personnel qu'elle poursuivait en posant sa candidature. Il s'agit pour Lia de se confronter à West MacIntyre, engagé dans cette mission tout comme elle. West, son ex-fiancé disparu du jour au lendemain, la veille de leurs noces...

L'épouse du Dr McCarthy, de Robin Gianna

Quelle malchance ! Non seulement Jillian s'est cassé le poignet, mais le chirurgien chargé de la soigner n'est autre que Conor McCarthy, son ex-mari... Autrefois, il avait suffi d'un regard pour que tous deux tombent dans les bras l'un de l'autre, puis se jurent fidélité. Mais leur amour n'avait pas résisté. Très vite, Jillian s'était sentie délaissée par un mari totalement dévoué à son travail et membre d'une jet-set new-yorkaise où elle n'avait pas sa place. Alors aujourd'hui, leurs retrouvailles peuvent-elles signifier un nouveau départ pour eux ?

Leur mission : sauver des vies.
Leur destin : trouver l'amour.

Médecin, trois fois papa, de Marion Lennox - N°1478

À peine Rachel est-elle arrivée dans la petite ville de Shallow Bay, où elle a décroché son premier poste de radiologue, qu'elle doit faire face à une urgence. Son petit voisin s'est blessé, et elle le conduit immédiatement à l'hôpital. Sur place, elle fait la connaissance du Dr Tom Lavery, le tuteur de l'enfant – et son nouveau patron. Un homme qui lui inspire bientôt des sentiments inouïs, et interdits…

Une inoubliable sage-femme, de Fiona McArthur

Des yeux noirs, un charisme redoutable. Malgré les six années qui les ont séparés, Faith a été incapable d'oublier Raimondo Salvanelli et leur aventure passionnée. Que fait-il là, alors qu'il avait affirmé qu'il ne reviendrait jamais à Lighthouse Bay ? Sous le choc, Faith forme toutes sortes d'hypothèses, avant que la peur la gagne. Se peut-il que Raimondo soit ici pour lui ravir Chloé, la petite fille qu'elle a mise au monde – leur enfant ?

Leur petit miracle, de Kate Hardy - N°1479

Déçu par l'amour, le Dr Jared Fraser est décidé à ne plus laisser son cœur diriger sa vie. Pourtant, auprès de sa nouvelle collaboratrice, la sublime Bailey Randall, il sent ses résistances vaciller. Bailey, quant à elle, a fait une croix sur les hommes et ses projets de famille depuis le drame qui a bouleversé sa vie. Aussi est-elle surprise quand l'alchimie qui existe entre Jared et elle la pousse à partager avec lui une nuit inoubliable – une nuit dont la conséquence pourrait bien les lier à jamais…

Sous le charme du Dr Sullivan, de Lucy Ryder

Prétendre être la petite amie du Dr Luke Sullivan, l'homme qui l'a aidée à sauver de la noyade un adolescent, quelques jours plus tôt ? Lilah n'est pas contre, dans la mesure où cela dissuaderait son nouveau patron à l'hôpital de Spruce Ridge de lui faire des avances. Sa décision n'a, bien évidemment, rien à voir avec le charme irrésistible de Luke – un charme sous lequel elle est tombée, bien malgré elle, le jour même de leur rencontre…

Leur mission : sauver des vies.
Leur destin : trouver l'amour.

Blanche

Retour à Heritage Port, de Meredith Webber - N°1480

Quand, après quinze ans de silence, son père, gravement malade, reprend contact avec elle, Alex Hudson se rend immédiatement à son chevet. Si son retour à Heritage Port réveille en elle des souvenirs déchirants, Alex est surprise de découvrir que le médecin de son père n'est autre que Will Kent, son ami d'enfance. Veuf et père d'une adorable fillette de trois ans, Will se montre aussi attentionné et protecteur qu'autrefois envers Alex... Alors pourquoi se sent-elle bouleversée par son comportement, au point de désirer plus entre eux qu'une simple amitié ?

Un amour inattendu, de Teresa Southwick

Si cela ne tenait qu'à elle, jamais Jill n'aurait accepté de louer une partie de sa maison au Dr Adam Stone : avec son sourire trop séduisant et ses allures de play-boy citadin, cet homme ne lui inspire aucune confiance. Pourtant, le village de Blackwater Lake a besoin d'un médecin, et Adam est le seul candidat au poste... Aussi Jill n'a-t-elle pas le choix. Mais, si à cet instant la perspective de cohabiter avec cet inconnu ne l'enchante guère, elle est loin de se douter que, bientôt, ce dernier va bouleverser sa vie... de la plus belle des façons.

HARLEQUIN

Leur mission : sauver des vies.
Leur destin : trouver l'amour.

HARLEQUIN
www.harlequin.fr

Composé et édité par HarperCollins France.

Achevé d'imprimer en janvier 2020.

CPI
BLACK PRINT

Barcelone

Dépôt légal : février 2020.

FSC
www.fsc.org
MIXTE
Papier issu de
sources responsables
FSC® C108412

Pour limiter l'empreinte environnementale de ses livres, HarperCollins France s'engage à n'utiliser que du papier fabriqué à partir de bois provenant de forêts gérées durablement et de manière responsable.

Imprimé en Espagne.